보금자리를
떠나다

재일제주인의 문학적 기록 2

보금자리를 떠나다

金泰生 지음
김대양 옮김

한그루

재일제주인의 기억을

기록하고 읽다

그리고 기억하다

작품의 초출지(初出誌)

「후예(末裔)」: 1958년『계림(鷄林)』창간호, 1982년『신일본문학(新日本文学)』9월호

「보금자리를 떠나다(巢立ち)」: 1977년『문예전망(文芸展望)』봄호

「어느 여인의 일생(ある女の生涯)」: 1975년『계간 삼천리(季刊三千里)』3호

「이연실 씨(李蓮實さんのこと)」: 1979년『계간 삼천리(季刊三千里)』18호

「어느 재일조선인 어머니(ある在日朝鮮人のオモニ)」: 1979년『미래(未來)』8월호

「붉은 꽃(紅い花)」: 1983년『스바루(すばる)』11월호

이 책은 재일제주인 작가 김태생이 잡지에 발표한 작품 중 '제주 4·3'과 '재일제주인 여성'을 소재로 한 작품을 선별하여 한국어로 옮긴 것이다. 한국어로는 이번이 첫 소개이다.

차 례

대항 기억과의 대면, 제주 4·3

후예(末裔)

보금자리를 떠나다(巣立ち)

후예

末裔

종훈이 산 중턱의 동굴에 다다른 것은 날이 막 밝아오기 시작한 시각이었다. 오른편의 어두운 골짜기를 사이에 둔 한라산 정상 부근은 옅은 주황빛 햇살에 씻겨서 옅은 보랏빛 아침의 잠에서 깨어났지만, 산의 능선과 골짜기 사이는 잿빛 안개로 뒤덮여 아직 잠들어 있었다. 태양은 종훈이 오르는 뒤쪽에서 떠오르겠지만, 그가 서 있는 위치에서는 바다가 보이지 않았다. 울창하게 우뚝 서 있는 활엽수들의 나무 아래에는 아직 밤의 기운을 머금은 검은 안개가 희미하게 드리워져 있었다. 가을의 숨결을 머금은 안개는 뺨에 차갑게 닿았고 풀잎과 나무의 체취는 숨이 막힐 듯 짙었다.

종훈은 등에 멘 배낭 끝을 양손으로 들어 올려 어깨에 파고들던 끈의 무게를 조금 덜었다. 긴장을 풀기 위해 숨을 깊이

들이쉬고 조심스러운 발걸음으로 천천히 동굴로 다가갔다.

키 높이만큼 군생한 풀고사리 덤불 사이로 갈색의 바위가 보이고 어슴푸레 들여다본 동굴 입구는 옅은 안개가 문처럼 가로막고 있었다. 어른이 허리를 굽혀야 간신히 드나들 수 있을 만큼의 천연동굴 입구였다.

종훈은 긴장으로 목소리가 갈라지는 것이 싫어서 여러 번 침을 삼켜 목을 적시고, 소리를 가다듬은 뒤 목청껏 외쳤다.

"꿩 세 마리!"

처음 외침에는 아무 반응이 없었다. 몇십 초 간격을 두고 다시 한번 아랫배에 힘을 실어 같은 말을 했다. 안개가 낀 문 안쪽에는 희미한 물체의 움직임조차 없었다. 갑자기 불안감이 밀려온 종훈은 가슴에 부딪혀 튀어나오는 심장 박동 소리가 또렷이 들렸다. 만약 옆에 누군가 있었다면 알아듣고 말았을 것이다. 귀에서는 쩌렁쩌렁한 이명이 들렸다. 무릎이 의지와 상관없이 덜덜 떨렸다. 그 떨림이 불안 때문인지 아니면 갑자기 치밀어 오르는 외로움 때문인지 종훈도 확신할 수 없었지만, 단지 공포감 때문에 떨고 있는 것이라고는 결코 생각하고 싶지 않았다. 숨을 죽이고 한참 동안 꼼짝 않고 기다렸다. 시시각각으로 점점 새벽빛을 더한 흰색을 띠는 안개는 마치 우윳빛의 직물을 떠올리게 했다. 시간이 사라져가는 것을 아깝게 여겨야 한다는 것을 깨달은 종훈은 세 번째로 암호를 다시 말했다. 목소리가 갈라지고 떨렸다. 종훈은 미세한 기척도 놓치지 않으려고 귀를 기울이며 동굴 안쪽을 살폈다. 낮게 웅웅거리는 땅벌레 같은 이명 소리 외에는 아무것도 들리지 않았다. 이슬에 흠뻑 젖은 풀고사리 덤불 속으로 한 발짝 내디디려던 종훈은 움찔하며 발을 멈췄다. 귓불에서 뺨으로 스친 차가운 공기의 흔들림 속으로 시큼한 땀 냄새가 희미하게 흘렀다. 내 체취가 아니다. 짐승의 것도 아니었다. 확 하고 역류한 혈액으로 얼굴이 화끈거렸다. 그러나 종훈은 일부러 천천히 머리를 돌려 비스듬히 뒤를 돌아보았다.

"산비둘기!"

종훈으로부터 3미터쯤 떨어진 진백나무 그늘 너머에서 맑고 또렷한 젊은 목소리가 대답했다. 순간 기대와는 다른 목소리에 재빠르게 아쉬움이 밀려왔다. 그토록 보고 싶었던 형의 목소리가 아니었던 것이 종훈을 크게 실망시켰다. 검은 회색의 짙은 안개 속에서 윤곽을 드러낸 굵은 줄기 너머로 풀고사리와 쐐기풀을 헤치며 사람의 그림자가 다가왔다. 종훈과는 나이 차이가 별로 나지 않아 보이는 민복을 입은 소년이었다. 소년은 시큼한 땀 냄새를 확 발산했다.

"무겁지, 동무!"

소년은 사투리로 종훈을 위로하며 오른손으로 배낭을 가볍게 두드리고 빛나는 검은 눈을 가늘게 뜨며 쾌활하게 웃었다.

"동무가 암호를 세 번 말할 때까지 기다렸어. 일부러 장난친 게 아니야. 오해하지 마, 알았지?"

"아니야, 괜찮아."

종훈은 수줍은 듯이 고개를 흔들며 말했다.

"약속 시간에 늦은 건 아닐까 하고 괜히 걱정이 돼서……."

"누구나 처음에는 그렇지."

민복을 입은 소년은 고개를 끄덕이며 말했다.

"무섭다고 생각할 수도 있지."

소년은 흔적을 남기지 않기 위해 풀을 짓밟지 않도록 조심스럽게 발끝으로 헤치며 동굴 입구로 다가가 종훈을 손짓으로 불렀다.

"여기는 우리 영역이긴 하지만, 무슨 일이 일어날지 몰라. 조심해서 나쁠 건 없잖아? 들어가서 잠깐 쉬자."

소년은 종훈이 메고 있던 배낭을 내려놓게 하고 품에 안아 허리를 구부리고 동굴 입구로 발을 들여놓았다. 종훈도 뒤따랐다. 동굴은 깊은 곳까지 이어진 듯 안쪽으로 갈수록 어둠이 짙어지고 차가운 공기 속에 축축한 벽에서 곰팡이 냄새가 나기 시작했다. 용암의 울퉁불퉁한 바닥은 걷기 힘들 정도였기 때문에 발끝으로 조심스레 더듬어 나아가야 했다. 20미터쯤 들어간 듯했을 때 종훈은 앞쪽 어둠 속에서 소년의 주의를 받았다.

"여기에 구덩이와 모서리가 있어. 조심해. 넘어지면 아프니까."

종훈은 손으로 더듬어 울퉁불퉁한 암벽을 따라 네다섯 걸음 옆으로 걸어가다 발끝으로 한층 낮은 곳을 확인하고 천천히 내려갔다. 한 손을 머리 위에 올려 앞뒤로 더듬고, 팔을 좌우로 벌려 측정해 보았지만 손이 닿는 공간에서는 천장도, 벽도 멀리 떨어져 있었다. 동굴은 거기서 훨씬 넓게 사방으로 펼쳐져 있음을 알 수 있었다.

"왼쪽으로 꺾는다!"

종훈은 지시받은 방향으로 틀어 벽을 따라 한참을 나아갔다. 그때 갑자기 눈앞에 눈부신 빛이 번쩍했다. 저도 모르게 깜짝 놀라 눈을 감았다. 눈을 뜨자 소년이 손전등을 비추고 있는 것이었다.

"눈에 띄기 쉬운 장소에서는 손전등을 쓰지 못하게 되어 있어. 처음이라서 동무는 걷기 힘들었지?"

"이렇게 깊은 동굴은 처음이야. 산길이라면 한밤중이라도 문제없지만."

종훈은 아까부터 민복을 입은 소년의 짓궂은 태도에 적잖이 언짢았다. 침착한 것도, 조심스러운 것도 물론 중요한 일이었지만 지나치게 젠체해서 싫었다. 그러나 종훈은 너무 허세를 부려서는 안 된다고 반성하고 다시 말했다.

"나 혼자라면 여기에 들어올 수 없을 거야. 아마도……."

두 사람은 소리를 내며 동시에 웃었다. 그리고 배낭 덮개에 끼워진 손전등을 안으로 비추고 앉았다. 동굴의 바닥은 짙은 갈색의 용암 자갈로 평평하게 되어 있었고, 두 사람이 벽에 등을 기대고 양쪽으로 다리를 뻗어도 남을 만큼의 공간이 펼쳐져 있었다. 그 안쪽으로는 더욱 깊은 어두운 공간이 이어지고 있었다.

"상당히 깊어 보이네. 이 동굴은 막다른 데가 없는 것 같아서 왠지 무서운 느낌이 들어."

종훈이 약간 장난스러운 어조로 말했다.

"없진 않아. 다만 아주 깊을 뿐이지."

민복을 입은 소년은 장난스럽게 검은 눈을 가늘게 뜨며 웃었다.

"옛날에 어떤 부자(父子)가 사냥을 나왔다가 산에서 큰비를 만나 비를 피하려고 이 동굴로 도망 온 적이 있었다고 해. 부자가 흠뻑 젖은 옷을 쥐어짜고 있을 때, 이 동굴 깊은 안쪽에서 '순이(順伊)야, 비가 올 것 같으니 천장을 닫아라.'라고 여자 목소리가 들렸다고 해."

두 사람은 소리 내어 깔깔 웃었다.

"근데 이상하지, 우리 마을에도 '순이'라는 이름의 여자애라면 널리고 널렸는걸."

종훈은 조금 그윽한 눈으로 소년을 보며 확인하듯 물었다.

"하지만 혼자 이곳에 오는 것은 동무라도 무섭다고 생각했지?"

"사람을 잡아먹는 호랑이라도 있는 줄 알았어?"

소년은 좀 전과 같은 어조로 반문했다.

"옛날 백두산 호랑이 한 마리가 먼바다를 헤엄쳐 건너와 이 섬에 당도했지. 그런데 세어보니 눈에 띄는 산만 아흔아홉 개인데 호랑이는 자기뿐이야. 아무리 난폭한 놈이라도 혼자 살기에는 너무 외로워서 맥없이 도망갔다는 얘기야. 그 후 섬에는 호랑이가 한 마리도 남아있지 않았으니 걱정할 필요가 없어."

"놀리지 말아."

종훈은 진지한 표정으로 말했다.

"동무가 좀 전에 말했잖아. 처음에는 무서웠다고."

"누구라도 그렇게 생각할 수 있을 거라고 말했을 뿐이야. 머

리로 생각하는 것만큼 무서운 일은 그렇게 쉽게 일어나지 않
아. 설령 일어났다고 해도 상상하는 것보다 훨씬 무섭지 않아.”

“어떻게 동무가 그런 걸 알아?”

종훈은 정색하는 목소리를 억누르며 말했다.

“마치 어른같이 말하네.”

“어른이 되는 건 나이와 상관없대, 내가 산에 올라갈 때 아
버지가 말했어. 남자는 필요할 때 언제든지 어른이 될 수 있
는 거래.”

“나도 형한테 그런 말을 들은 적이 있어. 아이라도 어른 이
상의 일을 할 수도 있다고. 하지만 이상하네. 동무가 말한 것
은 말로는 이해되지만 마음으로는 전혀 납득이 안 돼. 너는 아
직 어린애라고 설교를 듣는 것 같아.”

소년은 하얀 치아를 내보이며 피식 웃었지만, 그것이 더욱
종훈의 말을 긍정하는 것 같아 울컥했다.

“이봐, 동무는 웃잖아, 마치 무서운 것은 자신만 경험한 것
처럼.”

“그렇지 않아, 동무가 너무 연연하니까, 뭐가 그렇게 무서
운 거야?”

“내가 겁쟁이에 기개가 없다고 생각해?”

종훈은 목소리를 날카롭게 세우며 소년을 노려보았다. 하

지만 조금 전 동굴 앞에서 주저했던 일이 떠올라 얼굴이 붉어
졌다.

"그래, 그건 나라도 이유없이 몸이 떨릴 때가 있지. 그런데
머리로는 떨지 않으려고 안간힘을 써도 몸이 혼자서 그렇게
돼. 그게 내 책임이냐? 내가 겁이 많은 겁쟁이라는 증거인가?"

"아무도 겁쟁이라고 말하지 않았어."

소년은 다소 엄한 어조로 말했다.

"무서움에 집착하면 필요 이상으로 무서움이 커지는 법이
야."

"그럼 동무는 무서운 게 아무것도 없어?"

"없다고는 말하지 않았어, 무서움은 상상할 때보다 실제로
부딪혀 버리는 것이 훨씬 편해."

"자신 있구나."

종훈은 힘없이 그러나 비꼬는 말투로 말했다.

"동무는 도대체 무엇이 무서운 거야?"

소년은 대답을 거부할 수 없을 만큼 힘이 실린 어조로 말
했다.

"소중한 것을 잃는 것이지."

종훈도 단호하게 말했다.

"아버지나 어머니나 형이나 자신의 목숨이나……."

말을 다하고 나자 종훈은 웬일인지 갑자기 가슴이 죄어오고 눈물이 터질 것 같아 고개를 숙였다.

"잡힐까 봐 겁먹고 있구나?"

소년의 목소리는 온화하고 종훈을 위로하는 듯한 부드러운 울림이 있었다. 종훈은 침 삼키는 듯한 표정을 지으며 목구멍으로 치밀어 오르는 열기를 몸속 깊숙이 밀어 넣었다.

"아까 입구에서 떨려서 견딜 수 없었다고 말했잖아. 그건 거짓말이 아니야. 두 번이나 암호를 말해도 반응이 없고…… 엄청 걱정했어."

"나는 한밤중에 산을 내려와 아직 어두울 때 여기에 도착했어. 날이 밝아도 동무가 올라오지 않아서 밖에서 상황을 살펴보기로 했지."

"그렇지, 동무도 분명 만일의 사태를 생각했을 거야."

종훈은 기운을 되찾아 소년의 말을 이어받았다.

"나도 그 생각했어. 그래서 문득 이혁(利赫)이 떠올랐어. 그러자 갑자기 몸이 떨리기 시작해서……."

"이혁?"

"아, 우리 마을에서는 요즘 친구들끼리도 쉽게 마음을 놓을 수 없게 됐어. 나와 동갑인 이혁은 마을 서쪽 변두리에 살았어. 올해 봄, 보리 수확이 끝난 어느 저녁, 국민학교 동창 한 명이 찾아와서 그를 불러냈지. 이혁 동무 있냐고 말이야. 그가 선뜻 마당으로 나오자, 돌담 뒤에 숨어 있던 대동청년단 놈들이 뛰쳐나와 이혁을 끌고 가버렸어. 이유는 억지스러워. 동무는 동지의 의미로도 전용되어 사용되잖아. 그래서 동무라고 불렀을 때 대답하는 놈은 빨갱이라고 단정해 버리는 거야. 이것이 놈들의 수법이지. 일부러 미끼를 써서 눈여겨 둔 상대에게 덫을 놓는 거야. 진짜 이유는 이혁을 테러조직인 대동청년단에 끌어들이려고 했는데 단호히 거절했기 때문이야.

나흘 뒤, 면사무소의 사환이 경비대의 포고문을 마을에 돌렸어. 마을 주민들은 한 명도 빠짐없이 이혁네 텃밭에 모이라고 했어. 마을에서는 스무 집 단위로 반(班) 제도가 시행되고 있었고 반장은 각 집이 돌아가며 맡는 교대제야. 포령 위반은 반의 공동 책임으로 처벌받기 때문에 마을 사람들은 싫든 좋든 끌려 나올 수밖에 없는 구조로 되어 있어.

그날 텃밭에 모이자, 이혁은 이미 정상이라고 할 수 없을 정도로 곤욕을 치른 것을 금세 알 수 있었어. 얼굴은 보라색 호박처럼 울퉁불퉁 부어올라 있었고, 손은 뒤로 묶인 채 보리의 그루터기 위에 돌멩이처럼 나뒹굴고 있었어. 눈꺼풀이 부어서 눈을 뜰 수가 없는 건지 눈을 꼭 감은 채 아무것도 보려고 하지 않았어. 그런데 몸만은 추운 듯 부르르 떨고 있었어. 마을 사람들과 섞여 이혁의 아버지와 어머니도 같이 보고 있었지. 얼마나 괴로웠을까…….

지프를 타고 온 경비대장의 경고는 잔혹할 정도로 무자비했어. '오늘 이곳에 모인 주민들 중에는 이런 빨갱이 같은 불충분자는 없을 거라고 나는 믿는다. 만약에 있다면 어떤 결과를 초래할지 두 눈 뜨고 잘 봐두는 것이 좋을 것이다. 이 벌레 같은 자는 산에 있는 놈들과 연락하더 마을의 평화를 어지럽히고 국가에 반역하는 짓을 저질렀다.'

경비대장이 한 손을 들자 두 명의 순경이 앞으로 나와 마을 사람 중에서 일부러 중학생 한 명을 끌라냈어. 카빈총을 쥐게 하고 이혁을 쏘라고 명령했어. 중학고에서는 군사 훈련이 강제로 시행되고 있었기 때문에 소총 조작에도 익숙했을 거야. 중학생은 얼굴이 새파랗게 질려 이를 악물고, 총을 마치 무거운 바위처럼 치켜들고 한 번은 이혁어게 총구를 겨누었지만, 끝내 제대로 겨눌 수 없었어. 방아쇠를 당길 수가 없었지. 만약 중학생이 이혁을 쏘았다면 그는 살인자가 되어버릴 테니까. 그 가족도, 친척도 마을 전체로부터 비난과 따돌림을 받을 것이고 그것이 널리 퍼져 마을 사람들의 마음을 갈라놓게 될 거야. 원수처럼 사람이 사람을 믿지 못하게 되고 말지. 살인자, 살인자의 부모, 살인의 집안, 살인의 친구, 그렇게 낙인

찍히고 그들은 마을의 적이 되어버리는 거지…….

중학생은 끝내 카빈총을 축 늘어뜨린 채 눈을 실처럼 가늘게 감고 온몸을 부르르 떨기 시작했어. 그때 경비대장이 가슴 앞에서 오른손을 휙 내저으며 신호를 보냈어. 아마도 너무 시간을 끌면 본보기로서 효과가 떨어질 수 있다고 판단했을지도 몰라. 순경 한 명이 덜덜 떨고 있는 중학생의 뺨을 세차게 후려치더니 휘청거리는 상대에게서 총을 낚아챘어. 또 다른 순경이 이혁의 옷깃을 잡고 넝마 조각처럼 끌어올려 억지로 일으켜 세웠어.

처음 한 발은 이혁의 엉덩이를 스쳤어. 쏜 순경이 당황해서 조준이 빗나간 게 아니었어. 일부러 급소를 피한 것이었어. 이혁은 맞은 엉덩이 쪽으로 휘청거리며 무릎을 꿇었지만 바로 쓰러지지는 않았어. 잇몸을 드러내며 찢어질 듯 부릅뜬 두 눈을 하늘로 향하고 머리를 어깨 뒤로 젖힌 채, 두세 번 몸을 앞뒤로 흔들거렸어. 이혁을 쏜 순경이 무표정한 얼굴로 다가가더니 도살 기계처럼 이혁의 관자놀이에 총구를 들이대고 방아쇠를 당겼어. 픽 하는 소리가 들렸어. 이혁은 머리부터 먼저 휘청이며 몸을 접어 보리밭으로 얼굴을 처박았어. 몸이 두세 번 작게 파르르 떨리더니 손가락이 안쪽으로 오므라들고 굳어버린 듯 더는 움직이지 않았어. 보리밭 흙 위로 머리에서 검붉은 피가 뿜어져 나왔어.”

정신없이 떠들어대던 종훈은 갑자기 입을 다물고 자신의 손발이 주기적으로 작게 떨리고 있다는 것을 깨달았다.

“봐, 나는 지금 조금도 무섭다고 생각하지 않는데 몸이 말을 듣지 않아 저절로 떨기 시작해. 내가 겁쟁이일까?”

“떨린다고 해서 반드시 겁이 많아서 그러는 건 아니야.”

소년은 침착하고 단호한 목소리로 말했다.

“게다가 떨리는 것을 부끄러워할 필요도 없어.”

“동무는 이혁의 이야기를 듣고도 전혀 놀라지 않는군.”

종훈은 못마땅한 듯 말했다.

“부르르, 부르르 몸을 떨다가 죽어갈 때 거미가 긴 다리를 둥글게 오그리는 것처럼 말이야, 이혁의 손가락이 안쪽으로 오므라 들었어. 그 모습을 떠올리면 나는 아무래도 몸이 떨려와. 이혁이 관자놀이에 총알을 맞았을 때, 갑자기 ‘꺄악!’ 하는 여자의 비명소리가 들렸어. 마치 손도끼로 머리를 박살 낸 돼지가 내지르는 듯한 섬뜩한 목소리였어. 마을 사람들 속에 있던 이혁의 어머니가 기절해 버렸어. 가엾은 아주머니……. 그 목소리를 떠올리면 지금도 숨이 턱 막혀. 정말 동무는 무섭지도 아무렇지도 않아?”

소년의 얼굴이 갑자기 고통에 휩싸인 듯 일그러졌다. 소년은 뻗고 있던 두 다리를 천천히 끌어당겨 무릎을 세우더니 그 위에 뼈 굵은 두 손바닥을 꽉 움켜쥐었다. 쥐는 힘이 워낙 세서 뚝뚝 하고 관절 소리가 종훈에게도 또렷하게 들렸다. 예상 이상의 반응에 종훈은 상당히 당황했다. 소년의 강인함에 적잖은 타격을 준 것에는 만족스러웠지만 상대의 반응이 너무 강해서 후회스러운 기분도 들었다. 소년은 평정심을 되찾으려는 듯 입술을 다물고 잠시 말이 없었다. 소년은 금방 전과 다름없는 표정으로 돌아오더니 검은 눈으로 깊은 생각에 잠긴 듯 종훈을 지그시 바라보았다. 종훈을 바라보며 시선을 피하지 않았다. 너무 빤히 쳐다보자 종훈은 안절부절못했다. 자신의 생각을 꿰뚫어 본 것 같아 민망했던 것이다. 사람을 떠본다는 것은 부끄러운 일이라고 형이 말했던 것이 떠올랐다.

"무섭다고 떠들고 다니는 건, 전혀 중요한 일이 아니야, 동무."

소년은 그 눈빛만큼이나 조용한 목소리로 종훈을 다그쳤다.

"무서움은 떠벌리는 것보다 그것을 참는 게 중요해. 그게 더 남자답다고 생각하지 않아? 게다가 동무는 이렇게 자기 일을 제대로 하고 있잖아?"

소년은 두 사람 사이에 놓아둔 낡은 배낭을 가볍게 흔들어 보였다.

“무서워하면서 하는 건, 일에 대한 비겁함이 아니야?”

“끝까지 해내는 게 더 중요한 거야.”

“소중한 것을 잃기 싫다고 말하는 걸, 경멸하지 않아?”

“왜 경멸하겠어? 그것은 인간이라면 누구나 가지고 있는 인간다운 마음이지.”

“이혁이 그런 일을 당하고 나서 마을에서는 말이야, 이제는 친구도, 친척도 할 것 없이 남을 섣불리 믿지 말라고 속으로는 다 그렇게 생각하게 됐어. 괜히 실수로 엉뚱한 말을 했다간 자기뿐만 아니라 부모, 형제, 친척은 물론이고 남의 목숨까지 잃게 될지도 모르니까. 자신 이외에는 아무도 믿지 말라고 아버지가 말하는 거야. 그런데 우리 둘째 형은 이혁의 사건이 있고 나서 바로 자취를 감췄어. 아버지는 형이 육지로 일자리를 구하러 갔다고 마을 사람들에게는 둘러댔지만, 나는 형이 산에 올라갔다는 것을 알고 있었어. 마을에 남아 있으면 이승만의 앞잡이인 대동청년단 패거리들에게 끌려가 살인의 앞잡이가 되거나 국방경비대에 강제지원을 당하거나 둘 중 하나인 것은 정해져 있어. 그래서 형이 산에 올라간 것이 형을 위해서라도 나는 기뻤어.”

“부모나 형제, 친구, 자기 목숨보다 더 소중한 것도 있지. 우리에게 지금 가장 중요한 것은 이 나라를 지키는 일이야. 그래서 동무의 형도 목숨을 걸고 산에서 싸우고 있는 거야. 동무도 이렇게 자기가 맡은 일을 제대로 해내고 있잖아. 언젠가 분명히 평화롭게 살기 좋은 날이 올 거야. 그런데 모두가 힘들어할 때 자기 혼자만 태평하게 편히 살려고 한다면 그건 너무 어리석은 생각이지. 세상이 가만히 내버려 두지도 않을 뿐만 아니라 무엇보다 자기 양심이 그걸 용서해 주지도 않아."

"형이 산으로 올라간 것을 난 기쁘게 생각해."

종훈은 가슴을 펴고 자랑스럽게 다시 말했다.

"동무 형은 산에서 열심히 싸우고 있어. 그렇게 전해달라고 부탁받았어. 틈이 나면 겨울을 나기 위한 숯을 굽는다며 쉴 틈이 없어. 가마도 직접 만든다고 해."

"그럼 그렇지, 형은 산 사람이야. 산에서 하는 일이라면 뭐든 해낼 거야, 곧 그 가마에서 그릇까지 굽겠다고 할 거야, 분명!"

소년은 종훈을 제지하고 유쾌한 목소리로 웃었다. 그리고 발밑에 있는 배낭을 가리키며 말했다.

"그릇 같은 건 필요 없어. 필요한 건 이 종이야. 우리에겐 식량도, 무기도 있어. 다만 종이만은 산에서 만들 수 없으니까."

"형도 똑같은 말을 했어. 한 달쯤 전 한밤중에 형이 불쑥 집에 왔어. 처음엔 아버지가 나에게 이런 일을 시키는 것을 선뜻 허락하지 않았어. 그걸 형이 끈질기게 설득한 거야. 그날 밤 나는 형과 함께 이곳으로 올라왔지. 길을 익히기 위해서 말이야. 나와 형은 새벽녘에 이 동굴 앞에 도착했어. 산 부대에서는 기록용으로도, 선전 전단을 만들 때도 종이가 피처럼 귀하다고 형은 말했어. 내가 하는 일은 그 귀중한 피를 구해서 산에 전달하는 것이라고 말이야. 나는 종이가 얼마나 중요한지 잘 몰랐지만, 형이 중요하다고 생각하는 것은 나에게도 중요한 거야. 내 마음 알겠지? 나는 형이 너무 좋아!"

"그렇지, 무엇이 중요한지는 사람마다 다를 수 있으니까."

"응, 다만 아버지가 종이를 어떻게 구하는지 모른 척하라고 신신당부했어."

"동무가 내 이름을 몰라도 되는 것처럼 말이야."

"종이는 마을에서 살 수 없어, 다른 마을로 가지 않으면."

"자기 일만 책임감 있게 해내면 되는 거야."

"오늘 아침에는 분명 형을 만날 수 있을 줄 알았는데……."

"나라서 실망한 거야? 일할 사람은 많아."

"마을에서는 낮에 어른들이 그냥 산으로 일하러 올라가기만 해도 눈에 띄거든. 출입 금지 구역이 아니더라도 경비대가 총을 쏘기 때문에 위험해. 저녁 7시에는 이미 통행금지가 돼.

사람들이 잠들기를 기다렸다가 집을 나서면 이곳에 도착하는
건 새벽 무렵이야. 지금 이곳을 나가 산을 내려가 마을로 곧
장 들어가면 낮쯤 되니까 산기슭의 관목지대에서 어두워질 때
까지 기다려야 해. 봐, 학생복의 금속성 단추도 검은색으로 다
바꿔 달았지? 경비대 놈들은 그늘에 숨어서 쌍안경으로 움직
이는 걸 발견하면 바로 발포해. 금 단추는 빛에 반사돼서 특
히 표적이 되기 쉬우니까.”

종훈은 완전히 마음을 터놓은 듯 소년에게 말을 걸었다.

“나도 형처럼 어릴 때부터 산에서 일을 도왔기 때문에 밤길
도 평평한 길처럼 느껴졌어. 여기 동굴도 잠자리에 들어가듯
이 금방 찾을 수 있었어.”

종훈은 신이 나서 말했다. 형에 대해 이야기하고 있으면 마
음이 편안해지는 것이었다. 그러자 집을 나설 때 어머니가 챙
겨주신 보따리가 생각났다. 갑자기 허기가 져서 배낭에서 손
전등을 뽑아 소년에게 들게 하고 배낭을 열었다. 감물로 물들
인 삼베 보자기를 꺼내 무릎 위에 펼쳤다. 옥수수 껍질에 감
싼 메밀 범벅이었다. 메밀가루를 뜨거운 물에 반죽하여 뭉근
한 불로 익힌 간식이다. 단맛을 내기 위해 잘게 썬 고구마가
섞여 간이 배어 있다. 소년은 종훈의 손을 들여다보더니 코를
벌름거리며 고소한 냄새를 맡고는 방긋 웃었다.

"정말 맛있는 냄새다!"

종훈은 메밀 범벅 하나를 소년에게 건넸다.

"먹어도 괜찮지? 고마워."

소년은 소리를 내며 크게 두 입 정도 베어 물고는 몹시 만족스러운 듯이 중얼거렸다.

"어머니가 생각나네. 간이 딱 좋아. 우리 집에서는 말이야, 비가 와서 밭에 못 나가는 날이면 보리를 볶아서 미숫가루처럼 갈아서 먹어. 어릴 때는 비 오는 날이 기다려졌는데 보리 미숫가루보다는 메밀 범벅이 훨씬 맛있네."

"그건 형 몫이라고 어머니가 챙겨주신 거야. 하지만 동무가 다 먹어도 좋아. 우리도 형제나 다름없으니까."

종훈은 진심으로 그렇게 생각했다. 소년의 침착한 성격이 믿음직하고 형을 대하는 것처럼 친밀한 감정이 온몸에 따뜻하게 퍼져갔다. 왜 조금 전에는 그토록 소년에게 반감을 느꼈는지 알 수 없었다. 혹시 기대했던 형을 만나지 못한 불만의 화풀이였을지도 모른다. 이제 이명도 사라졌다. 떨림도 전혀 오지 않았다. 소년과 함께 있으면 불 옆에 있는 듯한 따뜻함이 몸을 감싸는 것 같았다. 종훈은 소년의 왕성한 식욕을 보고 있자니 그것까지 만족스러웠다.

"동무의 마을은 섬 어느 쪽에 있어?"

종훈은 물었다.

"남쪽이야. 산과 해변 사이 중간쯤에 있는 마을이야. 집에서 바다는 보이지만 파도 소리는 들리지 않아. 안개가 끼면 집은 산기슭에 녹아들어 해변에서는 보이지 않아."

소년은 입술을 닦고 시원시원하게 설명하고는 금세 비워버린 옥수수 껍질을 정성껏 접어 배낭 뒷주머니에 집어넣었다. 종훈이 넘겨준 배낭은 소년이 산의 기지로 운반할 물건이다.

"자신이 머물렀던 곳에는 흔적이 남지 않도록 주의해야 해."

종훈도 먹다 남은 메밀 범벅을 보자기에 싸서 허리에 묶었다. 집에 돌아갈 때까지의 식량이었다.

"슬슬 헤어질 시간이네."

소년은 아쉬운 듯이 말했다.

"우리는 서로 모르는 사람에게는 이름을 밝히지 않는 게 원칙이야. 하지만 난 동무를 알아. 동무의 형한테 들었으니까. 그러니까 이름을 몰라도 그 이상으로 잘 알고 있었던 것 같아. 정말 반가웠어, 그럼 헤어지자."

"잠깐, 기다려!"

종훈은 일어서려는 소년을 황급히 불러 세웠다.

"처음엔 동무를 별로 좋지 않게 생각했어. 허세 부리는 사

람이라고 착각했어. 하지만 지금은 아니야. 헤어지는 것이 괴
로울 정도야. 아까는 동무를 떠보려고 했어. 이혁과 어머니의
일을 꺼낸 것도……. 그런데 동무가 너무 놀라는 걸 보고 나
서 후회했어. 이해해줄 거지?”

소년은 쾌활하게 고개를 끄덕이더니 앞으로 바짝 다가와서
굵은 손을 종훈의 어깨에 조용히 얹었다.

“놀라게 하려던 게 아니라 동무는 내 형을 떠올리게 했던 거
야. 나를 좀 힘들게 했어.”

“힘들게 했어?”

“그래, 죽은 형 말이야.”

“물어봐도 돼?”

종훈은 어리둥절한 목소리로 물었다.

“그래, 괜찮아.”

소년은 어깨를 떨구고 가라앉은 목소리로 말했다.

“형은 마을의 국민학교 교사였어. 나는 국민학교를 졸업한
뒤 S 항구에 있는 친척 집에 하숙하면서 그곳의 중학교에 다
녔어. 그 무렵에는 나도 동무처럼 S 항구에서 마을로 종이를
운반했지. 마을에는 종이가 없어. 그래서 S 항구에서 사서 갈
아입은 세탁물 밑에 숨겨서 배낭에 넣고 메고 오는 거야. 형
은 종이를 자기가 다니는 학교의 교재용으로 사용한다고 말

했어. 처음에는 나도 그렇게 믿었어. 도중에 경찰관에게 불심검문을 당해도 그렇게 대답하면 괜찮을 줄 알고 나는 아무런 불안감도 없었어. 그런데 어느 날 형이 운반해 오기 불편하면 종이를 좀 더 작게 재단해 와도 된다고 해서 눈치를 챘지. 이건 선전 전단용 종이라고 말이야. 이승만이 노리는 남조선만의 단독선거가 우리에게 있어서 조국의 분단을 가져오고 민족의 불행을 초래하는 재앙의 원인이 될 것임을 사람들에게 알리기 위해서는 종이가 아무리 있어도 부족할 정도였어.

처음에는 S 항구에서 토요일 오후가 되면 하룻밤 묵으러 집에 오는 것이 정말 즐거웠어. 하지만 배낭에 가득 넣은 종이의 사용 목적을 확실히 알고 나서는 역시 조마조마했지. 국도의 요충지마다 반드시 경찰의 감시초소가 있어. 건물 옆에는 사각형의 높은 망루가 세워져 있었어. 망루에는 쌍안경으로 국도를 노려보고 있는 순경이 교대로 항상 서 있어. 나는 여느 때와 마찬가지로 주말에 집에 귀성하는 학생처럼 감시초소 쪽으로 다가갔지. 망루 위에서는 쌍안경이 또렷이 나에게 초점을 맞추어 움직이고 있는 것이 분명히 보였어. 나는 애써 표정도, 걸음걸이도 바꾸지 않고 감시초소 앞까지 다다를 때쯤에는 벌써 긴장이 되어 목이 바짝 말라 버리곤 했지. 주변 공기가 마치 유리처럼 응축돼 호흡을 막는 것처럼 숨쉬기가 힘들어져. 눈이 혼미해지는 것을 겨우 참고 감시초소 정면까지 갔어. 그 사이에도 쌍안경은 내 얼굴을 정면에서 옆으로 그리고 등으로 끊임없이 눈 한번 깜빡이지 않고 감시하고 있었어. 나는 얼굴뿐만 아니라 감시초소를 통과하기 전까지는 몸짓 하나 바꿀 수가 없었어. 그리고 겨우 감시초소 앞을 지나갔을 때, 겹겹이 둘러쳐져 있던 유리의 대기에 무수한 균열이 생기고 그 틈으로 신선한 공기가 텅 빈 인후로 우르르 흘러드는 것처럼 느껴졌어. 감시초소만 뚫고 나가면 이미 그곳은 우리 마을이었어. S 항구에서 마을까지는 3시간은 족히 걸렸어. 저녁 늦게 용암석의 길을 따라 마을로 올라가면 우리 집 불빛이 가지색 산기슭에 해바라기처럼 반짝거리는 것이 멀리서 보여. 저녁 짓는 연기가 포근하게 집 위를 감싸기도 해. 그것을 보는 것만으로도 나는 도중에 잡히지 않은 것에 행복을 느꼈어. 무사히 둥지로 돌아가는 작은 새의 행복을 맛보았지. 그것은 내 안에 열 명이나 되는 다른 내가 살아 있어서 그 열 명의 내가 또 각각 백 가지씩의 행복을 속삭이며 나누는 듯한 기쁨이었어. 그리고 무사히 형에게 도움이 될 수 있었다는 것이 정말 기뻤어.

형은 그 후 얼마 지나지 않아 경찰에게 끌려갔어. 마을에 뿌려진 전단지와 같은 모양의 종이가 학교의 형의 사무 책상에서 발견됐다는 게 이유였어. 형은 끝까지 그 종이의 입수 경로를 발설하지 않았어. 그리고 형은 자신이 근무하던 학교 운동장에서 다섯 발의 총알을 가슴에 맞고 죽었어. 아버지도, 어머니도, 나도 마을 사람들과 함께 학교 운동장에 불려가 모두 형의 최후를 지켜보게 했어. 학교 운동장에 끌려온 형은 기둥에 묶이는 것도, 눈을 가리는 것도 거부했지. 두 다리를 빳빳이 펴고 똑바로 선 채 주먹을 쥐고 단 한마디 '인민공화국 만세!'라고 다부진 목소리로 외쳤을 뿐이야. 그 외침이 마치 '어서 쏴.'라는 신호라도 된 듯 순경의 다섯 발 총탄이 형의 얼굴과 가슴을 꿰뚫었어. 학교 운동장에 쓰러져 피투성이가 된 형의 시신을 앞에 두고 순경 지휘자는 마을 사람들에게 '대한민국 만세'를 세 번 외치게 했어. '대한민국 만세'—하지만 나는 세 번 외쳤어. '형, 만세, 만세, 만세!'라고.

나도 그때 분명히 몸이 떨리고 있었어. 하지만 그건 결코 무서움 때문이 아니었어. 분노와 증오, 한 몸이 둘로 찢어지는 듯한 참을 수 없는 마음의 아픔…… 그때의 기분은 도저히 말로 표현할 수 없어. 말해도 누구도 이해할 수 있는 일도 아니야. 나에게 가장 중요한 것은 그 일을 살아 있는 동안 결코 잊어서는 안 된다는 것뿐이야."

소년은 말이 끝나자, 반짝반짝 빛나는 검은 눈으로 종훈을 지그시 쳐다봤다. 소년의 뜨거운 눈빛에서 전해지는 것이 종훈의 마음속 깊은 곳까지 와 닿은 것 같았다. 종훈은 소년이 무슨 말을 하려고 했는지 너무 잘 알 수 있을 정도로 이해했다고 생각했다. 종훈은 어깨를 부르르 떨며 고개를 떨구었다. 소년은 떨고 있는 종훈의 어깨를 위로하듯 힘껏 흔들었다.

"자, 정말 작별이네, 동무도 건강하라."

"동무를 떠보려 했던 나를 나쁘게 기억할 거야?"

종훈은 눈부신 듯 소년을 올려다보며 목멘 목소리로 말했다.

"형제처럼, 기억할게."

소년은 검은 눈을 별처럼 반짝이며 고개를 끄덕였다.

보금자리를 떠나다

巣立ち

1

그날 오후 일본군이 집에 왔다.

나는 마침 여름방학 일과로 숙제를 하고 있었다. 그러자 마당에서 기르는 검둥이가 요란하게 짖어대는 소리가 들렸다. 그것은 평소와는 달리 겁에 질린 소리였다. 나는 무심코 연필을 움켜쥔 채 토방을 빠져나와 문간으로 뛰어나갔다. 앞마당에는 일본군 네댓 명이 서 있었다. 그중 한 명이 짖어대는 검둥이에게 총검 끝을 들이대며 겁을 주고 쫓아내려고 하고 있었다. 정체 모를 공포가 나를 덮쳤다.

"검둥아, 검둥아, 이쪽으로 와, 이리 와."

나는 목이 죄어드는 듯한 소리로 검둥이를 불렀다. 검둥이는 허리를 비틀며 단숨에 토방으로 뛰어들었다. 그렇다고 검둥이가 상대가 원하는 대로 물러나려 한 것은 아니었다. 검둥이는 내 발밑에서 등을 낮게 웅크린 채 힘이 잔뜩 실린 으르렁거리는 소리를 지르며 언제든지 상대에게 달려들 수 있는 자세를 바꾸지 않았다. 그것은 검둥이가 진지하게 적의를 드러냈을 때의 모습이다. 만약 검둥이가 정말로 덤벼들었다면, 군인들은 단번에 검둥이를 때려눕혔을 것이 틀림없다. 나는 거의 울 것 같은 목소리로 부모님의 도움을 구했다.

"아버지, 어머니—"

그런데 내가 그렇게 시끄럽게 부를 필요는 없었다. 소란을 들은 부모는 이미 그때 내 등 뒤에 서 있었다.

"무슨 일입니까?"

아버지는 한 손으로 나를 재빨리 뒤로 감싸안으며 서툰 일본어로 문 입구로 다가오는 일본군에게 물었다. 그러자 군인들은 웃음을 터뜨렸다.

"아주 성질이 사나운 개새끼로군. 이 새끼가 감히 제국 군인에게 덤벼들다니."

검둥이에게 총을 겨누고 있던 일본군이 총을 수평으로 고쳐 들고 오른쪽 겨드랑이에 끼운 채 농담조로 그렇게 말했다. 군인들은 또다시 웃음을 터뜨렸다. 총 끝에 달린 날카롭고 뾰족한 단검은 한여름의 햇빛에 반사되어 반짝반짝 빛나고 있었다…….

"아저씨, 고구마 주면 생선 줄 테니, 고구마 좀 많이 나눠주면 안 돼?"

총을 든 군인이 웃는 얼굴로 아버지에게 말을 걸었다. 연녹색 땀자국이 밴 셔츠의 계급장에는 별 세 개가 나란히 달려있었다. 군인들은 생선과 고구마를 물물교환하러 온 것이었다.

한라산의 광활한 산기슭 일대에 볼록 솟은 무수한 오름에 동굴을 파고 진지를 구축하던 일본군은 바닷가 마을에서 생선류를 구해 돌아오는 길에 우리 집에 들러 물물교환을 요구하는 일이 있었다. 다만 평소 학교에 다니는 내가 그 현장을 목격한 것은 그날이 처음이었다.

마대에 고구마를 절반 정도 담아 짊어지고 일본군은 돌아갔다. 그러자 어머니는 아버지에게 끊임없이 불평을 늘어놓았다.

"그렇게 다 퍼줘버리면, 우린 어떻게 살아요? 우리 먹을 것도 없잖아요?"

"군인들은 배가 고픈 거야. 굶주린 자와 맞서면 다칠 수 있어. 게다가 저런 걸 먹고서야 변변한 전쟁을 할 수가 없지."

"아이고, 이렇게 작은 고등어 열 마리 정도로 고구마를 두 말이나 빼앗아 가다니…… 어쩌다 자기 나라 바다에서 잡힌 생선조차 마음대로 먹지 못하게 된 걸까?”

화를 내는 어머니를 달래면서 아버지는 한동안 고개를 갸웃거리며 의아한 듯 뭔가를 골똘히 생각하고 있었다.

“이건 어쩌면…….”

“네? 무슨 일이라도 있었어요?”

“이봐, 사이렌 말이야, 하루에 한두 번씩은 시끄럽게 울리던 경계경보 사이렌이 어제는 한 번도 안 울렸잖아. 게다가…… 오늘은 일본군의 비행기 소리도 전혀 들리지 않지?”

“그래서…… 그게 어떻다는 거예요?”

초조하게 되묻는 어머니에게는 대답하지 않고 아버지는 뒷마당에서 하던 장작 패는 일을 끝내자 서둘러 마을로 내려갔다.

어머니와 나는 해질녘까지 계속 마을로 간 아버지가 돌아오기를 기다렸다. 아버지의 걸음걸이라면 마을까지 삼십 분이 채 걸리지 않는다. 그런데도 아버지는 좀처럼 돌아오지 않았다. 어머니가 부엌에서 저녁을 준비하는 것을 보고 나는 마당으로 나왔다. 앞마당을 벗어나면 바로 마을로 통하는 언덕길이다. 나는 마당 입구에서 아버지가 돌아오기를 기다렸다. 언제 왔는지 내 발밑에서 앞발을 세우고 앉은 검둥이가 어리광을 부리듯 쿵쿵 짖었다. 우리 집은 산과 해안의 중간쯤에 있다. 집에서는 바다가 내려다보이지만 아무리 바람이 세게 불어도 파도 소리는 들리지 않는다. 반대로 안개가 끼면 비록 한낮이라도 집은 산자락에 가려져 해변에서는 보이지 않게 된다. 해안선 너머 반원형으로 가로놓인 바다는 석양을 눈부시게 반사하며 붉게 반짝이고 있다. 아득한 수평선 상공에는 어깨를 나란히 하고 겹겹이 가로누운 거대한 적란운의 능선이 새빨갛게 물들어 있다. 여름 태양은 이미 서쪽 바다로 지려 하고 있었다.

그때 검둥이가 갑자기 요란하게 짖으며 돌담 밖으로 곧장 달려나갔다. 등에 석양을 받으며 아버지가 빠른 걸음으로 올라오는 것이 보였다. 나는 집 문간으로 뛰어가 부엌에 있는 어머니에게 아버지가 돌아오신다고 알려 안심시킨 뒤 다시 마당으로 뛰어나갔다. 아버지는 헐떡헐떡 숨을 몰아쉬며 이마의 깊은 주름에 땀이 반짝이고 있었다.

"아버지!"

내가 부르자, 아버지는 어린애처럼 두 팔을 높이 쳐들고 방긋 웃었다. 두 손을 내 머리에 올려놓은 아버지는 잠시 숨을 고르더니, 다리에 착 달라붙어 장난치는 검둥이는 아랑곳하지 않고 큰소리로 불렀다.

“애기 엄마! 전쟁이 끝났어. 일본이 졌어. 이제 우린 살았어…….”

나는 어안이 벙벙해 문간을 돌아보았다. 아버지를 맞이하려고 어머니가 문간에 서 있었다.

“정말요?”

한동안 말없이 서 있던 어머니가 믿기지 않는 듯 되물었다. 아버지는 격앙된 목소리로 대답했다.

“그렇고 말고, 이제 전쟁은 끝났어!”

“낮에도 일본군이 집에 왔었잖아요. 일본이 졌다면 어떻게 군대가 저렇게 으스대고 다닐 수 있어요? 정말 당신도, 노랭이 영감처럼 사람을 놀리다니…….”

어머니는 아버지의 소식을 좀처럼 믿으려 하지 않았다. 한번 믿은 것은 좀처럼 바꾸지 않는 어머니지만 남의 말을 섣불리 믿지 않으려는 것도 어머니였다. 그래서 마을에서는 하루에 거짓말을 두 말 정도 하지 않으면 밥이 목구멍으로 넘어가지 않는다고 거짓말하는 노랭이 영감까지 들먹인 것이었다. 아버지는 혀를 차며 말했다.

“이런 걸 농담으로 하겠어? 정말로 일본은 졌고, 전쟁은 끝났어. 조선은 독립하게 됐다고…….”

“언제 끝난 거예요?”

"그게…… 어제야. 어제로 전쟁은 끝났대. 여보, 이제 종훈이도, 중훈이도 돌아올 거야. 우리 아들들이 집으로 돌아올 수 있게 됐다고!"

아버지가 형들의 이름을 말하자, 어머니는 갑자기 흑흑 하는 괴로운 신음 소리를 내뱉으며 비틀거리더니 문간 바닥에 주저앉고 말았다. 아버지가 어머니 곁으로 가 어머니를 부축해 일으켰다. 분명 어머니는 기뻤던 것이다. 아이와는 달리 어른들은 기쁠 때 자주 울음을 터뜨리는 법이 있으니까. 나도 괜히 기뻐서 두 손 들고 '만세! 만세!' 하고 외쳤다. 내 목소리는 뒷산에 메아리쳐서 다시 '만세—, 만세—' 하고 내 귀에 되돌아왔다.

종훈 형이 돌아온 것은 8월 25일이었다. 종훈 형은 마을의 국민학교를 졸업하자마자 일본으로 건너갔다. 도쿄에 있는 큰형이 작은 공장을 운영하고 있었기 때문이다. 종훈 형은 큰형 집에서 지내며 전문학교를 다녔고 방학 때는 자주 고향 집으로 돌아왔다. 형은 집에 오면, 놋쇠 손잡이가 달린 긴 조선 자물쇠를 안테나 대신 사용해 소형 라디오로 방송을 자주 들었다. 그리고 이제 전쟁은 오래가지 않을 것이라고 아버지에게 말하곤 했다. 아버지는 불안한 눈으로 형을 바라보고 아무 말 없이 고개를 끄덕이곤 했다.

형은 9월 1일에 일본 군대에 입대하기로 되어 있어서 8월

12일 도쿄역을 출발해 8월 14일에 관부연락선으로 운 좋게 부산까지 무사히 도착했다.

한편, 한림리의 군용 매립지에서 근로봉사대에 끌려갔던 셋째 중훈 형도 여위어 뼈만 남은 모습이었지만, 눈빛만은 기쁨으로 반짝이며 마치 해방된 작은 새처럼 건강하게 돌아왔다. 나는 매우 기뻤다. 그래서 어린 마음에도 나는 '해방'이라는 것은 뿔뿔이 흩어졌던 가족이 다시 사이좋게 함께 살 수 있게 되는 일이라고 생각했다.

형들은 마주치기만 하면 '해방, 독립'이라는 말을 활기찬 어조로 계속 떠들어 댔다. 그리고 종훈 형도, 중훈 형도 매일같이 바쁘게 어디론가 돌아다녔다.

2학기가 시작되자 학교에서는 조회 시간에 '황국신민의 맹세'와 '황거요배(皇居遙拜)'를 계속할 것인지에 대해 논의가 오가고 있었다. 그 이유는 일본인 교장이 여전히 자리를 지키고 있었고 교사 중에도 일본 편을 드는 사람이 몇 명 있었기 때문이다. 그들은 전쟁 중에 '국어 상용' 즉 일본어를 일상적으로 쓰지 않는다고 해서 교실에서 학생들을 종종 때린 적이 있는 사람들이다. 그들의 배후에는 아직 일본군이 있었다. '본토결전(本土決戰)'에 대비해 전쟁 말기에는 육·해·공군 십만 명이 제주도에 투입되었다. 하지만 일본군은 패전 후에도 곧바로 무장

해제되지 않았다. 일본군은 아직 섬에 남아있었고 경찰까지 여전히 위세를 부리고 있었다. 그들의 비호 속에 패전 후 혼란을 뚫고 앞으로의 처세를 꾀하는 무리도 많았다. 한때 충실한 '황국신민'이었던 이들은 이번에는 미국의 '성실한 친구'로 변신해서 그동안의 잘못을 감추는 데 혈안이었다. 그럼에도 불구하고 일본의 패전은 뒤집을 수 없는 사실이었다. 일본 편을 들던 교사들과 일본인 교장도 결국 학교에서 자취를 감추었다. 그리고 종훈 형과 오 선생님 같은 분들이 새로 우리 학교에 부임하게 되었다. 그것은 지금까지 우리를 옥죄고 있던 거대한 속박이 한순간에 풀린 듯한 기쁨이었다. 이제 우리에게 진정한 국어인 조선어로 수업이 이루어지게 되었다. 국어도, 학교도, 그리고 조국도 모두 우리에게 되돌아온 것이었다.

용수(庸秀)가 다른 마을에서 우리 마을로 이사 온 것도 그 무렵이다. 우리 집은 앞서 말했듯 산과 해안의 중간쯤에 있는 독채로 마을 중심부에서 멀리 떨어져 있다. 하지만 시골집은 서로 떨어져 있어도 어딘가 비슷한 느낌을 주기 마련이다. 물론 큰 집도 있고 작은 집도 있다. 새집도 있고 오래된 집도 있다. 그러나 어떤 집이든 그곳에 사는 사람들은 예전부터 마을에서 살아왔기 때문에 서로 잘 알고 있다. 면사무소 근처에는 나의 사촌 형 집이 있고, 외할머니의 집도 같은 마을에 있다. 마을은 좁아서 마을 사람들은 거의 반드시 누군가의 친척이거나 일가이다. 나는 눈을 감고도 그 사람들의 집을 그릴 수 있다. 그래서 마을에서는 사람들뿐만 아니라 집들까지도 어딘가 닮은 듯한 느낌을 주며 보는 이에게 서로 친밀한 관계를 맺고 있는 듯한 인상을 준다.

다만, 용수네 집만은 우리 집보다 훨씬 떨어진 산동네 변두리에 덩그러니 한 채만 있는 아주 가난한 집이었다. 그 집에서 조금 더 위쪽으로 올라가면 노랭이 할아버지가 숯을 굽는 오두막집이 한 채 있을 뿐이었다.

용수는 나보다 1년 선배였다. 집으로 돌아오는 길이 같았기 때문에 우리는 자연스럽게 친해졌고 함께 집으로 돌아가곤 했다. 때로는 강아지처럼 장난치며 돌아가기도 했다. 또 어떤 때는 그의 허리끈을 붙잡고 내가 객차, 용수가 견인차가 되어 산비탈을 뛰어오르기도 했다. 용수가 칙칙 하고 힘차게 기관차 증기 소리를 내뿜으면, 내가 폭폭 하고 경쾌하게 경적을 울리는 식이었다. ―저녁 늦게 둘이 용암석 길을 올라가면, 멀리서 집의 등불이 가짓빛 산기슭에 해바라기처럼 환하게 새어나오는 것이 보인다. 저녁 짓는 연기가 어머니처럼 다정하게 지붕을 감싸기도 했다. 우리는 그것을 보며 언제나 둥지로 돌아가는 작은 새의 행복을 맛보곤 했다. 우리 몸속에는 열 명이나 되는 다른 아이들이 살고 있는 듯했고 그리고 그들은 또 수백 가지의 기쁨을 서로 속삭여 주었다. 비록 어른들이 그 시절 어떤 고통 속에 있었는지 모르지만 우리는 우리만의 어린 해방의 기쁨을 마음껏 누리고 있었다. 우리가 하굣길에 바닷가 모래밭에 교과서 보따리와 옷가지를 내던지고 벌거벗은 채 실컷 헤엄치다가 저녁 늦게 집에 돌아와도 부모나 형은 결코 나무라지 않았다. 어른들도 역시 해방에 이어 독립을 맞이할 기쁨에 젖어 있었고 그래서 아마 우리에게 그토록 너그러웠던 것이다.

일요일이 되면 내 발걸음은 어김없이 용수네 집으로 향했다. 그것은 다른 마을에서 온 용수를 만나 이런저런 이야기를 듣는 것 외에도 또 하나의 즐거움이 기다리고 있었기 때문이다. 용수는 구관조(九官鳥)를 한 마리 키우고 있었다. 그 구관조는 용수의 어머니가 해군기지 마을에서 일본군에게 징발된 여관에서 식모로 일할 때 손에 넣은 것이라고 한다.

아주머니는 원래 우리 섬에 많은 해녀였지만, 전쟁 중 항구가 해군에 점령되어 경계가 삼엄하고 생각처럼 바다에서 물질도 할 수 없게 되자 여관에서 식모로 일했다고 한다. 전쟁이 끝나던 해 봄, 중훈 형이 근로봉사대로 끌려갔던 한림리의 군용 화약고가 미군기의 공격을 받아 대폭발을 일으킨 적이 있었다. 그때의 폭발음은 20킬로미터 정도 떨어진 우리 마을까지 들려올 정도로 컸다. 항구에 정박해 있던 슈테이(舟艇) 부대의 목조선도 날아가 버렸다고 한다. 용수 어머니도 해녀라는 이유로 바다에 잠수해 일본군의 시체를 수습하는 일에 동원되었다. 온전한 시체는 거의 없었다고 한다. 아주머니는 며칠이고 바닷속에 들어가 잘려나간 일본군의 팔이나 몸의 일부를 바다에서 끌어올려야 했다. 머리는 없고 바닷물에 불은 몸통만 있는 일본군은 검고 큰 해파리처럼 내장 일부를 늘어뜨린 채 바닷속을 떠다니기도 했다고 한다. 일을 마친 뒤, 아무리 씻어도 아주머니의 몸에서는 시체 냄새가 사라지지 않았다. 아주머니는 한동안 식사 때 일본군의 모습을 떠올리기만 해도 밥이 넘어가지 않았다. 그리고 밤마다 머리가 없는 일본군이 벌거벗은 채로 등 뒤에서 끌어안는 악몽에 시달렸다고 한다.

전쟁이 끝난 뒤, 11월 무렵까지 일본군은 미국의 LS정에 실려 본토로 철수해 갔다. 구관조는 그때 일본군이 남기고 간 것이라고 했다.

조선 새를 작게 만들어 놓은 듯한 구관조는 깃털이 검게 윤이 나고 부리 끝만 노란색을 띠고 있었다. 눈동자가 동그랗고 영리해 보였으며 기억력도 매우 뛰어났다. 내가 처음 찾아갔을 때는 대나무 새장 한쪽으로 몸을 웅크린 채 경계하는 태도를 보일 뿐이었다. 횃대 위에서 목을 움츠린 채 나를 살피기도 했다. 그러나 친해지기 시작하면 '곤니치와, 반자이'와 같은 말을 하기 때문에 나는 깜짝 놀랐다. 신기해서 멍하니 있는 나에게 용수는 여관에 있을 때 일본군이 가르쳐 놓은 것이라고 말했다. 그 뒤로 우리는 구관조에게 조선어를 가르치기 시작했다. '안녕하십니까, 만세, 차렷, 모여라!'와 같은 말을 가르쳤다. 그러자 영리한 녀석은 우리 목소리까지 흉내 내면서 금세 외워버렸다. 심지어 나를 따라온 검둥이가 대나무 새장 주위에서 짖자, 처음에는 겁을 내던 구관조가 익숙해지면서 거꾸로 '멍멍, 멍멍' 하고 검둥이에게 짖어 보였다. 틀림없이 검둥이도 놀랐을 것이다.

큰 마을에 살던 용수는 내가 모르는 것을 잘 알고 있었다. 게다가 그림을 매우 잘 그렸다. 바닷가에서 실컷 헤엄친 뒤, 젖은 몸을 햇볕에 말리면서 용수는 막대기로 능숙하게 검둥이와 구관조의 모습을 모래 위에 그려 보여줬다. 때로는 감자 모양을 한 우리가 사는 섬을 재빠르게 그리고 섬의 중심부에 우뚝 솟은 한라산만은 특별히 정성스럽게 그려놓고 이 높이는 1,950미터라고 했다. 섬의 면적은 1,850평방킬로미터, 동서 길이가 82킬로미터, 남북 길이가 42킬로미터에 달하며, 해안선은 200여 킬로미터나 된다. 그리고 제주도는 한반도 서남단 목포에서 남쪽으로 142킬로미터 떨어진, 사방이 바다로 둘러싸인 화산섬이다. 한라산의 넓은 들판에는 목장도 있고, 삼백여 개의 오름이 혹처럼 한라산 의쪽 부분에서 들판 쪽으로 돌출해 있다. 우리 마을은 섬의 남쪽에 위치해 있고 도청 소재지인 성내는 한라산 북쪽에 자리 잡은 마을이다. '신작로'라고 불리는 일주도로가 있어 버스가 다녔다. 걸어서 가면 어른이라도 족히 이틀은 걸린다. 그래서 걸어서 갈 경우에는 한라산 서쪽 산간 도로를 넘어 다닌다. 그 길을 이용하면 거의 하루 정도 걸린다고 한다. 용수는 아직 가본 적 없는 성내를 상상하며 이야기할 때면 눈동자가 반짝였다. 빨리 커서 나와 함께 가보고 싶다고 했다. 하지만 그는 늘 그렇게 진지한 얘기만 했던 것은 아니다. 어느 날은 제주도에 호랑이가 없는 것은 바다가 있기 때문이라고 그럴듯한 표정으로 말하기도 했다. 옛날 백두산에 살던 호랑이 한 마리가 한반도 남단까지 내려와 바다에 뛰어들어 이틀 밤낮을 계속 헤엄쳤지만, 결국 도중에 포기하고 돌아갔다는 것이다. 우리는 물에 흠뻑 젖은 얼빠진 호랑이의 모습을 상상하며 모래 위에서 웃어댔다. 용수는 모래 위에서 배가 고파 등가죽이 달라붙고 두 눈에서 주먹만 한 눈물을 흘리고 있는 호랑이의 모습을 그려 보여줬다. 우리는 그것을 보고 또 한바탕 웃었다. 용수 덕분에 나도 그림을 좋아하게 되었다. 나와 용수는 그런 사소한 일들을 기억 속에 차곡차곡 쌓아가며 어린 우정을 키워갔다. 우리에게는 그것만으로 더할 나위 없이 즐겁고 행복한 나날이었다.

그러던 어느 날, 아버지와 어머니 그리고 형들이 방 안에서 무척 심각한 표정으로 오랫동안 이야기를 나누고 있었다. 어른들의 이야기는 어린 나로서는 이해하기 어려웠다. 마치 우리 인간의 이야기를 검둥이가 멀뚱멀뚱 고개를 갸웃거리듯 나도 가족들의 대화를 곁에서 그저 듣고 있을 뿐이었다. 가족들의 이야기는 점점 꼬여가는 듯했다. 마침내 어머니가 고개를 가로저으며 격렬하게 반대하기 시작했다.

"보물은 잃어 보지 않으면 진정한 소중함을 알 수 없다고 하잖아. 길고 긴 전쟁이 겨우 끝났어. 나라는 독립한다고 해. 너희들은 무사히 집에 돌아왔어. 나는 그것만으로 이미 만족해. 중훈은 집에서 지내면 돼. 이제 와서 어떻게 다시 떠나보낼 수 있겠어? 난 싫어!"

"어머니!"

교사가 천직이 된 듯한 종훈 형은 난처한 표정으로 어머니를 달렸다. 중훈 형은 마치 지시를 기다리고 있을 때의 검둥이처럼 모두의 얼굴을 진지한 눈빛으로 바라보고 있었다. 종훈 형이 아버지에게 말했다.

"나라는 일본의 지배로부터 해방됐습니다. 우리에게 남은 것은 독립뿐이라고 생각했습니다. 그러나 우리가 해방군이라고 생각한 미군은 조선을 점령하겠다고 선언한 것입니다. 미국과 소련과 중국, 3개국 외무장관 회의가 모스크바에서 열리고 있다고 해도 조선의 완전한 독립은 오늘, 내일로 될 것 같지 않습니다. 어쩌면 오랜 시간이 걸려야 진정한 독립이 우리의 것이 될지도 모릅니다. 저는 나라가 해방되면 집에 돌아가서 농사를 지을 생각이었습니다. 그래서 전문학교에서도 농학과를 선택해서 공부했습니다. 경작지가 적은 우리 고장의 농업을 발전시키려면 낙농을 중심으로 한 근대 농법을 도입하지 않으면 안 된다고 생각했고 지금도 그렇게 생각합니다. 그러나 아버지, 저는 제 일생을 다음 세대의 교육에 바치고 싶다는 마음이 들었습니다. 저는 어떤 일이 있어도 이 마을을 떠날 수 없습니다. 그래서 중훈이 새로운 시대의 농업 공부를 저 대신 해주었으면 합니다. 저도 많이 고민했지만, 중훈과도 충분히 상의한 끝에 내린 결론입니다. 아버지, 그렇게 해주십시오!"

교사 같은 말투로 말하는 종훈 형은 조금 격앙돼 있었다. 아버지는 얼굴을 찡그린 채 꽤 오랫동안 생각에 잠겨 있었다. 그리고는 마침내 결단을 내린 듯 말했다.

"나는…… 백성이다, 어려운 이치는 잘 모른다. 종훈이도 중훈이도 오랜 고민 끝에 한 말이겠지. 추수하기 위해서는 먼저 씨를 뿌리지 않으면 안 되지. 종훈의 의견에 따르자."

그렇게 결론이 난 듯했다. 종훈 형은 크게 고개를 끄덕였고, 중훈 형은 조금 불안한 듯했지만 그래도 씩씩한 미소를 지으며 아버지에게 고개를 숙였다. 볼멘 얼굴을 하고 있던 사람은 어머니뿐이었다.

그 후 얼마 지나지 않아, 중훈 형은 성내의 농업학교로 복학하기 위해 집을 떠났다. 나는 가족들의 말을 아무 의심 없이 그대로 믿었다. 그러나 그로부터 3년여 동안 중훈 형은 한 번도 집에 돌아온 적이 없다. 내가 이상하게 여겨 물어보면, 어머니는 곤란한 표정으로 얼버무리곤 했다.

"아마 씨를 뿌리느라 바쁘겠지."

나는 또 그 말을 그대로 믿었다. 그러나 사실 형은 몰래 일본으로 건너갔던 것이다. 그 사실을 알게 된 것은 한참 뒤의 일이었다.

내가 5학년을 수료한 4월 초, 성내에서 아동미술전이 열렸다. 이 미술전은 학교에서도 큰 화제가 되었다. 도 전체 국민학생의 응모 작품 중에서 용수가 그린 구관조 세밀화와 내가 그린 풍경화 그리고 두 학우의 작품도 선정되어 함께 전시되었기 때문이다.

그날 미술전 견학을 위해서 우리 학교 4, 5, 6학년생 거의 백 명 가까이가 두 조로 나뉘어 교문을 나섰다. 먼저 교사 한 명과 여학생 다섯 명이 버스를 타고 선발대로 출발했고 나를 포함한 나머지 학생들은 가랑비를 닮은 안개 속을 걸어 한라산 서쪽 들판을 우회하는 산 넘는 샛길을 따라 성내로 향했다.

산길을 올라갈수록 안개는 점점 더 짙어졌다. 자욱한 안개에 가려 시야가 몹시 흐려 우리는 종종 걸음을 멈추고 안개가 걷히기를 기다렸다. 간혹 북서쪽에서 불어오는 계절풍이 산기슭의 안개를 밀어내는 틈을 타서야 앞으로 나아갈 수 있었다. 해발 600~700미터의 등고선을 따라 굽이도는 샛길은 오르내림을 반복하며 꾸불꾸불 이어져 있었다. 골짜기에 피어오른 안개 덩어리는 마치 살아있는 것처럼 와글와글 소리를 내며 서쪽 바다가 있는 산기슭 쪽에서 기어오르더니 우리가 가야 할 길을 순식간에 뒤덮어버렸다. 그리고 안개는 다시 소리를 내면서 눈사태처럼 반대편 골짜기로 미끄러지듯 내려가는 것이었다. 마치 거대한 불특정한 형태의 파충류가 꾸불꾸불 기어가는 듯한 산간의 무시무시한 짙은 안개의 움직임을 처음 목격하는 우리는 추위와 공포에 몸을 떨고 있었다. 태어날 때부터 산촌의 삶에 익숙한 나조차 가슴이 철렁 내려앉았다. 그중에는 불안해하며 울상을 짓는 어촌에서 자란 학우도 있었다. 그래도 내게는 용수도 있었고 또 교감이 된 종훈 형이 인솔책임자로 동행했기 때문에 다른 학우들에 비해 훨씬 마음이 든든했다. 상급생 중에는 학우들로부터 '더블'이라는 별명을 얻은 백상민도 있었다. 상민이 '더블'이라고 불리는 것은 이미 그에게 아내가 있었기 때문이다. 상민은 우리보다 훨씬 나이가 많았다. 외아들인 상민은 3학년 때 늑막염을 앓아 오랫동안 학교를 쉬었고 전쟁이 끝나고 건강을 회복하자 부모는 서둘러 그를 결혼시켰다. 아내는 세 살이나 연상이었다. 상민은 부끄러워 울부짖었다. 그러나 그것은 헛된 저항에 불과했다. 부모는 상민의 병이 다시 도져서 혹시 최악의 경우, 자손이 끊길 수도 있다고 그를 꾸짖고 결혼식을 올려버렸다. 우리 마을에서도 특별히 드문 일은 아니었지만, 학우들은 장난삼아 그를 '더블'이라고 불렀다. 그는 가끔 몹시 난처한 표정을 짓곤 했다. 그가 재입학한 것도 앞으로 농사를 지으려면 적어도 국민학교 정도는 나와야 세상에 뒤처지지 않는다는 아버지의 생각 때문이었다. 어른 같은 얼굴에 다박수염까지 기른 상민은 담임교사 못지않게 건장한 체격이었다. 그는 담임교사와 함께 우리 대열의 맨 끝에 있다가 혹시라도 탈락자가 나오는 사고를 방지하려고 신경을 쓰며 학우들을 재촉했다.

정오가 지났을 무렵, 안개가 급속히 걷히면서 시야가 확 트였다. 우리는 구름 사이로 얼굴을 살짝 내민 밝은 햇살을 올려다보며 환호성을 질렀다. 점심 식사를 위한 휴식 명령이 내려졌고 우리는 떠들며 도시락을 열었다. 식사 도중에 형과 '육군 선생'이라는 별명이 붙은 우리 담임 선생이 지도를 펼쳐놓고 이야기하고 있었다. 일본에서 상업학교를 졸업하고 군대에 끌려갔다가 해방 후 마을로 돌아온 오 선생님은 우리 학교의 선배였다. 게다가 오 선생은 우리 형과도 무척 사이가 좋았다. 우리 집에 와서 둘이 술을 마시거나 할 때면, 젊은 오 선생은 종훈 형을 '형님'이라고 부르며 친근하게 대하곤 했다.

안개 속에 휩싸여 고생한 우리가 그날 숙박 예정지인 I 마을에 도착했을 때는 이미 해가 저물고 있었다. 우리는 국민학교와 민가로 나누어 숙박하기로 되어 있었다. 민가에 배정된 나는 저녁을 먹고 나자 낮 동안의 피로로 인사불성이 되어 곯

아떨어지고 말았다.

다음 날 아침 식사 시간, 그 집의 아주머니가 몹시 걱정스러운 얼굴로 오 선생님에게 말을 걸었다.

"새벽 일찍 아무래도 총소리 같은 게 몇 번이나 들렸어요, 무슨 일이라도 일어난 걸까요?"

오 선생은 말없이 밥그릇을 비우고 있는 우리의 얼굴을 천천히 둘러보았다. 그리고 언제나처럼 큰 소리로 아주머니에게 말했다.

"누가 꿩이라도 쏘았을까요?"

"아이고, 선생님은 농담도 좋아하시네요, 설사 쏜다 해도 그 어둠 속에 꿩이 보일까요?"

"부엉이는 한밤중에도 쥐를 잡는다잖아요."

"부엉이가 총을 쏠까요?"

"하하하…… 농담은 아주머니가 더 잘하시네요. 언젠가 부엉이를 만나면 꼭 확인해 볼까요!"

아주머니와 오 선생은 얼굴을 마주 보며 크게 웃었다. 두 사람의 대화를 듣던 우리도 덩달아 키득키득 웃었다. 그리고 식사가 끝나자 우리는 금세 그 일을 까맣게 잊어버렸다. 우리는 처음으로 동경하던 성안을 방문하는 기대에 두근거리며 들뜬 마음으로 몸단장을 마치고 학우들이 기다리고 있는 국민학교로 서둘러 갔다. 학교에서 묵었던 조는 이미 학교 운동장에 정렬해 우리가 합류하길 기다리고 있었다. 용수는 내 얼굴을 보자 무언가 할 말이 있다는 듯이 손짓하며 곁으로 오라고 했다. 그런데 그것을 눈치챈 종훈 형이 평소와는 달리 이상하게 큰 소리로 꾸짖었다.

"다시 말하지만, 쓸데없는 사담은 하지 마! 성훈이, 너도 마찬가지야……."

형은 매서운 눈으로 나를 노려보며 정해진 자리로 빨리 가서 정렬하라고 손짓했다. 용수는 얼굴을 붉히며 고개를 숙였다. 나도 몹시 민망했다. 종훈 형은 오 선생을 가까이 불러 우리가 알아들을 수 없는 작은 목소리로 자꾸만 무언가를 상의했다.

우리가 성안 근처에 도착한 것은 늦 무렵이었다. 일주도로를 따라 서쪽으로 가다가 작은 강 위에 놓인 첫 번째 다리를 건너면 곧 성안이라고 했다. 그러나 어찌 된 일인지 다리 앞에는 굵은 밧줄이 겹겹이 둘러쳐져 있었다. 검은 제복을 입은 경찰들이 험상궂은 얼굴로 총을 겨눈 채 경비를 서고 있었다. 우리가 다리 쪽으로 접근하자, 몇 명의 경찰이 사냥개처럼 잽싸게 달려왔다. 종훈 형이 신분증을 보여주며 일행의 목적을 설명했지만, 경찰들은 통행을 허락하려 하지 않았다. 산길을 통해 건너왔다면 더더욱 통과시킬 수 없다며 총을 겨누고 한 손으로 형의 가슴을 밀쳐내는 경찰까지 있었다. 그때 열 명 남짓한 경찰이 다리를 건너와 우리 쪽으로 달려왔다. 그들 중에서 얼핏 봐도 대장으로 보이는 복장의 남자는 형과 오 선생의 설명 따위는 들으려고도 하지 않았다. 그는 우리 모두를 길가에 정렬시키더니 부하들에게 강제로 신체 검사를 하라고 명령했다. 경찰들은 우리의 배낭을 열어 휴대한 속옷과 식량, 도시락통 속까지 샅샅이 뒤졌다.

그때 누군가와 실랑이를 벌이는 종훈 형의 격앙된 목소리가 들려왔다.

"그 지도는 학생들을 인솔하는 책임자로서 당연히 휴대해야 하는 것입니다. 결코 수상한 물건이 아닙니다. 돌아갈 때도 걸어서 산을 넘어가야 하는 이상, 지도는 꼭 필요합니다. 돌려주십시오."

종훈 형이 얼굴을 붉힌 채 게딱지를 연상케 하는 사각형 얼굴의 대장으로 보이는 남자에게 항의하고 있었다.

"쓸데없는 소리 하지 마! 산을 넘어서 돌아간다고? 흥, 지금 그럴 상황이 아니야, 이 지도는 압수한다. 불만 없지?"

게딱지 얼굴의 남자는 등을 돌리고 키 큰 종훈 형을 올려다보며 단호한 목소리로 거절했다.

종훈 형은 그래도 물러서지 않았다.

"하지만 학생들을 이대로 방치해 둘 수는 없지 않습니까?"

"이 개미들을 나더러 어떻게 하라는 거야?"

"개미? 누가 개미라는 겁니까? 아니 상관으로서, 윗사람으로서 그런 말을 해도 된다고 생각합니까?"

"젠장, 나에게 반항할 셈인가?"

"저는 교직에 몸담고 있습니다. 당신이 임무에 충실하듯이 저 또한 학생 전원의 안전을 지켜야 할 책임이 있습니다."

"이놈, 억지를 부리는군……."

게딱지 얼굴의 경비대장이 분노에 차 주먹을 불끈 쥐며 위협적인 동작을 취하자, 오 선생과 다른 두 교사가 종훈 형 곁으로 급히 달려갔다. 그러자 경찰들도 게딱지 얼굴 주위로 곧장 달려갔다. 그리고 두 무리는 자연스럽게 대표를 가운데 두고 서로 노려보는 형세가 되어 버렸다. 그 순간 내 머리에 스친 것은 웬일인지 그날의 일본군이었다. 문간을 향해 겨누고 있던 총구와 번쩍번쩍 빛나는 뾰족한 칼끝, 자세를 낮추고 으르렁거리던 검둥이의 모습……. 경찰들이 형에게 들이대는 총에는 칼은 없었지만, 실탄은 장전되어 있는 것 같았다. 나는 공포에 사로잡혀 벌벌 떨고 있었다. 외 같은 동포들끼리 저렇게 적을 보는 듯한 눈빛으로 노려봐야 할까? 형, 형…… 그러나 내 입에서는 한마디도 나오지 않았다. 설사 나왔다고 해도 내가 무슨 말을 할 수 있었을까? 나는 눈을 감은 채 그저 계속 떨고 있을 뿐이었다. 그러자 누군가가 내 어깨를 눌렀다. 깜짝 놀라 눈을 떠보니 용수가 곁에 서 있었다. 용수도 역시 입술을 파르르 떨고 있었다. 나는 용수의 손을 꼭 붙잡고 둘이서 서로의 떨림을 나누며 다시 종훈 형 쪽을 바라보았다. 오 선생이 큼직한 손을 들어 게딱지 얼굴의 대장을 달래고 있었다.

"당신에게 말씀드립니다. 지금 당신은 우리 학교 교감을 폭행하려고 했습니다. 그러나 그 시비는 따지지 않겠습니다. 좋아서 그런 것은 아니었지만, 나도 한때 일본군대의 밥을 먹었던 사람입니다. 따라서 명령 체계의 엄격함에 대해서는 어느 정도 알고 있습니다."

말투는 다소 강압적이었으나, 오 선생의 태도는 매우 온화하고 정중했다. 게다가 오 선생은 종훈 형 못지않게 몸집이 크다. 손발도, 골격도, 키도 게딱지 얼굴에 비하면 모두 크고, 굵고, 옹골찼다. 선생의 말이 결코 엄포가 아니라는 것은 게딱지 얼굴도 바로 알아차렸을 것이다. 그러고 나서 오 선생은 갑자기 웃음을 지으며 말투를 바꿔 말했다.

"어떻습니까? 대장님, 지도는 괜찮으니 대표 두 사람만이라도 통행을 허락해 주시지 않겠습니까? 지금과 같은 상태로는 당신들의 경비 수행에도 지장이 있을 수 있지 않겠습니까……?"

무엇이 계딱지 얼굴의 경비대장을 납득시켰는지 잘 모르겠다. 어쨌든 그는 갑자기 태도를 누그러뜨리고 대표 두 사람의 통행을 허락했다. 종훈 형과 오 선생이 성안 도청에 연락하러 뛰어간 사이, 우리는 길가의 어린 풀밭 위에 주저앉아 도시락을 꺼냈다. 그때 누구도 사담을 나누는 사람은 없었다. 눈앞에는 총을 든 검은 제복의 경찰들이 으리를 노려보며 왔다 갔다 하고 있다. 우리는 곁눈질로 그들의 움직임을 살피면서 말없이 도시락 속 보리밥을 입에 넣었다. 어린 배만은 부끄러움도 모르고 식욕이 왕성했다.

종훈 형과 오 선생은 다행히 도청을 통해 군경 당국의 통행허가서를 받아왔다. 우리는 성안으로 들어가 먼저 출발했던 여학우들과 합류하여 마련된 숙소에 묵었다. 그 무렵, 이미 산속에 들어가 있던 무장대가 새벽녘에 일제히 봉화를 올리고, 성안과 인접한 마을의 경찰지서를 습격했다는 소식이 우리에게도 전해졌다. 용수는 나를 붙잡더니 격앙된 표정으로 귓속말했다. 전날 밤 I 마을 국민학교에 숙박했을 때, 한밤중에 화장실에 갔다. 창밖을 내다보니 한라산 오른쪽 어깨 아래쯤과 오름 곳곳에서 노란 불기둥이 치솟고 있었다. 용수는 방으로 돌아와 살며시 백상민을 흔들어 깨워 산에 불이 났다고 말했다. 벌떡 일어난 상민은 복도로 나가 창문으로 불길이 치솟은 방향을 확인하더니 큰일 났다고 용수에게 속삭이고 아무도 눈치채지 못하도록 조용히 자고 있으라고 일러둔 뒤, 종훈 형에게 보고하러 갔다는 것이다. 학교 운동장에서 나를 옆으로 부른 것은 그 사실을 빨리 알리고 싶어서 안달이 났기 때문이다.

그럼에도 다음 날이 되자, 우리는 처음으로 집을 떠나 여행을 온 해방감에 들떠 전람회를 견학하며 꽤 즐거운 하루를 보냈다.

게다가 성안의 마을은 평온했다. 적어도 내게는 그렇게 보였다. 그러나 우리가 시내 구경에 들떠 있는 동안에도 종훈 형들은 이번에는 반대로 어떻게 성안에서 빠져나가 마을로 돌아갈지 고심하고 있었다. 군경당국은 돌아가는 길의 안전을 보장할 수 없다며 우리의 출발을 제지했다. 도청과 교섭해서 사흘분의 보리쌀을 특별 배급받아 그것으로 간신히 끼니를 때우며 버텼고 이틀 뒤에야 걸어서 귀로에 올랐다.

성안으로 들어왔던 길을 거꾸로 따라가 다리를 건넜다. 그 다리는 다음 날 밤, 산속의 게릴라 부대에 습격당해서 반쯤 부서져 있었다. 우리는 I 마을까지 삼십 분 정도 더 걸어갔다. 그때 전방에서 무장경찰을 태운 트럭 세 대가 모래 먼지를 일으키며 질주해 왔다. 우리 일행을 발견하자 트럭은 비명을 지르는 듯한 급브레이크 소리를 내며 일제히 멈춰 섰다. 선두의 트럭 운전석에서 뛰어내린 사람은 게딱지 얼굴의 경비대장이었다. 그 트럭 뒤에는 지프가 한 대 멈춰 있었고 운전석에는 철모를 쓴 건장한 사내 두 명이 타고 있었다. 나는 나도 모르게 눈을 부릅뜨고 숨을 삼켰다. 그것은 내가 태어나서 처음 보는 미국인—미군이었다. 그들은 마치 사냥감을 노리는 맹금 같았다. 집 마당에 풀어 기르고 있는 닭을 하늘에서 덮칠 때의 그 독수리…… 부릅뜬 푸른 눈동자의 두 눈과 뾰족한 매부리코, 손등 위에서 불타듯 빛나는 짐승 같은 텁수룩한 털과 상대를 물어뜯을 듯한 날카로운 고함 소리…… M1 소총을 움켜쥐고 뛰어내린 미군은 무서운 눈빛으로 종훈 형네를 노려보며 뭐라고 빠르게 지껄이고 있었다. 미군의 허리에는 케이스에 담긴 권총뿐만 아니라 타원형 공처럼 생긴 수류탄까지 매달려 있었다. 금방이라도 총을 쏠 것 같은 미군의 사납고 험상궂은 얼굴에 종훈 형네는 잔뜩 겁먹은 눈빛이었다. 우리는 몸을 움츠린 채 숨을 몰아쉬며 진행 상황을 지켜볼 수밖에 없었다. 종훈 형과 오 선생은 두 손바닥을 내보이며 미군을 달래듯 느린 어조로 연신 설명했다. 종훈 형은 우리 일행을 손가락으로 가리킨 뒤, 자신을 가리키며 말하고 다시 앞의 산 쪽을 가리키며 산을 넘어가는 듯한 손짓을 해 보였다. 종훈 형이 중간에 말문이 막혀 고개를 갸우뚱거리면 오 선생이 옆에서 "홈타운, 홈타운"이라고 거들었다. 그러나 미군은 고개를 격하게 옆으로 저으며 우리 일행을 쫓아내는 몸짓을 반복해 보였다.

"흥, 또 만났네요. 교감 선생."

그때까지 잠자코 있던 게딱지 얼굴의 대장이 옆에서 끼어들었다.

"지난번과는 반대로 오늘은 싫어도 성안으로 되돌아가야 한다. 선택의 여지가 없다. 알았으면 전원 즉시 이 지점에서 이동하라. 이것은 미군정청의 명령이다."

게딱지 얼굴은 단숨에 쏘아붙이듯 퍼부은 뒤, 마지막을 엄한 명령조로 마무리했다. 종훈 형네는 더 이상 맞서지 않았다. 우리는 즉시 성안으로 되돌아가서 이틀 더 그곳에 틀어박혀 있어야만 했다. 그 사이 마을에서는 Ⅰ 면사무소가 무장 부대인 게릴라의 방화로 불탔다는 소문이 돌았다. 아니, 일제강점기부터 악질로 소문난 경찰관이 끌려갔다는 이야기도 전해졌다.

그로부터 이틀째 되던 날 점심 무렵, 우리는 마침내 군용 트럭에 나눠 타고 올 때와는 반대로 돌아갈 때는 비교적 안전하다는 동쪽 일주도로를 따라 녹초가 된 채 마을로 돌아왔다. 우리를 태운 군용 트럭은 미군이 탄 지프의 지휘를 받으며 고향 땅 위로 모래 먼지를 일으키며 계속 달렸다. 우리는 미군이 지휘하는 군경의 보호를 받으며 도대체 무엇으로부터 도망치고 있었던 것일까? 그때 우리의 마음은 덜컹거리며 끝없이 흔들리는 트럭 차체만큼이나 극심한 불안에 떨고 있었다.

3

1948년 4월 3일부터 며칠 동안 성안에서 겪은 나의 소소한 체험은 나의 시선을 바깥세상으로 돌리게 한 최초의 계기였다. 그때까지 나를 둘러싸고 있던 세계는 우리 마을이 전부였다. 학교에서 집으로 돌아오면 부모가 있었고, 형이 있었다. 나는 그들의 날개 아래에서 자기 세계 속에 편안히 틀어박혀 있기만 하면 그것으로 충분했다. 나는 아직 어린아이였고 나를 둘러싼 세계의 중심은 여전히 나 자신이었으니까.

그러나 그날 이후, 나는 한가로이 따스함에 젖어 있던 내가 결코 세상의 중심이 아니라 그저 아주 미미한 한 귀퉁이에 불과하다는 것을 깨닫기 시작했다. 우리 마을 밖에도 수많은 마을이 존재하듯 나는 부모와 형들 그리고 마을 사람들까지 포함해 그들 모두의 고향이라고 생각했던 제주도의 바깥에는 '조선'이라는 더 큰 국토가 있고 그 조선을 둘러싼 훨씬 더 넓고 복잡한 구조의 세계가 존재하고 있었다.

물론 나는 학교 지리 시간에 그런 것들을 조금은 배우기도 했다. 하지만 그것은 어디까지나 지도 위에서만 존재하는 세계에 불과했다. 나를 둘러싼 광대한 세계에 대한 나의 보잘것없는 지식의 조각들은 아직 싹트지 않은 씨앗처럼 내 의식의 한구석에서 잠들어 있었다. 물론 그것이 그날 이후 내 눈앞에 바로 또렷한 영상으로 나타난 것은 아니다. 단지, 내가 말하고 싶은 것은 그 세계들은 나의 이해를 기다리며 한없이 나의 외부에 펼쳐져 있고 나의 의식은 겨우 그것을 향해 나아가기 시작했다는 것이다.

나는 5학년을 마치기 직전에 6학년 학력검정시험에 합격했고, 중학교 입시에도 간신히 통과했다. 그래서 성안으로의 이번 여행은 나에게 일종의 수학여행이기도 했던 것이다.

성안에서 돌아오자, 나는 하숙집으로 옮길 준비로 바빴다. 중학교는 마을에서 8킬로미터 정도 떨어진 S 마을에 있다. 나는 그 마을에 있는 형수의 친정집에서 하숙하며 통학하기로 했다. 형수는 임신 중이었다. 어머니는 형수의 친정에 도착하면 잊지 말고 형수의 아버지께 그 일을 꼭 알리라고 내게 당부했다. 조금 있으면 나는 삼촌이 된다. 그렇게 생각하니 좀 쑥스럽지만, 가족이 한 명 늘어난다는 것은 참으로 기분 좋은 일이다.

학용품이나 교과서, 일상에 필요한 것들을 준비하느라 나는 좀처럼 용수를 만날 틈이 없었다. 이제는 예전처럼 자주 만날 수 없게 된다. 나는 S 마을에 가기 전에 한번 느긋하게 용수와 이야기를 나누고 싶었다. 준비가 거의 끝난 어느 날, 나는 오랜만에 용수를 찾아갔다. 마당을 나서려는 내 낌새를 알아차린 검둥이가 몹시 기뻐하며 뒤따라왔다. 내가 산길을 오르기 시작하자, 이미 목적지를 알아차린 검둥이는 쏜살같이 용수의 집을 향해 달려갔다. 검둥이도 사이좋은 구관조를 오랜만에 만날 수 있다는 것이 틀림없이 기뻤을 것이다. 마을 길에서 조금 왼쪽으로 들어간 곳에 있는 용수네 집은 문도 없고 마당도 좁았다. 게다가 기울어진 처마 밑의 미닫이문을 열면 한 칸짜리 방이 있을 뿐이었다.

용수는 집에 없었다. 어머니도 안 계셨다. 검둥이가 문 앞에서 자꾸 짖었다. 아마 인사라도 하려는 듯했다. 검둥이의 짖는 소리를 들으면 나는 검둥이의 기분을 잘 알 수 있다. 어리광 부리는 소리, 무언가를 달라고 조르는 소리, 화났을 때와 기쁠 때의 소리, 경계할 때와 혼나서 겁먹었을 때의 소리……

나는 전부 안다. 검둥이는 처마 밑 땅바닥을 바쁘게 냄새 맡고 기둥 모퉁이에 오줌까지 살짝 싸고 멍, 멍, 멍 하며 연신 시끄럽게 떠들었다. 그러자 방 안에서도 멍, 멍, 멍 하고 개 짖는 소리가 들려왔다. 그것은 자깝스러운 구관조였다. 고개를 갸웃거리며 귀를 기울이던 검둥이가 꼬리를 흔들며 다시 으, 으, 멍 하고 짖었다. 상대가 누군지 알고 있는 검둥이는 빨리 문을 열고 구관조를 놀리고 싶어서 근질근질한 모양이었다. 문 안에서 또다시 검둥이와 똑같은 소리로 으, 으, 멍 하고 들려왔다. 검둥이는 매우 만족스러운 얼굴로 꼬리를 흔들며 앞발로 땅바닥을 긁고 킁킁거리며 응석 부리기 시작했다. 빨리 문을 열어 달라고 조르는 것이다. 그러자 문 안에서 구관조가 또다시 검둥이와 똑같이 킁킁거렸다. 그것을 듣자 검둥이는 더이상 참을 수 없다는 듯 맹렬한 기세로 처마 밑을 뛰어다니기 시작했다. 하지만 나는 언제까지 그렇게 있을 수 없었다. 용수가 없는데 무단으로 방에 들어갈 수도 없다. 나는 미닫이문에 손을 얹고 두세 번 흔들어 보았다. 문은 안전을 위해 안쪽에서 잠겨 있었다. 나는 "건강해!"라고 구관조에게 말을 걸었다. 그것은 내가 구관조와 헤어질 때마다 주고받는 일종의 신호였다. 구관조도 그것을 완벽히 기억하고 있어서 기분이 좋을 때는 "잘 있거라."라고 대답할 때가 있다. "잘 있거라……."

나는 같은 말을 몇 번이나 반복해 말했다. 하지만 구관조는 대꾸하지 않았다. 배라도 고파서 기분이 나쁜 것일까? 나는 다시 한번 문을 똑똑 두드리며 "잘 있거라."라고 불러 보았다. 그러자 방안에서 바스락거리는 희미한 날갯소리가 들렸다. 처마 밑을 분주하게 냄새 맡고 다니던 검둥이가 내 곁으로 다가와 멍, 멍 하고 일부러 기분이 좋지 않은 듯한 소리를 내며 도발하기 시작했다. 방 안에서도 아까보다 훨씬 큰 날갯소리가 들렸다. 구관조가 새장 안에서 퍼덕인 모양이다. 그것은 자깝스러운 녀석이 무언가에 놀라거나 화가 났을 때의 몸짓임을 나는 알고 있다. 구관조는 또다시 검둥이의 장난에 넘어간 것 같다. 멍, 멍 하고 방 안에서 낮은 목소리로 응했다. 멍, 멍…… 개놈……, 개놈……. 나도 모르게 웃음을 터뜨리고 말았다. 내 작별 인사에는 대답도 하지 않는 주제에 검둥이에게만은 제대로 응답해준다. 게다가 언제 배웠는지 검둥이를 '개놈'이라고 놀린다. 그것도 아주 미움이 담긴 목소리로……. 하지만 다행히 그 말만은 검둥이에게는 의미가 통하지 않았기 때문에 검둥이는 천진하게 혀를 내밀며 기쁜 듯이 꼬리를 계속 흔들고 있었다. 검둥이가 다시 화난 것처럼 소리를 내며 짖었다. 방 안에서 퍼덕퍼덕 크게 날갯소리가 들렸다. 개놈…… 개놈…… 구구…… 구구…… 구구…… 개놈…… 개놈……. 구관조도 검둥이에 뒤지지 않게 자못 미움을 담은 인간의 목소리를 연상케 하는 쉰 소리를 몇 번이나 되풀이했다. 그리고는 검둥이가 아무리 꾀어내고 불러도 더 이상 대답하지 않았다.

재미없어진 나는 돌아가기로 했다. 검둥이는 아쉬움이 남은 듯 처마 밑에 서서 아직 방문을 올려다보고 있었다.

"검둥아, 가자!"

나는 검둥이를 부르며 언덕길로 달려갔다. 허둥지둥 달려온 검둥이는 내 옆을 그대로 지나쳐 언덕길로 뛰어가다가 갑자기 멈춰 서서 길가의 동백나무 밑으로 코끝을 갖다 댔다. 연신 땅바닥의 냄새를 맡던 검둥이는 콧등을 옆으로 돌려 킁킁거리면서 긴 얼굴을 괴로운 듯 흔들며 재채기를 계속했다. 들여다보니 삼 분의 일 정도 피다 만 흰 궐련의 담배꽁초가 떨어져 있었다.

나는 용수를 만나지 못한 아쉬운만큼 검둥이와 더 장난치며 언덕길을 내려왔다.

집으로 돌아온 나는 부엌의 불쏘시개로 쓸 보릿짚을 헛간에서 나르고 있었다. 그때, 비탈길 돌멩이를 밟는 구두 소리가 삐걱거리는 것이 들렸다. 산길에서는 소리가 잘 울린다. 나는 돌담 너머로 조금 전에 내려온 언덕길을 올려다보았다. 양복 차림의 남자 한 명이 입에 담배를 문 채 느린 걸음으로 내려오고 있었다. 나는 가슴이 철렁 내려앉아 남자의 모습을 살폈다.

그 남자를 나는 전에 한 번 만난 적이 있었다. 용수와 내가 언덕길을 올라가고 있을 때, 그 남자는 산 쪽에서 내려오는 중이었다. 우리가 옆을 지나가려고 하자, 그 남자는 멈춰 서서 날카로운 눈빛으로 우리 쪽을 바라보며 "학생들"이라고 불러 세웠다. 남자는 미군이 신는 것과 똑같은 모양과 색의 군화를 신고 있었다. 그래서 우리는 그 남자가 경찰이라는 것을 단번에 눈치챘다. 게다가 경찰이라고 해도 계급이 하급이라면 저런 신발을 신을 수 없을 것이다.

"집이 어디냐?"

남자는 우리에게 물었다. 우리는 각자 자기의 집 쪽을 손가락으로 가리켜 보였다.

"너, 최용수 맞지?"

남자는 용수를 뚫어지게 바라보며 물었다. 용수는 깜짝 놀란 듯 눈이 휘둥그레지고 당황한 듯 고개를 끄덕였다. 그러고 나서 우리는 도망치듯 산길을 쏜살같이 뛰어 올라갔다. 남자의 말투에는 섬 특유의 사투리가 전혀 없었다. 틀림없이 본토에서 파견되어 온 사람일 것이다. 마을의 경찰지서에 있는 경찰 대부분은 우리와 같은 사투리를 아무렇지 않게 쓴다. 길에서 마주쳐 말을 걸어와도 그다지 무섭게 느끼지지 않는다. 실제로 백상민의 큰아버지도 마을의 주재소에서 근무하고 있었다. 경찰이라고 부르기보다는 아저씨라고 부르는 것을 더 좋아했다. 하지만 요즘에는 제주 사투리로 말하는 경찰이 점점 줄어들었다. 그렇다기보다는 본토에서 몰려온 경찰의 수가 많아진 탓일 것이다. 그러나 저 남자에게는 전혀 친근함이 느껴지지 않았다. 용수의 이름까지 제대로 조사하고 있다니 방심할 수 없었다. 우리는 그런 말을 하면서 집 앞에서 헤어졌다. 나는 곧바로 어머니에게 남자에 대해 말했다. 어머니는 갑자기 얼굴색을 바꾸며 나에게 말했다.

"살무사의 송곳니에는 독이 있어, 물리면 끝장이야, 순경 놈을 보면 살무사로 생각해라. 뭘 물어봐도 그냥 모른다고 대답하는 거야."

"그 남자, 우리 집에 왔었어요?"

"흥, 개 같은 놈."

어머니는 고개를 저으며 침을 내뱉듯 말했다. 그렇다면 그 남자는 도대체 어디에 갔다 오는 길이었을까?

사복 경찰은 마당 입구에서 담배꽁초를 버리고 두세 번 헛기침을 한 뒤, 마당으로 천천히 들어왔다. 검둥이가 갑자기 이를 드러내며 사납게 짖어댔다. 그것은 검둥이가 진지하게 적의를 드러낼 때 내는 소리였다. 나는 검둥이를 달래며 목덜미를 붙잡아 문간으로 끌어와 앉혔다. 검둥이는 약한 힘이 실린 신음소리를 목에서 내뿜으면서도 틈틈이 콧등을 꿈틀거리며 연신 사복 경찰의 냄새를 집요하게 맡았다. 문 앞에 버티고 선 사복 경찰은 날카로운 눈빛으로 검둥이를 제압하듯 노려보았다. 그러자 검둥이는 갑자기 킁, 킁 하고 어리광을 부리기 시작했다. 검둥이가 왜 갑자기 싸울 의지를 포기했는지 나는 전혀 짐작할 수 없었다. 그러나 검둥이가 그렇게 하기로 선택한 이상, 내가 부추길 필요는 없었다. 목덜미를 눌러잡고 있던 손을 놓자, 검둥이는 기가 죽은 듯 꼬리를 늘어뜨리고 그 남자의 주위를 빙빙 돌기 시작했다. 냄새를 맡으며 그리운 듯 남자의 얼굴을 올려다보기까지 했다. 정말 어떻게 된 것일까?

사복 경찰은 검둥이 따위에는 전혀 신경쓰지 않았다. 남자는 나까지도 묵살한 채 문간에서 집 안쪽을 향해 말을 걸어왔다.

"있어요?"

어머니가 응대하러 나왔다. 사복 경찰은 어머니에게 요즘 특별히 달라진 일이 없냐고 물었다. 어머니는 말없이 얼굴을 가로저었다. 사복 경찰은 만약 수상한 사람을 만나면 얼굴과 나이, 차림새 등의 특징을 잘 기억해 두고 반드시 지서나 주재소로 연락하라고 말한 뒤 돌아갔다.

다음 날은 일요일이었다. 나는 S 마을로 떠나야 했다. 용수를 한번 만나러 가고 싶었지만, 그가 집에 없는 이상 포기할 수밖에 없었다. 그런데 내가 떠날 채비를 하고 있을 때, 용수가 불쑥 찾아온 것이다. 게다가 백상민까지 함께였다!

용수는 며칠 못 본 사이에 몹시 야위어 보였다. 하지만 나는 너무 반가운 마음에 용수의 어깨를 감싸안고 방으로 끌어당겼다. 내가 어제 집에 찾아갔었다고 말하자, 용수는 미안하다는 듯이 웃었다. 이제 학교를 졸업했으니 어디선가 일해야 한다며 상민에게 상담하러 갔던 거라고 했다. 집이 가난하니까 어쩔 수 없다고 용수는 쓸쓸하게 말했다. 하지만 용수의 진심은 중학교에 진학하고 싶었던 것이었다. 그리고 조선 제일의 화가가 되는 것이 그의 꿈이었다. 정말 용수의 세밀화 재능은 학교에서도 단연 뛰어났다. 미술전에 선정된 구관조 세밀화는 성안 전시회에서도 평판이 높았다. 나도 용수라면 분명 훌륭한 화가가 될 수 있다고 믿었다.

"나와는 달리 용수는 그림도 잘 그리고 공부도 잘하잖아. 아버지만 계셨으면 중학교에도 진학할 수 있었을 텐데……."

상민도 안타까운 듯 말을 거들었다. 상민은 학교를 졸업하자마자 누군가의 점잖은 낡은 양복을 입곤 해서 이제는 훨씬 어른스러워 보였다.

　용수 아버지는 어선 기관사였다. 전쟁 중 징용되어 마리아나 해역의 어장에서 가다랑어나 참치를 잡는 일을 했다고 한다. 잡은 물고기는 일본 어업기지로 어획되었다. 용수 아버지의 배가 주로 기항한 곳은 관동 지방의 어항이었다. 용수 아버지가 몰래 집으로 편지를 보낼 수 있었던 것은 그때뿐이었다. 나도 아저씨한테서 온 오래된 편지를 몇 번인가 본 적이 있었다. 용수는 전쟁이 끝난 후에도 계속 그 편지를 소중히 간직하고 있었다. 발신지가 지바현의 조시(銚子)항의 것도 있고, 가나가와현의 미사키(三崎)항, 시즈오카현의 야이즈(焼津)항의 것도 있었다. 아저씨는 편지에서 항상 용수를 걱정하고 있었다. '무슨 일이 있어도 반드시 살아서 돌아간다, 아이를 부탁한다.'라고 아주머니에게 쓴 문구도 있었다. 용수는 정말 아버지를 만나고 싶어 했다. 하지만 전쟁이 끝난 지 이미 3년이나 지났는데도 아저씨는 끝내 돌아오지 않았다. 살아있는지, 불행히도 돌아가셨는지 모른다.. 만약 일본 어딘가에 살아계신다고 해도 편지를 주고받을 수는 없다. 일본도 조선과 마찬가지로 미군이 점령하고 있어서 편지는 고사하고 군사 관계자 외에는 신문기자조차 자유롭게 왕래할 수 없다고 종훈 형이 말했었다. 큰돈을 들여 그것도 목숨을 걸고 밀항선에라도 타지 않으면 민간인은 대한해협을 건널 수 없다는 것이다.

우리가 이야기를 나누고 있을 때, 오 선생이 찾아왔다. 우리는 형 방으로 가서 오 선생에게 인사를 했다. 형은 여느 때처럼 온화한 표정으로 우리의 인사를 받아주었다. 그러자 어머니가 아껴두었던 집에서 담근 술과 함께 밥상이 차려졌다. 우리는 다시 내 방으로 돌아와 어머니가 차려준 밥상에 둘러 앉아 아이들끼리만 점심을 먹기 시작했다.

오 선생과 형은 5월 10일에 있을 선거를 화제로 삼았다. 그 선거가 끝나면 현재의 과도정부가 해산되고 선출된 국회 아래 새로운 정부가 발족하게 된다. 형들이 남조선만의 단독선거에 반대하고 있다는 것은 나도 어렴풋이 알고 있었다. 남북 총선거를 실시해 통일된 조선의 중앙정부를 수립해야 된다는 것이 형과 오 선생의 의견이었다. 나는 그것이 형들뿐만 아니라 마을 사람들도, 섬사람들 대부분이 같은 생각이라고 생각했다. 가족은 한집 안에서 함께 사는 것이 좋다. 국가도 남과 북이 뿔뿔이 흩어져서는 안 되는 것이다…….

"개새끼, 저 서북청년단 놈들!"

밥 먹던 손을 멈추고 종훈 형과 오 선생의 이야기에 귀를 기울이고 있던 상민이 입술을 삐쭉 내밀며 웅얼거렸다.

"어이, 용수, 성훈이에게 조금은 말해도 되겠지?"

"왜 그래? 무슨 일 있었어? 서북청년단이 또 뭘 했어?"

나는 두 사람의 얼굴을 번갈아 보며 다그치듯 물었다. 용수는 밥상 쪽으로 고개를 숙인 채 내 눈을 피하고 있었다.

"성훈이는 몰랐겠지만, 용수는 성안에 가기 전부터 줄곧 서북 놈들에게 쫓겨 다녔어. 놈들은 용수를 자기들 편으로 끌어들여 앞잡이로 쓰려는 속셈이야. 놈들은 마을 토박이보다 친척이 적은 집부터 노리는 게 수법이야. 자기들 편으로 끌어들여 알고 있는 것을 뭐든지 털어놓게 하지. 그리고 계속해서 다른 집들을 차례차례 찾아다니며 협박하지. 거절이라도 하면 사실도 아닌 일을 꾸며내서 보복해 오는 거야……."

"그럼 왜 나한테는 그런 말을 해주지 않았어?"

"성훈이는 곧 중학교에 갈 거잖아. 너는 우리보다 아직 어리고, 게다가 성훈이네 집은 형도 든든하게 있고, 아버지도 마을에서 신망이 있으니까 놈들도 섣불리 손대기 힘들 거야. 용수는 너한테 괜한 걱정을 끼치고 싶지 않아서 나한테 말하지 말라고 입단속을 시킨 거야."

"그런 게 어딨어? 우린 친구잖아. 왜 나만 빼놓은 거야?"

나는 용수가 원망스럽고 상민에게도 불만이었다. 용수는 눈을 씀벅거리며 고개를 숙인 채 아무 말도 하지 않았다.

"봐봐, 성훈이가 지금 생각하는 것은 자기의 일이 먼저잖아.

그것보다 용수를 먼저 생각해줘야지, 용수는 분명 나에게 말했어, 성훈이에게 알려서 쓸데없는 걱정을 끼치고 싶지 않다고……."

이번에는 내가 풀이 죽어 고개를 떨굴 차례였다. 나는 용수에 비하면 훨씬 풍족했다. 용수에게 불평할 게 아니라 오히려 내가 더 그를 걱정했어야 했다. 그런데도 정작 나를 보살펴 주고 있었던 것은 용수 쪽이었다.

"괜찮아, 성훈아. 신경 쓸 거 없어. 상민이도 있고 게다가 종훈 선생도 상담해 주실 거야. 너는 학교에 가서 열심히 공부해. 나도 서북 놈들한테 절대 지지 않아!"

용수는 애써 밝은 목소리로 나에게 말했다. 나는 그저 고개를 끄덕일 수밖에 없었다. 그때 내가 생각한 것은 비록 용수의 곤경을 이해한다고 해도, 나에게는 그를 구할 힘이 전혀 없다는 것이었다.

"그래 맞아, 용수야, 여긴 우리 땅이고, 우리 나라인데 저런 놈들이 제멋대로 날뛰게 내버려 두지 않을 거야!"

상민은 5월 10일 선거가 다가올수록 이승만 지지파가 온갖 악랄한 꾀를 짜내고 있다고 말했다. 서북청년단이란 조선 본토 서북지방 출신의 부유 계층 자제들로 이루어진 집단을 가리켰다. 그들은 해방 후 북조선에서 실시한 토지개혁에 반대해 탈출하여 남쪽으로 내려와 이승만 지지 세력의 한 축을 이루고 있었다. 서울을 본거지로 한 그들 우익 세력은 섬에까지 쳐들어와 군경의 앞잡이가 돼 테러에 몰두하고 있었다. 이 모든 것은 5월 10일 선거를 유리하게 치르기 위한 밑작업이었다. 그들은 산간 부락을 드나들며 닥치는 대로 물건을 빼앗고, 주민들에게 폭행을 가하며, 집과 밭까지 불태워 농작물을 태워버리고, 그 범행을 다시 주민들에게 뒤집어씌워 투옥하는 악랄한 도발을 반복하고 있었다.

"5월 10일 선거를 망치지 않으면, 미 군정에 빌붙어 있는 이승만의 뜻대로 우리나라는 요리되고 말 거야. 우리 조국은 남과 북으로 갈라져 버릴 거야. 인간이 돔통 한가운데서 둘로 쪼개진 채로 살아갈 수 있다고 생각해, 성훈아? 그렇게 되는 것을 막기 위해 무장봉기가 일어난 거야. 산속에 숨어 있던 사람들이 목숨을 걸고 궐기한 거야."

나는 열띤 어조로 쏟아내는 상민에게서 나보다 훨씬 어른스러운 면모를 느꼈다. 용수도 마찬가지다. 그들이 이미 오래전에 이해하고 있던 많은 것을 나는 아직 조금밖에 모른다. 그리고 그들이 더 많은 사실을 나에게 말하지 않았던 것은 나에 대한 두 사람의 배려 때문이었다. 그들에 비해 나는 아직 한참 어리다. 나는 내 어린 나이에 걸맞게 친구들의 괴로움이나 걱정도 모른 채 태평하게 검둥이나 구관조를 상대로 장난이나 치고 있었다. 나는 고개를 숙인 채 얼굴이 뜨겁게 달아오르는 것을 느끼며 부끄러움을 꾹 참을 수밖에 없었다.

4

　오후, 나는 가족과 오 선생 그리고 용수와 상민에게 배웅받으며 S 마을로 걸어갔다. S 마을까지는 중간에 두 마을을 지나야 하는 8킬로미터 남짓한 거리였다. 내 걸음으로는 아무리 서둘러도 두 시간 이상 걸린다. 게다가 섬 일주도로를 달리는 버스는 아침에 한 편뿐이었다. 그렇게 불편한 버스를 기다리는 것보다는 차라리 걸어가는 편이 더 빨랐다. 대부분 해안을 따라 난 도로는 돌멩이가 많은 것을 제외하면 곳곳에 완만한 경사와 바다로 돌출된 작은 곶에 오솔길과 커브가 있는 정도이다. 아이인 나도 길을 헤맬 걱정 없는 외길이었다. 용수는 무척 걱정스러워했지만, 나는 집을 떠나는 불안감보다도 일주일 후면 바로 집에 돌아올 수 있다는 기대로 가슴이 부풀어 있었다. 우리 마을에서는 종이를 좀처럼 구할 수 없었다. 학교 시험용으로 쓰는 짚으로 만든 반지(半紙)조차 바닥나 있었다. 하지만 S 마을에서는 그나마 구하기 수월했다. 나는 주말이면 세탁할 옷가지와 종이를 들고 집으로 돌아오라는 종훈형의 말을 따랐다. 그것도 매주 주말다다였다. 그렇게 하면 용수도 다시 금방 만날 수 있었다.

내가 지내는 S 마을의 하숙집에는 형수의 남동생 인(仁) 씨가 있었다. 인 씨는 나보다 두 학년 위였다. 만약 인 씨가 없었다면 S 마을은 외지인인 나에게는 마치 물이 말라버린 오아시스처럼 그저 환멸만 안겨주는 사막에 지나지 않았을 것이다. 인 씨는 학교 성적도 좋았다. 게다가 대대로 이 지역에서 살아온 토박이라는 자부심과 지는 걸 못 참는 성미가 강해서 학교에서도 제법 활개를 치고 다녔다.

마을에서는 3주 앞으로 다가온 투표일을 앞두고 선거전이 한창이었다. 내가 S 마을에 도착한 다음 날 입학식이 있었다. 입학식에는 인 씨의 아버지가 나의 학부모 대리로 참석해 주었다. 형식적인 절차로 치러진 입학식이 끝나자, 참석했던 학부모들은 거의 반강제로 선거연설회가 열린다는 동네 마을회관으로 끌려갔다. 각 반으로 배정되어 신입생으로서 주의해야 할 자잘한 사항을 안내받은 뒤, 나는 교문 앞에서 기다리고 있던 인 씨와 함께 밖으로 나섰다. 우리는 인 씨의 아버지와 마을회관에서 만나 함께 집으로 돌아갈 생각이었다. 약속한 시간까지는 아직 여유가 있었다. 그래서 우리는 완만한 비탈길을 내려가 해안을 한 바퀴 둘러보기로 했다. 처음 보는 S 포구의 경치는 아름다웠다. 특히 눈부시게 흰 백사장이 펼쳐진 해안선 끝에 하늘을 향해 기둥처럼 치솟은 절벽은 장관이었다. S 포구는 천연의 좋은 포구로 섬 안에서 널리 알려져 있었다. 화산암으로 이루어져 하천이 드문 이 섬에서 S 포구는 물이 풍부한 고장으로도 유명했다. 인 씨는 그 사실을 두고 'S 마을은 제주도의 베네치아'라는 비유를 써가며 나에게 자랑스럽게 말하곤 했다. 인 씨의 자랑은 과장이 아니었다. 서쪽의 화산지형을 따라 깎아 내려온 현무암 협곡 사이로 흐르는 강물은 마을을 가로질러 종횡으로 뻗는 개천으로 흘러들어 맑은 물결이 고요히 반짝이며 정취를 자아내고 있었다.

인 씨와 내가 해변의 경치를 충분히 감상하고 마을회관 앞까지 되돌아왔을 때, 네 명의 젊은이가 우리를 불러세웠다.

"이봐!"

미군 점퍼를 흉내낸 옷을 입은 한 사람이 인 씨에게 말했다.

"요즘 자주 안 보이네?"

"무슨 일입니까?" 인 씨는 언짢은 듯 말했다.

"나는 너를 몰라."

청년들은 입가에 비웃는 듯한 옅은 미소를 띠고 우리를 빙

둘러쌌다. 나는 처음 인 씨에게 말을 건 청년 점퍼에 마른 물감처럼 검붉은 얼룩이 군데군데 묻어 있는 것을 알아차렸다. 나는 엉겁결에 눈을 부릅떴다. 그것은 핏자국이었다. 무슨 피인지는 알 수 없었지만, 핏자국임에는 틀림없었다. 게다가 그들은 모두 허리에 굵은 밧줄을 감고 있었다. 그것이 그들에게 더욱 음산한 인상을 풍기게 했다.

"급한 일은 아니지만, 좀 볼 게 있어."

점퍼를 입은 청년이 말했다. 그리고 곧이어 묘한 발음으로 말했다.

"나는 너를 알고 있어."

그의 입가에는 비웃음 같은 웃음이 번졌다.

"나는, 너를 몰라."

인 씨는 말을 더듬으며 다시 말했다. 그러자 우리를 에워싸고 있던 젊은이들 사이에서 야유 섞인 웃음소리가 터져 나왔다.

"난 널 몰라."

그들 중 한 명이 인 씨의 지역 사투리를 흉내내며, 일부러 어색한 억양을 과장해 교묘하게 놀려댔다. 그리고 그들은 득의양양하게 웃음을 터뜨렸다.

나는 둔감하게도 그들이 우리 섬사람들의 지역 사투리를 조롱하고 있다는 것을 그때 겨우 깨달았다. 확실히 그들의 발음은 우리와 달랐다. 나는 순간 그 사복형사의 얼굴이 떠올랐다. 그리고 기억을 빠르게 더듬어보니 성안에서 보았던 게딱지의 얼굴을 한 경비대장까지 떠올랐다. 우리 앞을 가로막은 젊은 이들의 배후에 왜 나는 그 사복 경찰이나 게딱지 얼굴을 떠올렸을까? 그러나 그것은 결코 이유 없는 일이 아니었다.

"나는 빨리 지나갔으면 좋겠어."

인 씨는 신경질적인 목소리로 말했다.

"막을 생각은 없어."

점퍼 차림의 남자가 수수께끼 같은 옅은 미소를 지으며 말했다.

"넌 요즘 왜 그렇게 집에만 틀어박혀 있지, 뭐 해?"

"말하고 싶지 않아!"

인 씨는 쉰 목소리로 말했다.

"게다가…… 뭘 하든 그건 내 자유야."

"자유……? 나한테도 물어볼 자유가 있어."

"나는 그걸 인정하지 않아."

"아니, 그게 아니지……."

점퍼 차림의 남자가 인 씨의 말을 끊으며 말했다.

"언젠가 너도 그걸 인정하게 될 거야. 왜냐하면 나에게도 뭘 하든 상관 받지 않을 자유가 있다고 생각하지 않아? 너처럼 말이야."

인 씨는 말문이 막혀 얼굴을 붉히더니 홱 고개를 돌렸다. 점퍼 차림의 남자는 콧방귀를 뀌며 인 씨 옆에서 어쩔 줄 몰라 하고 있던 내 얼굴을 뚫어지게 바라보았다. 나는 얼굴이 갑자기 굳어지는 것을 느꼈다. 점퍼 차림의 남자가 옅은 웃음을 재빨리 거두는 순간, 그의 눈에 떠오른 날카로운 빛이 적의를 머금은 검은 막처럼 내 몸을 휘감는 듯한 불안감이 나를 사로잡았다. 그것은 내 기억에 있는 그 사복 경찰의 눈빛에서 느꼈던 감각과 너무 닮아 있었다. 나는 눈을 내리깔고 고개를 숙였다. 그러자 점퍼 차림의 남자는 다시 홍 하고 콧방귀를 뀌며 말했다.

"애송아…… 내 이름을 기억해둬, 나는 서북청년단의 송영필(宋永必)이다."

송 씨는 인 씨에게 그렇게 내동댕이치듯 말한 뒤, 오만하게 어깨를 흔들며 일행을 재촉해 마을회관 안으로 들어갔다. 선거연설회는 아직도 계속되고 있는 것 같았다.

"젠장, 개새끼!"

인 씨는 얄밉게 송 씨 일행이 사라진 마을회관 현관을 노려보며 중얼거렸다. 하지만 인 씨의 말과는 달리 얼굴에는 짓밟힌 듯한 굴욕감으로 얼룩져 창백했다. 나는 인 씨를 안쓰럽게 여겼지만, 내 마음속 불안감 또한 좋을 수 없었다.

그날 밤, 나는 인 씨와 함께 묵는 방에서 낮에 본 송 씨라는 청년의 점퍼에 배어 있던 핏자국에 관해 물어보았다.

"그들은 일부러 과시하려고 저러는 거야."

인 씨는 말했다. 물론 그 피가 사람의 혈액인 경우도 있을 것이다. 하지만 그들은 개든 고양이든 때로는 생선 피까지 일부러 옷에 문질러 바르고 거리를 활보하며 사람들을 위협하곤 한다. 오늘처럼 사람들을 조롱하고 도발하며 덫을 놓는 것이라고 인 씨는 말했다. 어떤 덫? 그것은 그들이 말하는 '빨갱이 사냥'을 위해서라면 어떻게든 뻔뻔하게 하고야 말 방법들이다. 윗마을 농가의 재수(在壽)가 당했을 때도 그랬다. 재수를 자기들 편으로 끌어들이려다 거절당하자 서북 놈들은 재수의 동창생 용택(容澤)을 포섭해 함정에 빠뜨렸다. 그것도 어둑어둑해진 저녁, 그들은 눈에 띄지 않게 돌담 뒤에 숨어 있고 용택이 마당에 서서 큰 소리로 재수를 불러내도록 했다.

"재수 동무 있어?"

재수는 별다른 의심 없이 마당으로 나왔다. 돌담 뒤에 숨어 있던 서북 놈들이 갑자기 뛰쳐나와 재수를 붙잡아 끌고 가버렸다. 이유는 억지였다. '동무'라는 말은 '동지'라는 뜻으로도 쓰인다. 그러니 '동무'라고 불렀을 때 대답하는 놈은 '빨갱이'임이 틀림없다는 것이다. 이것이 놈들의 논법이다. 미끼를 써서 덫을 놓는다. 하지만 그 덫은 실제로는 존재하지 않는 덫이다. 누구의 눈에도 보이지는 않는다. 덫에 걸려서야 비로소 깨닫지만, 그때는 이미 늦었다. 그때까지만 해도 친척처럼 친했던 재수와 용택의 집안은 백 년 묵은 원수처럼 서로 등을 돌리기 시작했다. 재수는 경찰에 끌려가 갇힌 채로 있다. 우리 친구들은 이제 아무도 용택을 상대하지 않는다. 그것이 바로 서북 놈들의 노림수였다. 사람들을 서로 이간질해 싸우게 하고 그 틈을 노려 새로운 미끼를 골라 찍어둔 사람에게 반복적으로 덫을 놓는다. 부락과 마을 사람들의 연결 고리를 갈기갈기 찢어 버리고 신뢰감을 산산조각 내버리면 나중에 남는 것은 불신과 증오, 고립감뿐이다. 그렇게 되면 자신들의 승리라고 놈들은 철석같이 믿는다. 왜 그들을 내버려 두냐고 말하고 싶겠지? 하지만 그들의 배후에는 경찰이 있다. 군대가 버티고 있다. 게다가 미군이 뒤를 봐주고 있다. 총에서 군함, 비행기에 이르기까지 모두 그놈들의 편이다. 우리에게 남겨진 방법은 단결하여 마을을 지키는 것뿐인데 그것을 놈들은 한 집 한 집, 한 사람 한 사람 갈라놓는 것이다.

서북청년단에 쫓기고 있다고 말한 용수의 고통과 괴로움을 내가 조금이라도 이해할 수 있었던 것은 이때가 처음이었을 것이다. 왜냐하면 우리 마을에서 용수가 토박이가 아니듯 S 마을에서는 나도 어린 외지인 중 한 명에 불과했기 때문이다. 그리고 집과 학교에서는 자신감이 넘치고 활기에 가득 차 거리낌없이 행동하던 인 씨조차 일단 마을을 벗어나면 고립된 한 외지인에 불과하다는 사실 역시 알게 되었다. 인 씨도, 용수도 그리고 이제는 나까지도 송 씨 일행의 그 불길한 눈빛에서 뿜어져 나오는 검고 끈적끈적한 저주의 막에 푹 싸인 듯한 불안이 점차 내 몸속에서 부풀어 오르고 있었다.

S 마을은 국방경비대의 주둔지였다. 미군이 접수한 광대한 군용 비행장과 항만도 있었다. 우리 마을에 비해 인구도 훨씬 많았고 여러 상점이 늘어서 있어 꽤 번화한 마을이었다. 마을의 산쪽에는 농가가 많았고 군대와 경찰서, 읍사무소, 우체국, 학교, 상점은 해안가 쪽에 모여 있었다. 형수의 친정은 산기슭에 자리한 농가로 비교적 부유했다. 나는 그곳에서 인 씨와 함께 완만하게 경사진 길을 따라 이십 분 정도 걸어 내려와 학교에 다녔다. 마을에는 여러 계층의 사람들이 살고 있었기 때문에 집의 구조도 우리 마을과는 다르고 집집마다 어딘가 조금씩 달랐다. 그곳에 사는 사람들의 얼굴이 저마다 다르듯 분명 그 사람들의 생각도 제각각이었을 것이다. 그 사람들과 학

교에 다니는 자녀들의 사고방식이나 삶의 방식은 너무 복잡하게 얽혀 있어 어린 시골뜨기인 나로서는 도무지 이해하기 어려웠다.

내가 동경하던 어린 시절의 꿈을 품고 입학한 중학교는 완전히 나의 기대를 저버렸다. 학교는 한마디로 작은 병영이었다. 군대식으로 규격화된 사고방식과 행동. 학교 숙소는 감옥이나 다름없었다. 그 감옥 안에서 특정 교사가 장교 역할을 하고 상급생인 하사관을 시켜 신병인 우리 신입생들을 훈련시키는 나날이 이어졌다. 우선 무엇보다 싫어서 견딜 수 없었던 것은 군사 교련이었다. 교관은 산속에 숨어있는 무장 부대를 '공비'라고 욕하고 '공'을 격멸하기 위해 교련은 필수적이라고 했다. 사회과목 교사는 입만 열면 수업은 제쳐두고 선거와 특정 후보자의 정치적 견해를 소개하며 열을 올렸다. 투표일에는 반드시 학부모에게 투표를 권하라고 우리에게 강요했다. 또한 마을 주민들을 양민계와 빨갱이계로 구별해서 '빨갱이'는 사회를 갉아먹는 독충이라고 몰아붙였다. 우리 반 담임인 양 선생은 양민계 교사들의 의견에 동조하지 않는다는 이유로 동료 교사와 학생들에게까지 바보 취급받으며 고립되어 있었다. 게다가 학생들의 일상적인 행동까지 특정 교사에게 낱낱이 통보하는 양민계 학생 스파이까지 있었다.

S 마을에서의 첫 일주일은 나에게 얼마나 우울하고 긴 시간이었는지 모른다. 학교에서는 변변한 수업도 하지 않고 그저 지루하기 짝이 없는 정치 훈화와 군사 교련이 주요 일과였다.

그러나 인 씨의 말에 따르면, 이번 선거라고 해봐야 이승만의 대한독립촉성국민회 일파와 김성수(金性洙)의 한국민주당 등 보수 진영 일부만이 혈안이 되어 있을 뿐 민족주의자 김구나 보수파 김규식조차도 4월 26일부터 평양에서 열리고 있던 남북 연석회의에 참석하고 서울로 돌아와 남쪽만의 단독선거를 반대하며 투표 거부를 통해 선거를 반대해 줄 것을 당원들에게 호소하고 있다는 것이었다.

방과 후, 나는 매일 상급생들에게 독촉받아 마을회관 한쪽 방에 있는 학생 보국대 경비초소로 가서 3교대로 보초를 서야 했다. 나는 신입생이기 때문에 교련용 목총을 들고 보초를 섰다. 상급생들은 모두 실탄을 장전한 옛 일본군의 99식 보병총을 들고 있었다. 그것은 언젠가 우리 집 마당에 찾아왔던 일본군이 들고 있던 것과 똑같은 총이었다.

마을에서는 7시 이후 일반 주민의 야간 통행이 금지되었다. 단발식의 다섯 발을 발사할 수 있는 보병총을 휴대한 학생 세 명과 개를 죽이는 곤봉을 휘두르는 서북청년단 두 명이 한 조를 이루어 각 부락을 순회하며 경비를 맡았다. 경비란 야간 통행 금지령을 위반하는 주민을 적발하는 것이었다. 도망치려는 사람은 사살해도 상관없다고 큰소리치는 서북청년단 단원도 있었다. 실탄은 경찰에서 지급받고, 관리는 보국대가 맡았다. 다만 그들이 총기 조작을 잘못해 오발 사고를 내거나 총알을 단 한 발이라도 분실했을 경우에는 반드시 경찰에 보고해야 했다. 서북청년단 놈들을 지휘하고 있던 것은 피 묻은 점퍼를 입은 그 송영필이었다. 그는 내가 처음 보국대 초소에 출두했을 때 나를 알아보고 중얼거렸다.

"왔군, 애송이……."

그는 업신여기는 듯한 냉소를 지어 보이고 흥 하고 콧방귀를 뀌었다.

학생 보국대를 실질적으로 장악하고 있는 것은 '백지동맹원(白紙同盟員)'이라 불리던 학생 그룹이었다. 그들은 똑같이 굵은 흰 줄이 쳐진 챙이 넓은 눈에 띄는 모자를 쓰고 교내를 활개 치며 학생자치회를 좌지우지했다. 그들의 행동에 대해서는 일부 '양민계'의 특정 교사를 제외하고는 비록 담임이라 해도 비판적 언행은 허용되지 않았다. 백지동맹 그룹은 우리 중 누군가 불참하면 다음 날 반드시 보국대 초소로 불러내어 이유 여하를 막론하고 녹초가 될 때까지 때렸다. 그들이 '기합'

에 사용하는 정신봉이라는 육각봉은 옛 일본 해군에서 사용하던 것을 모방한 것이라고 인 씨가 나에게 알려주었다. 보병총과 함께 그것은 옛 일본군의 군사적 유산이라고—. 그리고 불참에 비록 정당한 사유가 있더라도 '기합'이 감해지는 일은 없었다. 불참 당일의 행동은 자초지종을 보고하도록 강요받았고 그 기록은 특정 교사에게 통보되고 있었다.

보국대 초소의 한 방에는 정신과 전기충격요법용 침대를 연상시키는 전기 고문기까지 빈틈없이 갖춰져 있었다. 핏자국이 묻은 점퍼를 걸친 송영필은 일부러 우리 신입생들을 고문실로 불러 옅은 웃음을 지으며 말했다.

"굵은 삼밧줄로 손발을 묶는다. 이 주전자에 물을 채우고 고춧가루를 듬뿍 넣어 휘젓는다. 의자 위에 놈들을 눕힌다. 손발을 눌러 꽉 붙잡고 코와 입에 주전자의 고춧물 한 방울……, 후, 후, 후…… 우선 그것으로 한 방에 끝난다. 일도 아니다."

그리고 송영필은 굵은 손가락 끝으로 원시적인 고문 도구들을 하나하나 가리키며 보여줬다. 우리 신입생들에게 송 씨의 시위 효과는 즉각 나타났다. 그 도구들은 충분히 사용되어 온 만큼 그 위압감은 여지없이 우리에게 쏟아졌다. 요컨대, 우리 신입생들은 송 씨가 말한 것처럼 무력한 어린 양이었다. 그것도 그들이 원하는 대로 길들여져 송곳니를 드러내고, 증오심을 온몸에 가득 담은 채 그들의 사냥을 위해 수족이 되어 뛰어다니는 늑대로 변신하기 위한 단지 어린 양에 불과했다.

기다리고 기다리던 토요일 수업이 끝나자, 나는 빨래할 옷가지와 준비해 뒀던 종이 묶음을 배낭에 넣고 도망치듯 마을로 돌아갔다. 해안가 순환도로에서 왼쪽으로 꺾어 익숙한 용암지대 산길을 올라가다가 안개 낀 산기슭에 그리운 우리 집을 발견했을 때, 내 온몸을 가득 채운 것은 둥지로 돌아가는 작은 새의 행복감이었다. 아버지, 어머니, 형 그리고 용수……게다가 검둥이. 나는 숨을 헐떡이며 비탈길을 뛰어 올라갔다. 예전처럼 나를 이끌며 칙, 칙 하고 힘찬 증기 소리를 내주던 용수도 없었고 내 입에서 폭, 폭 하는 경쾌한 경적 소리도 나오지 않았다. 그러나 숨이 차서 기진맥진해도 어찌 그것이 힘들다고 할 수 있겠는가.

내 모습을 보자, 문간에서 나를 기다리고 있던 어머니는 내 등에 짊어진 배낭을 급히 내려놓았다. 그리고 몹시 걱정스러운 목소리로 오는 길에 별일은 없었냐고 물었다. 부모님은 일주일 사이에 홀쭉해진 나를 몹시 걱정하며 S 마을에서의 생활을 자꾸만 캐물었지만, 나는 별로 대답하고 싶지 않았다. 한마디로 다 말할 수도 없었고 게다가 나는 너무 지쳐 있었다. 나는 어머니가 데워준 물로 뒷마당에서 씻고 저녁을 먹은 뒤 한숨 잤다.

내가 눈을 뜨니 밖은 완전히 캄캄해져 있었다. 종훈 형의 방에서 나지막한 말소리가 들려왔다. 오 선생의 목소리였다! 나는 얼른 방으로 인사하러 갔다. 오 선생은 내 어깨를 두드리며 언제나처럼 큰 소리로 말했다.

"야, 고생했어. 살 좀 빠졌네. 학교는 어때? 재미있게 지내고 있어?"

내가 쑥스러워하며 머뭇거리고 있자, 종훈 형이 말했다.

"그 얘기는 뭐, 나중에 해도 되지. 나는 선생님과 중요하게 할 이야기가 있으니까, 성훈은 저 방에 가서 쉬어."

방을 나가려다 형의 책상 위를 보니, 내가 S 마을에서 가져온 종이 묶음이 올려져 있었다. 그 옆에는 캠핑 때 사용하는 반합을 연상시키는 모양의 갈색 가죽 케이스가 놓여 있었다. 내가 신기한 듯 그 케이스를 바라보고 있자, 오 선생은 가볍게 손을 뻗어 가죽 케이스의 뚜껑을 열고 그 안에서 검은색 큰 쌍안경을 꺼냈다. 선생님은 일어서서 방문을 열고 쌍안경을 눈에 대고 초점을 맞추더니, 나더러 들여다보라고 건네주었다. 나는 선생님이 가리킨 해안 마을과 달빛에 빛나는 해수면을 쌍안경 렌즈로 훑어보다가 깜짝 놀랐다. 인가의 불빛과 달빛을 받아 물결을 반짝이며 펼쳐진 해수면이 마치 눈앞에서 출렁이는 것처럼 생생했다. 나는 숨을 몰아쉬며 오 선생의 얼굴을 올려다보았다.

"그 쌍안경으로 말하자면 선생님의 일본군대 전리품이다. 떨어뜨리지 않도록 조심하고 마당에 나가서 좀 더 자세히 봐라."

나는 마당으로 나가 선생님처럼 렌즈를 조절하며 돌담 너머로 먼저 용수네 집 쪽을 들여다보았다. 처음에는 초점이 맞지 않아 흐릿하게 보이던 렌즈에 드디어 인가의 불빛이 희미하게 비쳤다. 주위는 어두워서 아무것도 보이지 않았지만, 산기슭의 한 곳만 안개에 번진 듯 뿌연 등불이 빛나고 있었다. 틀림없이 용수네 집이었다. 용수는 무사히 지내고 있었다! 나는 가슴이 두근거리고 산기슭에 박혀 있는 듯한 작은 등불을 찬찬히 들여다보며 내일은 반드시 용수를 만나야겠다고 마음먹었다.

나는 오 선생을 배웅한 뒤, 9시가 넘어서야 잠자리에 들었다. 하지만 좀처럼 잠들지 못했다. S 마을에서 겪었던 싫고 괴로웠던 일주일간의 일들이 자꾸 떠올라 마음이 가라앉지 않았다. 그럼에도 나는 어느새 꾸벅꾸벅 졸고 있었다. 종훈 형의 방에서 괘종시계가 울리기 시작했다. 하나, 둘, 셋…… 열한 시다. 산촌의 4월 밤공기는 여전히 차갑다. 나는 이불을 끌어당기고 다시 눈을 감았다. 바로 그때, 형의 방에서 누군가 나오는 희미한 기척이 느껴졌다. 내 방 앞을 천천히 걸어가는 묵직한 발소리는 분명 형이 틀림없었다. 잠시 뒤, 살그머니 대문을 여는 소리가 들리더니 다시 문이 닫혔다. 밤에는 경계를 위해 풀어 놓은 검둥이가 코를 킁킁거리며 어리광 부리는 소리를 냈다. 쉿, 쉿 하며 조용하게 검둥이를 달래는 형의 목소리가 들렸다. 형은 검둥이를 어딘가에 묶어둔 뒤, 마당을 나섰다. 비탈길의 자갈을 밟는 구두 소리는 점점 산 쪽으로 올라갔다. 나는 가슴이 두근거렸다. 한밤중에 형은 도대체 어디로 가는 것일까? 물론 방에는 형수도 있었을 것이다. 형은 형수가 눈치채지 못하게 방을 나설 수 없었을 것이다. 그렇다면 형이 한밤중에 집을 나간 건 도대체 무슨 일 때문일까?

다음 날 아침, 내가 일어나 보니 형은 집에 있었다. 물론 일요일이니 형이 집에 있는 것이 조금도 이상할 건 없었다. 그러나 왠지 형이 방에 있다는 것이 이상하게 느껴졌다. 아침을 먹은 뒤, 나는 종훈 형의 방을 슬쩍 들여다보았다. 형의 책상 위에는 어제 있었던 종이 묶음이 없다. 게다가 오 선생이 두고 간 쌍안경도—.

형은 잠시 뒤, 형수를 데리고 마을로 내려갔다. 두 사람이 나간 뒤, 나는 용돈을 아껴 S 마을에서 산 도화지와 크레파스

선물을 들고 용수네 집에 가려고 했다. 용수가 선물을 받고 기뻐할 얼굴을 상상하니 나도 모르게 흐뭇한 마음이 들었다. 바로 그때, 문간에서 여자의 목소리가 들렸다. 익숙한 용수 어머니의 목소리였다. 나는 서둘러 토방으로 나가 보았다. 토방 입구에 서서 어머니와 이야기하는 용수 어머니는 한동안 보지 못한 사이 볼이 홀쭉해지고 야위어 있었다. 그 때문인지 그녀의 눈동자는 반짝였고 눈꼬리는 치켜올라가 보였다. 나는 아주머니가 병을 앓고 있나 하고 생각할 정도였다. 해녀로 일하는 아주머니의 피부는 햇볕에 그을려 항상 거무스름했지만, 용수처럼 반듯하고 단정한 참 고운 얼굴을 하고 있었는데…….

아주머니는 나를 보자, 중학교에 올라갈 때 아무런 축하선물도 해 주지 못해 미안하다고 말했다. 나는 황급히 인사를 했다. 축하선물 따위 무슨…… 나는 출발하기 전에 용수를 만날 수 있었던 것만으로도 충분히 만족했으니까. 나는 용수가 집에 있냐고 물었다. 그러자 아주머니는 갑자기 옆을 향해 고개를 숙였다. 나는 왠지 해서는 안 될 질문을 해서 상대를 곤란하게 만든 듯한 기분이 들었다. 도대체 무슨 일일까? 아주머니도, 용수도…….

"미안하구나, 성훈아. 용수는 정말 성훈이를 만나고 싶어 했단다. 하지만 지금 사정이 있어서 내 친정에서 할아버지와 함께 고깃배를 타고 고기를 잡고 있단다. 건강하게 지내고 있으면 언젠가는 또 만날 수 있을 거야……."

아주머니는 더 이상 용수에 대해 이야기하고 싶지 않은 눈치였다. 게다가 나도 몹시 실망해서 더 이상 아주머니에게 용수에 대해 깊이 물어볼 생각이 없었다. 용수는 헤어질 때, 일하지 않으면 살아갈 수 없다고 말했었다. 하지만 나는 왠지 용수에게 어린애 취급받고 무시당하는 것 같아 적지 않게 불만스러웠다. 나는 그때 상민이 말했던 것처럼 제멋대로인지는 모르지만, 짜증이 나고 화가 났다. 이제 용수에게 주려던 선물도 필요 없게 된 것이다. 내가 돌아가려고 하자, 아주머니는 용수가 전해달라고 한 것이라며 직사각형 종이 꾸러미를 내게 내밀었다. 펼쳐보니 허름한 나무 액자에 끼워진 구관조의 세밀화였다. 성내에서 열린 미술전이 끝난 후 일괄적으로 반납한 작품을 용수는 소중히 간직해 두었던 모양이다. 나는 액자를 들고 방에 들어가 한참 동안 그림을 말없이 들여다보기만 했다.

어머니와 아주머니는 부엌 옆방에서 이야기를 나누고 계신 듯했다. 아주머니를 위로하는 어머니의 낮은 목소리가 이따금씩 들려왔다. 아주머니도 용수와 떨어져 지내는 것이 분명 괴로울 거라고 나는 생각했다. 나조차 용수를 만날 수 없다는 사실이 이렇게 화가 나는데 말이다. 그런데 아주머니는 친정에 가서 용수와 함께 지내면 되지 않을까? 고작 둘뿐인 모자이니 굳이 따로 지낼 필요는 없을 것이다. 그래, 그렇게 하는 것이 아주머니에게도, 용수에게도 가장 행복한 일일 것이다. 그런 생각을 하고 있자니 마음이 조금 가라앉는 듯했다. 그런데 그때, 갑자기 용수 어머니의 흐느끼는 소리가 들려왔다.

"아이고―, 아이고―, 단번에 죽을 수만 있다면 얼마나 좋을까, 이렇게 더러운 몸이 돼버려서 망신당하며 살아가는 게…… 너무 괴로워, 아주머니…….."

그 뒤로는 말이 끊긴 듯, 자꾸 코를 훌쩍이는 소리만 들려왔다.

"무슨 말을 하는 거야? 죽어서 어떡하려고? 앞으로 분명 좋은 날이 올 거야. 꾹 참고 용수를 위해서라도 살아야지…….."

어머니가 나지막한 목소리로 아주머니를 다독이고 있었다. 아주머니는 아무 말 없이 괴로운 듯 신음소리를 내더니, 이내 다시 또 아이고―, 아이고― 하고 쉰 목소리로 중얼거렸다.

"세상천지 어디에 자식을 지켜주겠다고 하는데…… 매달리지 않을 어미가 세상에 어디 있을까…… 늑대의 본성도 모르면서…… 개놈…… 개놈…… 저, 개놈……."

액자 속에 담긴 구관조의 자갑스러운 얼굴에 눈을 빼앗긴 나는 그 순간 문득 떠올랐다. 언젠가 들었던 증오가 서려 있던 그 구관조의 목소리를! 구구…… 구구…… 개놈…… 개놈…….

　마을로 내려갔던 형 부부는 점심 전에 함께 돌아왔다. 형은 밧줄로 등에 묶은 커다란 나무 대야를 무겁게 메고 왔다. 형수는 양손으로 큰 배를 받친 채 힘겹게 숨을 몰아쉬고 있었다. 분명 비탈길을 오르기가 힘들었던 것이다. 하지만 형수의 얼굴은 상기되어 있었고 어딘가 들뜬 기분처럼 보였다. 그 대야는 곧 태어날 아기를 위해 따뜻한 목욕물을 담을 용도였다. 형의 말로는 오래 사용해서 낡은 대야를 마을 사람에게 얻어 학교의 사환에게 잠시 맡겨 두었다고 했다. 그런데 나는 형의 말에 문득 의문이 들었다. 그렇다면 형이 하굣길에 들고 오면 될 일이 아닌가? 굳이 임신한 형수까지 그 가파른 비탈길을 걸어오게 할 필요는 없었을 텐데. 그러나 형이 대야를 방 안으로 가져가 그 안에서 종이로 감싼 등사기(謄写器)를 한 대 꺼냈을 때 모든 의문이 풀렸다. 등사기는 일반인이 쉽게 손에 넣을 수 없는 물건이다. 만약 형이 학교 비품을 가져왔다고 해도 평소라면 분명 누군가의 눈에 띄었을 것이다. 하지만 오늘은 일요일이었다. 학교에는 아마 당직 선생이 있었을 것이다. 만약 그

당직 선생이 어젯밤에 왔던 오 선생이라면, 오 선생만 눈 감아 준다면 아무도 눈치채지 못할 것이다. 마을로 내려간 형의 진짜 목적은 대야가 아니라 등사기였다. 대야와 형수는 목적을 위장하기 위한 연막에 불과했다. 게다가 형수도 그 사실을 알고 있었기 때문에 저렇게 들뜬 얼굴을 하고 있었던 것이다. 내가 굳은 표정으로 생각에 잠겨 있자, 내 안색을 유심히 살피던 형은 조용히 말했다.

"성훈에게 해둘 말이 있어. 다음 토요일에 돌아올 때는 종이를 이분의 일 정도로 작게 잘라서 가지고 오면 좋겠어. 그러는 편이 구겨지지도 않고 들고 오기도 편할 거야. 그리고 만약…… 도중에 누군가가 검문이라도 하면 형이 다니는 학교에서 학생들의 학력 테스트나 교재용으로 사용하는 것이라고 말하면 괜찮을 거야. 그리고 성훈아, 형은 이 등사기로 학교 교재를 찍어낼 거야. 알겠어? 교재야, 그러니까 그렇게 심각한 얼굴을 하고 생각에 잠길 필요 없어. 그리고 성훈아, 이건 잊지 않았으면 좋겠는데, 남자란 나이에 상관없이 어른이 돼야 할 때가 있어. 나이로 어른이 되는 게 아니야. 남자는 필요할 때 언제든지 어른이 돼야 하는 거야. 알겠지?"

형은 언제나처럼 온화한 어조로 타이르듯 나에게 말했다. 나는 말없이 고개를 끄덕였다. 형이 말한 그 깊은 뜻을 내가 얼마나 이해했는지 나도 잘 모르겠다. 다만 그때 내가 느낀 것은 형이 나에게 어른다운 마음가짐을 가지라고 했다는 것이다. 그 순간 내 머릿속에서 번쩍이는 것이 있었다. 나는 갑자기 몸속 깊은 곳이 떨렸다. 그것은 두려움 때문이 아니었다. 오히려 내가 하는 사소한 심부름이 어찌 됐든 형에게 도움이 되고 있다는 것, 그것이 매우 기뻤다. 그 종이와 쌍안경…… 그리고 이 등사기 역시 분명 무언가에 도움이 되기 위한 것이다. 그것들은 우리 집을 중심으로 아랫마을이 아니라 산 쪽에서 유용하게 쓰이게 될 것이다.

"자, 슬슬 점심시간이야. 밥을 먹고 하숙집에 갈 준비를 해라. 가는 길에는 항상 조심하고 주말에 다시 돌아오면 돼."

나는 말없이 형의 방을 나왔다. 부엌에서는 어머니와 형수가 점심을 준비하고 있었다. 나는 마당으로 나가 조금 전 용수의 어머니가 내려간 언덕길을 한참 동안 바라보았다. 아주머니는 작은 보자기를 양손에 들고 고개를 푹 숙인 채 느릿느릿 걸어갔다. '개놈…… 개놈……' 아주머니가 증오를 담아 중얼거리던 떨리는 목소리가 아직도 내 귀에 또렷하게 남아있다. 마당으로 나온 나를 발견한 검둥이는 구석진 채소밭 햇살 아래에 누워있다가 벌떡 일어나 내 발밑에서 재롱을 부렸지만, 나는 도무지 검둥이의 상대가 될 기분이 들지 않았다. 나는 단숨에 언덕길을 뛰어 올라갔다. 뒤돌아보니, 검둥이가 두 귀를 바짝 뒤로 젖히고 전속력으로 내 뒤를 쫓아오고 있었다. 나는 검둥이를 개의치 않고 쏜살같이 용수네 집을 향해 계속 달렸다. 검둥이는 자갈을 걷어차면서 나를 앞질러 갔다. 내가 용수네 집 마당 앞에 도착했을 때, 검둥이는 축 늘어진 혀끝에서 땀을 뚝뚝 흘리며 방 앞에 주저앉아 있었다. 내 몸에서도 땀이 흐르기 시작했다. 가슴이 막힐 듯이 숨이 가쁘다. 나는 러닝셔츠를 벗고 상반신의 땀을 닦았다. 조심스레 방문을 열어 보았다. 문은 아무런 저항 없이 안쪽으로 열렸다. 들여다보니, 안은 텅 비어 있었고 가구다운 것은 아무것도 보이지 않았다. 용수의 작은 책상도, 구관조의 대나무 새장도, 내가 보았던 익숙하고 정다운 가구도 하나 남아있지 않았다. 나는 맥이 풀려 문턱에 걸터앉아 허리를 굽히고 무릎 위에 얹은 두 팔에 얼굴을 파묻은 채 끝없이 신음하듯 중얼거렸다.

"용수…… 용수…… 너도, 어머니도 모두 내 곁에서 사라져 버렸고…… 나도, 나도, 남자는 나이에 상관없이 어른이 돼야 하는 거야. 필요할 때 남자는 어른이 돼야 하는 거야. 나도, 나도, 지지 않을 거야……."

내 발밑으로 다가온 검둥이가 내 다리에 몸을 비비며 킁킁하고 조용한 울음소리를 흘렸다.

시국과 팔자에 갇힌,
제주 여성

어느 여인의 일생

ある女の生涯

1

겨울의 어느 깊은 밤, 눈이 내리기라도 할 듯 습기를 머금은 찬바람이 휘몰아치는 길목에서 낯선 소리를 듣고 나는 그만 멈춰 섰다. 길모퉁이에 있는 건재상의 어두컴컴한 처마 밑에 원통 모양의 부서진 환기통 한 개가 기대어 세워져 있고 불어오는 바람에 그 끝의 날개가 실성한 듯 데굴데굴 돌아가고 있었다. 날개는 분명 열심히 움직이고 있는 것 같았다. 하지만 그 움직임은 아무 쓸모없는 허무한 것이었다. 환기통의 날개는 한순간도 쉬지 않고 달그락달그락 소리를 내며 계속 움직이고 있었지만 그 움직임은 심야의 거리에 시끄러운 소리를 헛되이 내보내는 것 외에는 아무런 결실도 없는 것 같았다.

그때 나는 불현듯 먼 친척뻘 되는 한 여자의 모습을 떠올렸다. 오로지 일만 하며 짧은 생을 일본에서 마감한 그녀의 생애 또한 이 날개의 움직임처럼 아무런 결실도 없는 헛수고가 아니었을까? 그런 생각이 내 뇌리를 스쳐 지나갔다. 그러나 정말로 그녀의 삶이 무의미했냐고 한다면, 나는 아니라고 대답할 수밖에 없었다. 그것은 나의 대답이라기보다 생을 부여받은 이상 살아내야만 하는 약속과도 같은 인간의 의지를 나타내는 답이었기 때문이다. 늦은 밤, 거리에 소음만을 내는 쓸모없는 날개의 움직임도, 나의 풍화돈 기억의 깊은 곳에서 그녀의 모습을 끄집어낼 만한 힘은 가지고 있었던 것처럼 저 무의미해 보이는 그녀의 생애 또한 내 마음속에 보이지 않는 무언가를 분명히 각인하고 있었다. 그러자 나는 어린 시절, 내 삶의 어딘가에서 버팀목이 되어 준 그녀에게 강한 사랑을 느꼈다. 나는 인적이 끊긴 밤 깊은 길목에 서서 한 여자의 모습을 마음에 묻고 있었다.

김추월은 1905년 가을, 제주도 남부의 한촌에서 가난한 농부의 둘째 딸로 태어났다. 추월이 바깥세상에 눈을 뜨기 시작한 대여섯 살 무렵, 부모의 관계는 이미 차가울 대로 차가워져 있었다. 추월의 아버지는 아들을 낳지 못한 것이 가장 큰 불만이었던 아내를 추월 자매와 함께 친정으로 쫓아 보냈다. 그리고 몇 년 뒤, 추월의 어머니가 재혼하게 되면서 어머니의 품도 추월 자매에게는 편안한 공간이 아니었다.

추월은 이따금 언니와 함께 아버지를 찾아갔다. 후처와 국수를 팔기 시작한 아버지는 그들을 반갑게 맞이했지만 새어머니는 추월 자매를 싫어했다. 추월 자매에게 국수를 한 그릇씩 주면서도 장사용 국수 면은 빼고 국물만 주곤 했다. 그러자 아버지는 새어머니가 볼일을 보는 틈에 추월 자매의 그릇에 재빨리 고기를 몇 점 넣어줬다.

아버지의 가게는 꽤 장사가 잘되었지만 새어머니가 아버지 몰래 비상금을 조금씩 챙기고 있었고, 어느 날 가게에서 심부름하던 젊은 남자와 가게의 돈을 다 가지고 자취를 감추고 말았다. 아버지는 어쩔 수 없이 집을 정리하여 빚을 청산하고 추월 자매를 데리고 중산간 마을로 들어갔다. 통나무만으로 대충 뼈대를 만들어 아버지와 딸, 셋이서 꺾은 억새로 지붕을 얹고 바닥도 제대로 갖추지 못한 오두막집 생활이 시작되었다. 한라산 자락에 있는 방목장에 딸린 작은 밭에 메밀을 뿌렸다. 메밀은 풍작이었다. 작물운만은 타고났다며 아버지는 뿌듯해했다. 하지만 아버지는 수확한 메밀을 오두막에 쌓아 놓은 채 새어머니를 찾아다니는 데 정신이 팔려 오두막에 있는 날이 많지 않았다.

목장 근처에 자식 없는 노부부의 작은 집이 한 채 있었다. 추월 자매는 그 집에서 시간을 보내는 경우가 많았다. 저녁에 집으로 돌아와 봐도 아버지는 아직 돌아오지 않았다. 흙마루 쪽 어둠 속에서 족제비의 작은 두 눈이 빛났다. 깜짝 놀라 쾅 하고 문을 닫자 그 소리에 족제비가 후다닥 도망쳤다. 자매는 작은 짐승처럼 짚 속에 들어가 껴안은 채 잠이 들었다. 추월 의 어린 시절은 그런 추억이 많았다.

추월이 태어난 1905년은 일본이 이른바 '보호조약'을 조선 에 강요한 해이기도 하다. 이 조약에 따라 일본은 조선으로부 터 외교권을 빼앗고 통감부를 두어 외교를 관리하고 조선 정 부가 불러들여 고용한 일본인 관리까지도 감독하는 등 조선 의 내정을 좌지우지하기에 이르렀다.

일본은 1910년 8월에는 '병합조약' 체결을 강요하고 '토지 조사 사업'에 착수했다. 방목장에 있는 추월의 아버지가 경작 하는 얼마 안 되는 밭도 신고하지 않았다는 이유로 빼앗기고 말았다. 그뿐만 아니라 어제까지 지붕을 이을 억새를 꺾거나, 땔감용으로 잡목 밑가지를 구하던 공유 산림도 '일본 국유'로 바뀌어 출입이 금지되었다. 이리하여 추월 부녀의 살아갈 길이 완전히 막혀 버렸다.

그 무렵, 제주도 대정면 주민의 연간 1인당 생활비는 24.13 엔이었다고 한다. 덧붙여서 말하면, 1908년 일본에서 현미 1섬당 가격이 14.9엔이었다. 추월 가족은 현미 2섬의 가격도 안 되는 생활비로 살아내야 하는 상태로 내몰려 있었다. 좁쌀, 피, 보리 등이 섬 주민들의 주식이었던 이유도 알 만하다. '토지 조사 사업'으로 토지를 빼앗기고 도시로 몰리는 이농민과 무직자가 생겨났고 해외로 유랑의 길을 떠나는 이민자들도 생겨났다.

2

과거 조선인들의 여행길에는 항상 살기 위해 길을 떠난다는 의미가 있었다. 하지만 그것은 또다시 새로운 슬픔의 길을 향한 출발이기도 했다.

추월이 남편과 함께 살길이 막막해 고향을 떠나 일본으로 건너간 것은 1920년대 초반, 그녀가 열여덟 살 되던 해의 여름이었다. 제주도 동남부에 있는 서귀포 동쪽 포구에서 남녀노소 총 열다섯 명 정도가 돛단배에 올라타고 섬 동쪽의 우도를 거쳐 조선반도 남쪽의 다도해 소군도를 따라 대마도 남단을 지나 한 달 남짓이 걸려 나가사키현 모처에 닿았다. 배가 나가사키에 이르자 뱃사공의 자식은 일본에 남고 아버지인 뱃사공만 혼자 노를 저어 귀국했다고 한다. 일본까지 뱃삯은 1인당 6엔이었다.

추월은 일본 사정에 밝은 뱃사공의 아들이 이끄는 대로 기차를 타고 오사카에 도착해 난바(難波)에서 하숙집을 운영하던 고향 사람의 판잣집에 자리를 잡았다. 같이 건너간 여자들과 함께 추월은 곧바로 니시나리쿠 이마디야(西成区今宮)에 있는 숙소를 제공하는 마대자루 공장에 취직해 거처를 옮겼다. 고향에서 무명베 짰던 경험이 도움이 돼, 추월은 금방 익숙하게 일을 할 수 있었다. 한 달이 지나 월급날이 왔다. 그러자 추월의 남편은 같이 배를 타고 온 사촌 형과 함께 면회를 왔다. 남편의 사촌 형은 말했다.

"있잖아, 우리를 도와준다고 생각해…… 일이 없어서 꼬박 한 달을 허비하고, 하숙비도 내지 못하고……."

스물네 살이 된 젊은 남편은 잠자코 고개를 숙이고 있을 뿐이었다. 아침 7시부터 밤 8시까지 꼬박 일해도 추월의 일급은 고작 60전에 불과했다. 1924년 여름, 당시 일본에서는 석유 한 통이 3엔 80전, 파라솔 1개가 18엔, 재떨이 1개 80전……

이었다고 어떤 잡지에 기록이 남아 있다. 추월의 월급은 잔업을 포함해도 고작 재떨이 한 개 값도 되지 않았다. 물론 식비는 별도로 내야 한다. 잘못하면 빚만 떠안는 꼴이 될 뻔했다.

추월은 그해가 끝날 무렵에 같은 고향 여자와 나고야의 방직공장으로 일자리를 옮겼다. 오사카보다 월급이 좋다는 말 주변이 좋은 뱃사공의 아들 말을 믿어서였다. 두 달을 그곳에서 일했다. 첫 달은 월급조차 받지 못했다. 일이 영 서툴다는 이유였다. 다음 달 월급날에도 역시 말주변이 좋은 그 남자가 찾아와 사무실에서 담당 직원과 오랫동안 수군거렸다. 남자는 말했다.

"당신들이 하는 일은 정말 도움이 되지 않아. 월급은커녕 회사는 손해를 물어내라는 거야. 안됐지만 이번 달에도 돈은 못 받을 것 같아."

나이 지긋한 고향 여자는 이번엔 잠자코 있지 않았다. 아무리 생각해도 납득이 가지 않는 말이다.

"아무리 우리가 일본말을 모른다고 해도, 남을 속이는 것도 적당히 해야지. 너도 같은 나라 사람이면 좀 착실한 삶을 사는 게 좋아. 다, 가로채 간 우리 월급은 당장 내놓으라고. 우리는 이제 여기에서 나갈 거니까."

여자의 무서운 얼굴에 풀 죽은 말주변이 좋은 남자는 돌아간다면 여비만큼은 마련해 주겠지만 임금만큼은 끝까지 모른다고 잡아떼며 물러서지 않았다. 어차피 더 이상 그 방직공장에 있을 수 없었다.

남편이 있는 도쿄로 간다는 고향 여자와는 나고야역에서 헤어져 추월은 혼자 오사카로 갔다. 난바에 도착한 것은 아직 어둠이 남아 있는 이른 아침이었다. 역 앞 파출소에서 주소가 적힌 종이를 보여주며 여기로 데려가 달라고 손짓으로 몇 번이나 반복했다. 화로에 걸터앉아 불을 쬐며 꾸벅꾸벅 졸고 있던 중년의 경찰이 주소를 확인하고 추월을 남편이 있는 하숙집 근처까지 데려다주었다. 골목길 땅바닥에 새하얀 서릿발이 서 있었다. 추월은 일본에 도착한 여름날의 행색으로 해를 넘기고 있었다.

낮이 다 돼서야 돌아온 남편은 제대로 말도 하지 않은 채 벽에 등을 기대고 어두운 얼굴로 앉아 있었다. 머리와 수염도 덥수룩하게 기른 채 누군가에게 받은 것인지 얄팍한 작업복을 걸치고 있었다. 추월과 헤어지고 나서 아직 일을 구하지 못하고 놀고먹고 있었다. 얼마 지나지 않아 남편의 사촌 형도 돌아왔다. 추월은 적어도 막노동이라도 해서 밥값이라도 벌어야 하지 않냐고 남편을 힐책했지만 지난 일에 매달리기보다 앞으로 어떻게 살아갈지가 당장 급한 문제였다.

난바에 돌아와 2, 3일 후에 함바집에서 밥 짓는 일자리를 찾았다. 남편과 사촌 형도 건설 현장에서 막노동을 하기로 결정했다. 추월은 이미 임신하고 있어서 한눈에 알아볼 수 있는 몸이었다. 오전 4시경에 일어나서 수십 명 분의 식사 준비를 했고 세 끼의 설거지와 허드렛일이 너무 많아 몸이 천근만근이었다. 장마철이 되면 남자들은 일자리를 잃는다. 술값에 담뱃값 그리고 식비가 밀려 어느새 빚이 쌓여 갔다. 그 빚 때문에 언제 끝날지도 모르는 노동을 해야만 한다는 불안감은 커져만 갔다. 추월은 달이 없는 밤을 기다려 입은 옷 그대로 함바집을 도망쳐 나왔다. 잡히면 죽을 각오를 해야 하기 때문에 필사적으로 밤길을 달렸다. 임신한 추월은 더 힘이 들었다.

하지만 갈 곳은 역시 다른 함바집밖에 없었다. 추월은 그곳에서 첫아들을 낳았다. 진통이 시작되기 직전까지 추월은 식사 준비에 매달려야 했다. 갑자기 통증이 시작돼 순식간에 아기를 낳았다. 그러나 갓난아이는 첫 울음소리조차 내지 않고 싸늘한 주검으로 추월과 마주했다. 첫 출산이 추월에게 가져다준 것은 탄생의 기쁨이 아니라 상실의 고통이었다.

3

추월이 일본으로 건너온 것은 관동대지진 직후 혹독한 생활난이 계속되던 시기였다. 얼마 지나지 않아 연호는 쇼와로 바뀌었고 미국에서 시작된 세계 공황의 쓰나미가 일본으로도 밀려왔다. 일자리를 잃은 일본인이 거리에 넘쳐나던 시대에 일본어조차 제대로 알지 못하는 '조선인'을 채용하여 제대로 된 일자리를 주는 직장이 있을 턱이 없었다. 깔보는 눈으로 보는 폐지 줍기나 강철 체력이 필요한 막노동이나 하역일꾼, 마차 끌기, 청소차 끌기 정도가 이들에게 남겨진 일이었다.

그중에서 선반공, 주물공, 마감공 등의 기술이 있는 사람은 일본인 노동자보다 임금은 적지만 그럭저럭 먹고살 수는 있었다. 그러나 그것마저도 젊은 사람에게 해당되는 것으로 중년을 넘어선 나이 든 사람들은 도저히 넘볼 수 없는 세계였다. 이들 세대는 대체로 교육을 제대로 받지 못했거나 기껏해야 서당에서 한문을 조금 배운 정도였다. 설령 한문을 어느 정도 알고 있다고 해도 그것은 이국땅 일본에서는 마치 사용 가치가 소멸한 지폐를 움켜쥐고 있는 것과 같았다.

변두리의 자그마한 마을 공장의 구인 벽보에도 반드시 '내지인에 한함'이라는 단서가 붙어 있었다. '내지인'이란 일본인을 지칭하였기 때문에 그것은 식민지 '조선' 출신자=조선인을 고용하지 않겠다는 의미였다. 그중에는 '조선인은 거절'이라고 분명히 쓰여 있는 경우도 있었다. 집을 구할 때는 더 노골적으로 거절하는 경우가 많았다.

그러나 추월은 살아야만 했다. 게다가 아직 젊었다. 그러니까 시간은 그들의 편이었고 일만 하면 희망은 이루어질 것이라고 믿어 의심하지 않았다. 희망이라고 해 봤자 그것은 장차 고향으로 돌아가 조그마한 밭과 비바람을 막아줄 집을 마련하고 몇 명의 아이를 낳아 키우는 것이었다. 일본에서의 삶은 임시이고, 진짜 삶은 고향에서 기다리고 있다. 추월 부부가 개인이 운영하는 화장터를 찾아 들어간 것도 결국 꿈을 실현하기 위한 수단이었다. 무엇보다 그곳엔 일이 있었다. 좁아터진 판잣집이라도 집이 있었다. 배를 타고 고향을 떠나온 후 5년의 표류 끝에 겨우 오사카 이카이노의 마을 한구석에 이르러 그곳에 임시 거처하기 위해 닻을 내렸다.

쇼와(昭和) 초기, 현재의 긴테쓰 우에혼마치(近鉄上本町)역이 있는 로쿠쵸메(六丁目) 언덕에서 이코마(生駒)산 방향을 바라보면 거리가 즐비하게 늘어선 이마사토쵸(今里町)를 지나는 근처부터 곳곳에 아직 논밭이 펼쳐져 있었다. 다이키(大軌)라는 약칭으로 불리던 현재의 긴테쓰센(近鉄線)은 오늘날과는 달리 평지를 달리고 있어 산죠거리(三X通り)는 종일 흙먼지가 날리는 울퉁불퉁한 길도 다지마쵸(田島町) 부근에 다다르면 제법 교외에 온 느낌을 풍긴다. 히라노(平野)강 끝자락은 오이케바시(大池橋)쯤에서 봉긋하게 쌓인 점토질의 흙더미에 막혀 고여 있었다. 다지마쵸의 방향에서 산죠거리를 따라 이어진 논밭을 가로질러 흐르는 얕은 시냇물의 하류에서는 오이케바시의 언덕 때문에 생긴 낙차로 운하 쪽으로 졸졸 푸른 물이 떨어지고 있었다. 운하의 양쪽 기슭은 아직 돌담으로 정비되지 않아 군데군데에 드러난 흙둑이 완만한 경사면을 이루어 도로에서 강 쪽으로 이어져 있었다. 평소에는 탁한 강물도 큰비가 내린 뒤에는 생기를 되찾아 불어난 푸른 강물을 따라 상류에서 붕어와 금붕어, 작은 잉어 등이 헤엄쳐 다녔다.

그렇지만 겉보기에는 온화하고 조용한 이카이노 마을도 조선인만은 거절했다. 이 마을 남북으로 이어진 몇몇 큰길은 물론 거기에 이어진 좁은 길이나 골목길마저 조선인에게는 삶의 통로로서의 의미밖에 없었다. 이카-이노의 좁은 길에는 골목이 많고 골목을 사이에 두고 판잣집이 밀집해 있었다. 그리고 이 골목만이 조선인에게 허용된 생활공간이기도 했다. 사람들은 이 그늘진 골목길에 다다르기까지 수많은 역경을 겪으며 왔다.

추월 부부가 일하는 장례식장은 마을에서도 인가가 밀집한 한구석에 있었다.

이곳을 찾는 장례 행렬은 영구차와 가마를 이용하는 경우가 있었다. 어떠한 경우에도 상주와 그 가족, 참석자들은 도로에 접한 마당에서 줄을 서서 스님의 독경에 이끌려 일단 가마터로 갔고 운구가 들어가면 다시 마당으로 나와 정면 안쪽에 있는 분향실로 들어가 그곳에서 마지막 공양 독경을 하면 장례식은 끝난다. 이러한 의식은 상주에게 의뢰받은 장의사 업자의 지휘로 진행됐다.

하루 입관 수는 미리 사무실에서 접수를 받고 등신대의 검은색 칠 위에 하얀색으로 고인의 이름을 적은 입간판이 정해진 장소에 세워지면 그것을 보고 확인하는 구조였다. 하루에 열 번 이하인 적은 없었고 때로는 스무 번을 넘기도 했다.

관에는 좌관이라 불리는 정육면체 모양과 침관이라 불리는 가늘고 긴 직사각형 모양이 있으며 침관의 경우가 요금이 비쌌다. 좌관은 작업원이 두 명만 있으면 불가마로 옮길 수 있지만 침관은 네다섯 명의 사람이 들어야 하기 때문에 심부름꾼까지 불러야 하는 경우도 있었다.

작업은 오전, 오후, 야간 세 번으로 나누어 이뤄진다. 오전에는 전날 화장을 한 고인의 추골식이 거행되고, 오후에는 장례에 입회해 입관과정을 거치고 나서 저녁 무렵부터 밤 작업을 위해 준비한다. 오후 일이 마무리되면 저녁 무렵부터 통나무 장작을 창고에서 가마터로 옮겨 그것을 관 아래에 각각 쌓아 놓는다. 이 작업은 7시경에 끝난다. 그리고 밤 9시 전후부터 불을 붙이고 그 후 다시 한번 작엽 후 상태를 점검해야 한다. 이른 아침에는 전날 작업이 차질 없이 끝났는지 점검하고 청소하는 일이 남아 있다.

아침 식사 후, 10시부터 정오까지는 추골식이 행해진다.

조선인은 유골을 남김없이 가져가는 풍습이 있지만 일본인은 유골의 머리와 흉부, 팔, 다리 그리고 울대뼈만을 나무상자에 넣어 가져간다. 그러니까 추골식이 끝나면 남겨진 뼛가루를 긁어내 창고로 운반해야 한다. 그렇게 오후가 되면 다시 전날과 다름없이 새로운 장례 행렬이 찾아오고 의례를 치른다. 생은 한정되어 있는데 마치 죽음만이 무한히 이어지는 것처럼 새로운 장례 행렬은 어김없이 이곳을 거쳐 갔다. 일 년 중 새해 첫날만이 유일한 휴일이었다. 츠월 부부의 노동은 마치 무한히 이어지듯 그들을 붙잡고 놓아주지 않았다. 그것은 마치 자욱한 안개와 같은 불결한 부유물과 뜨거운 열기, 그 매연 속에서 벌어지는 극도로 체력 소모를 필요로 하는 작업이었다. 그것은 생의 해체를 확인하는 듯한 고독한 노동이었다. 단지 죽음에 대한 두려움과 생에 대한 허무함을 끊임없이 증식시키는 일이었다.

4

　추월은 밝고 쾌활하며 지기 싫어하면서도 눈물이 많고 상대를 가리지 않고 무슨 말이든 지껄여대는 수다쟁이이면서 부지런한 사람이었다. 그녀는 늘 초롱초롱한 갈색 눈동자에 활력이 넘쳤다. 빈약한 상체에 몸집도 호리호리해 보였지만 뼈는 튼실하고 몸놀림은 기민했다.

　추월의 판잣집에서는 언제나 큰 말소리와 웃음소리가 들렸다. 살길을 찾아 고향을 떠나온 친척이나 고향 젊은이 몇 명이 찾아와 그녀의 집에 머물렀다. 일자리를 얻고 나서 근처 어딘가에서 하숙하는 사람도 있었고 다시 떠나는 사람도 있었다. 그곳은 마치 고향 사람들의 기항지 같은 느낌이었다.

　나의 아버지도 그중 한 사람이었다. 우리 가족은 이미 뿔뿔이 흩어져 있었다. 방랑벽이 심했던 아버지는 일정한 곳에 정착하는 것을 좋아하지 않았고 그것이 가족이 흩어져 사는 원인이 되었다. 어머니와도 헤어져 살던 나를 일본으로 불러 내가 고향을 떠나온 것은 다섯 살 때인 1930년 여름이었다. 하지만 아버지는 이곳에서도 자주 모습을 감추곤 했다. 아직 어린 나는 어쩔 수 없이 먼 친척인 추월을 보호자로 삼아 의지할 수밖에 없었다. 추월은 자신의 보금자리로 찾아든 나를 소년기 초반까지 길러준 어미 새와 같았다. 당시 그녀는 아직 스물여섯 살밖에 안 되었지만 벌써 함바집에서의 출산을 포함해 세 아이를 낳았고 모두 잃었다.

추월은 거의 일 년 간격으로 출산을 반복했다. 어느 날 아침, 이부자리 안에서 만삭의 그녀가 갑자기 나를 불렀다. 가 보니 얼굴을 찡그리고 이불 위에 쭈그리고 앉아 괴로워했다. 이웃집 아주머니를 불러 달라고 했다. 옆집 아주머니가 꾸물대는 바람에 늦게 돌아왔다. 우리가 밭에 돌아와 보니 이미 아이를 낳은 후였다. 그러나 추월은 눈을 치켜뜨고 진통에 못 이겨 외쳤다. 아직 있어. 또 한 아이가…….

추월은 1936년 봄에 낳은 남자 쌍둥이를 포함해 일곱 명의 아이를 낳았으나 결국 그 자식들을 모두 잃었다. 추월은 젖이 적게 나와 갓난아이를 우유로 키웠다. 아이들은 자주 설사를 했고 순식간에 쇠약해져 갔다. 그녀는 불행했다. 그 불행은 그녀가 살고자 하는 의지나 인간으로서의 선의를 초월한 곳에서 엄습해 왔다. 오직 일로 몸을 움직여 불안을 떨쳐 버리려는 것 외에는 추월이 달리 그 불행을 막을 길은 없었다. 먹고 사는 데는 부족함이 없었지만 삶을 지탱할 버팀목은 이미 없어져 버렸다. 부부 사이에도 자주 말다툼이 벌어졌다. 남자는 술을 은신처 삼아 자기 도피라도 할 수 있었지만 일하지 않으면 생활은 금세 무너질 수밖에 없었다.

추월의 집에 어두운 그림자가 드리워지기 시작했다. 추월은 자주 헛기침을 했다. 광대뼈가 뾰족해지고 피부의 윤기는 점점 찾아보기 힘들어졌다. 이미 그녀의 육체를 결핵균이 갉아먹고 있었다.

그 무렵, 추월은 입버릇처럼 빨리 건강을 되찾아 고향으로 돌아가겠다며 부지런히 옷가지를 정리하곤 했다. 그럴 때면 살이 쪽 빠진 그녀의 뺨 언저리가 붉어지고 갈색 눈동자는 초롱초롱하게 되살아났다. 그러나 그녀의 생명의 힘은 이미 시들어 버렸다. 그리고 1937년 늦여름, 그녀는 서른세 살의 짧은 생애를 이카이노 뒷골목 판잣집에서 마감했다. 뼈만이라도 고향 땅에 묻어 달라는 게 그녀의 마지막 말이었다.

해방 후, 나는 몇 번이나 추월의 산소를 찾아가려고 했지만 생각했던 대로 가질 못했다.

추월의 마지막 소원마저도 외면당해 시신은 오사카 교외의 한 묘지에 묻혔다. 태평양전쟁도 거의 끝을 보이기 시작했을 때, 나는 한 번 추월의 묘지를 찾아간 적이 있었다. 반달 모양의 얇은 시멘트로 덮인 그녀의 무덤은 대나무 숲의 바스락거리는 소리에 둘러싸여 가을 햇살 속에 고요히 누워 있었다. 나는 거의 반나절 동안 봉분 주변을 배회하며 만일 이 전쟁통에서 살아남게 된다면 다시 찾아오리라 마음먹고 그곳을 떠났다.

등화관제(燈火管制)의 오사카 거리는 어둡고 죽음과 마주하고 있었다. 이카이노 거리의 골목길에도 인적은 뜸했다. 예전 소년 시절, 내 주변에 있던 친구나 그리운 사람들의 모습은 마을에서 사라졌다. 이카이노 마을이, 하나의 생활공간이, 사소한 일상조차도 내가 친밀하게 느끼기 위해서는 그곳에 사는 친밀한 사람들의 존재야말로 빼놓을 수 없다. 마음을 열 수 있는 사람조차 찾아볼 수 없는 이카이노 마을은 멀리 떨어진 생활의 공허한 빈껍데기나 다름없었고 친밀한 사람들의 어울림이 사라진 그 풍경은 너무나도 무미건조했다.

해방 후 30년이 지난 지금, 추월이 짧은 생애를 걸고 붙잡고자 애쓴 그것이 과연 나에게 아니 재일조선인의 손안에 있을까 하는 생각을 할 때가 있다. 그것은 해방으로 인해 반쯤은 채워졌고 조국의 분단이라는 새로운 사태로 인해 더욱 커져 버리기도 했다. 나는 목마름에서 아직 해방되지 못했다. 추월의 생애는 언뜻 보기에 아무 결실도 없는 것처럼 보인다. 그

러나 그녀의 생애가 정말로 무의미했다고 단언할 자격 따위
는 나에게 없다. 왜냐하면 주어진 생을 오로지 한결같이 살아
낸 것만으로도 그녀의 생애는 이미 빛나고 있기 때문이다.

찬바람이 몰아치던 작년 그날로부터 며칠 후, 나는 추월의
성묘를 겸해 오사카로 떠났다. 오사카 거리에는 간간이 진눈
깨비가 흩날렸다. 간죠센(環狀線)으로 덴노지(天王寺)까지 간 후
한와센(阪和線)으로 갈아타고 ○ 역에서 내렸다. 진눈깨비는 작
은 얼음비로 변했다. 역 앞 상점에서 우산을 사고 나는 어렴
풋한 기억에 의지해 길을 따라 걸어 거리를 빠져나갔다. 그러
나 이전에는 인가가 드문드문 흩어져 있었던 변두리의 근처
도 집들이 줄지어 늘어서 있고 바겐세일을 한다는 광고가 스
피커를 통해 요란한 쇳소리를 내며 퍼져 나오고 있었다. 나는
내심 당황한 마음을 추스르며 추월의 묘지로 이어진 길을 따
라 걸었다.

그러나 그것은 헛수고였다. 예전에는 광활한 논이 펼쳐지
고 그 끝에는 시기산(信貴山)과 이즈미(和泉) 쪽에 여러 산의 능
선과 골짜기까지 손에 잡힐 듯 훤히 보이는 높은 지대에 있던
그녀의 묘지는 흔적도 없이 사라져 있었다. 오랜 기억을 되짚
어 봐도 길을 잘못 들지는 않았다. 언덕을 깎아내고 구덩이를

메워 두꺼운 콘크리트로 포장한 간선도로를 만들고 저쪽 하마데라(浜寺)에도 예전에 해수욕장이었던 자리로 보이는 공간이 늘어선 창고와 공장에 세워진 거대한 굴뚝들 속으로 사라져 버렸다. 눈앞에 쉴 새 없이 크고 작은 승용차와 트럭들이 스치고 지나갔다. 차례차례로 다가왔다가 또 멀어져 가는 자동차의 바퀴가 도로에 닿아 나는 마찰음은 한 음역대의 층을 만들어 공간에 자리 잡았고 그것은 나의 마음속에까지 와 닿아 사라지지 않았다.

"대판시(大阪市), 동성구(東成区), 저사야정(猪飼野丁), 동이정목(東二丁目)……."

나는 한기에 몸을 떨면서 치매에 걸린 사람처럼 이렇게 중얼거렸다. 그것은 추월의 무덤 앞에 있던 작은 화강석으로 만든 까칠까칠한 표석에 새겨져 있던 문구였다. 오사카시 히가시나리쿠 이카이노쵸 히가시니쵸메……. 얼마 후, 히가시나리쿠의 일부는 이쿠노쿠로 편입되었다. 이카이노 마을은 이미 지도 위에서 뜯겨져 나가 버렸다. 추월의 쓸쓸한 생애에 어울리게 고즈넉하게 서 있던 돌로 만들어진 작은 표석마저도 이제 내 기억 속에서만 그림자를 드리울 수 있는 공간으로 남아 있다.

이연실 씨

李蓮実さんのこと

작년 말쯤 오사카에 가서 반나절 남짓 시간을 들여 이노카이노(猪飼野) 마을을 돌아보았다. 지금까지 몇 년에 한 번쯤 오사카에 갈 일이 있긴 했지만, 대개는 친구 집에서 하룻밤이나 이틀 묵고 볼일을 마치면 돌아왔기 때문에 익숙한 장소에 찾아가는 일은 거의 없었다. 그런 의미에서 이번 방문은 수십 년 만의 일이었다. 예전에 전쟁 중 살았던 판자촌을 찾아가 보니, 골목 옆에 세 집이 나란히 붙어있는 한 동만이 꽤 낡아 있긴 했지만, 여전히 건재했다. 다이쇼 시대에 지어진 판잣집이었기에 그 한 구획만이 전쟁의 화를 면하고 그 후로도 삼십여 년을 버텨온 것이 신기할 정도였다. 사람마다 각자의 삶에 생명력이 있듯이 가옥이라는 것도 본래 그것 나름의 생명력을 지니는 것일까? 낡아서 처마가 기울어진 그 모습에는 우리 동포들의 생활사와 함께 전쟁 전, 전쟁 중, 전쟁 후를 지나 반세기 이상이나 세월을 견뎌온 강렬한 존재감이 깃들어 있었다.

여든이 된 예전 하숙집 아주머니도 무척 건강하셨다. 눈도, 귀도 그리고 말하는 것도 또렷했다.

"아직 살아있었구나."

굳이 늙었다고 한다면, 내 손목을 꼭 잡고 자꾸 눈을 깜박이시던 모습 정도였다. 마침 그곳에는 한 중년의 여자가 와 있었는데 처음에는 그 사람이 누구인지 나는 전혀 알아보지 못했다. 하숙집 아주머니가 소개해 주고 나서야 뜻밖에도 그녀가 어린 시절 친구인 이연실 씨라는 것을 알았다. 그녀는 그만큼 늙어 있었다.

나도 같은 판자촌에 살았기 때문에 어린 시절의 그녀를 또렷이 기억하고 있었다. 또래 아이들보다 몸집이 훨씬 작고, 손발도 참새처럼 가늘었다. 갈색 머리의 연약하고 언뜻 보기에 얌전해 보이는 소녀였지만, 성격이 강하고 좀처럼 지는 걸 싫어하는 기질이 있었다. 할머니에게 꾸중을 듣자 울음을 그치지 않고 반항하듯 그 자리에서 오줌을 싸서 할머니를 곤란하게 한 일도 있었다.

연실 씨는 1922년 제주도 동부의 반농반어(半農半漁) 마을에서 태어났다. 태어난 지 얼마 지나지 않아 아버지는 병으로 세상을 떠났고, 할머니와 사이가 좋지 않았던 어머니도 집을 떠나 생이별했다. 그래서 그녀는 어머니의 얼굴조차 제대로 기억하지 못했다. 그녀를 키워준 할머니와 함께 오사카로 건너온 것은 1931년, 여덟 살 때였다.

그 무렵부터 그녀는 자신의 식비를 벌기 위해 일을 나가기 시작했다. 성실하고 끈기가 있어서 휴일 외에는 좀처럼 일을 쉬는 법이 없었지만, 일자리는 자주 바뀌었다. 그것은 조금이라도 수입을 늘리고 싶었던 할머니의 뜻이었던 듯하다. 판자촌의 아이들은 누구나 비슷비슷한 처지였지만, 작업복이나 손만 봐도 어디서 일하는지 짐작할 수 있었다. 그녀도 제조공장에서 일할 때는 항상 빨간색이나 녹색 염료가 손끝에 얼룩져 있었다. 그리고 작은 손톱 밑 살이 황동의 녹으로 검푸르게 변색된 것을 보면 그녀가 지퍼 공장으로 일자리를 옮겼다는 것을 알 수 있었다.

그런 그녀가 열 살쯤 되었을 때, 딱 한 번 대담한 모험을 감행한 적이 있었다. 어느 날, 월급을 고스란히 들고 가출한 것이다. 생모가 고베(神戶)에 와 있으며 연실을 만나고 싶어 한다는 말을 전해 듣고 어머니에게로 도망친 것이다. 그러나 할머니가 보름 만에 찾아내 다시 끌고 왔다. 그러나 그 가출 사건의 대가는 그녀에게 너무나 가혹했다. 그녀가 다시 가출할까 두려워 할머니는 밤이 되면 그녀의 손에 끈을 묶어 함께 잠을 잤다. 용돈은 한 푼도 주지 않았고, 공장에 오가던 것까지 감시했고, 월급은 할머니가 직접 받았다. 한 세기의 유물이라 해도 좋을 만큼 구식인 할머니는 연실 씨를 그렇게 훈육하는 것이 그녀에 대한 애정이라고 믿어 의심치 않았던 듯하다. 그러나 그녀는 개보다 더 비참했다고 회상한 적이 있었다. 그리고 그녀가 철이 들고 나서 어머니를 만날 수 있었던 때는 전에도 후에도 그 가출할 때 단 한 번뿐이었다.

연실 씨는 세는 나이로 열일곱 살 때 같은 고향 출신의 양 아무개와 결혼했다. 손도, 다리도 가늘고 체구가 작은 그녀는 소녀의 모습을 그대로 간직한 채 유부녀가 되어 괴로운 추억이 많은 판자촌의 생활에서 벗어났다. 이제야 저 아이도 남들처럼 평범한 삶을 살 수 있겠구나 하고 그녀의 과거를 아는 사람들은 모두 마음속으로 축복해 주었다.

나는 1945년 봄, 태평양 전쟁 말기에 우연히 산요센(山陽線) 가코가와(加古川)역에서 그녀를 만난 적이 있었다. 식량을 사서 돌아오는 길이었던 듯 그녀는 배낭을 메고 그 위에 두 살쯤 되어 보이는 여자아이를 목말에 태운 채 내가 막 내린 열차에 올라타려 하고 있었다. 바쁘게 인사를 나누고 승차한 그녀를 배웅하려고 뒤돌아보니, 몸집이 작은 그녀는 배낭과 아이의 그

늘에 가려 열차 승강구의 발판에서 버티고 있는 일바지 차림
의 가느다란 두 다리만 보였다. 사람들은 밤낮없이 반복되는
공습에 떨고 굶주림에 시달리며 오직 살아있는 것만이 고작
인 시대였다. 그래서 어린아이를 데리고 나선 그녀의 식량 구
입도 내 눈에는 그저 그 시절 부족한 식량을 보충하기 위한 일
상적인 모습으로만 비쳤다. 가는 길에 우연히 살아있다는 것
을 확인한 만남이었지만 그녀가 고베에 살고 있다는 것만은
들었기 때문에 그 기억은 또렷하게 남아 있다.

"분명 전쟁이 끝나기 조금 전에 가코가와역에서 만났었죠,
그때 따님이 이제 서른이 넘었을 텐데, 잘 지내지요?"

"어, 가코가와……?"

내 물음에 이 씨는 기억을 더듬듯 눈을 가늘게 뜨고 젊은 처
녀처럼 수줍은 표정을 지으며 고개를 숙였다. 거기에는 다음
과 같은 사정이 있었다.

당시, 그녀의 남편은 히메지(姬路)의 군수공장으로 징용되었
다고 한다. 어느 날, 그녀가 가코가와 변두리의 다리를 건너
고 있을 때, 차체를 노랗게 칠한 몇 대의 트럭과 스쳤다. 무심
코 올려다보니 그중 한 대의 짐칸 끝에 남편이 서 있었다. 그
쪽에서도 아내를 발견한 듯 격렬하게 손을 흔들며 신호를 보
냈다. 트럭은 순식간에 지나가 버렸지만 놀란 그녀는 등 뒤에

업고 있던 딸을 내려 품에 안고 다리 위에 쭈그리고 앉은 채 일어나지 못할 정도였다. 왜 그때 남편이 탄 트럭이 그곳을 지나갔는지 그녀는 전혀 이유를 알 수 없었다. 하지만 그 후 그녀는 일주일에 한 번씩은 꼭 가코가와에 가서 같은 시각에 다리 위에 서 있었다. 징용지인 군수공장에서는 면회조차 허락되지 않았기 때문에 적어도 그렇게라도 남편을 만날 요행을 기대해서였다. 결국 그것은 헛수고로 끝났지만 그녀의 기대는 뜻밖의 형태로 이루어졌다. 어느 늦은 밤, 남편이 몰래 집에 나타난 것이었다. 히메지에서 가크가와 근처에 있는 다른 작업장으로 배치 전환되는 도중, 연실 씨와 어린 딸이 식량을 구하러 다니는 모습을 우연히 목격한 그는 차라리 죽더라도 처자식과 함께 죽을 각오로 작업장을 탈출했다고 말했다. 이들은 곧바로 거처를 아마가사키로 옮겨 피신했고 그곳에서 패전을 맞았다. 이제야 드디어 세 식구가 함께 평온한 생활을 되찾을 수 있겠다고 생각한 것도 잠시뿐이었다. 연실 씨의 진짜 고통은 그 후에 시작되었다. 암거래 쌀을 구하러 나갔던 남편이 그 길로 행방불명된 것이다. 전시 중 도망친 경력이 있었기 때문에 경찰에 실종신고조차 하지 못한 채 반년이 지나고 일 년이 흘렀다. 그래도 남편은 끝내 돌아오지 않았다. 할머니는 전쟁 중 고향으로 돌아가 병으로 세상을 떠났고, 어머니의 소식은 전혀 알 길이 없었다. 고작 두 살배기 딸을 품에 안고 연실 씨는 패전의 혼란스러운 거리 한가운데 내팽개쳐져 있었다.

"스물두세 살밖에 안 된 여자가 어떻게 혼자서 아이를 키우며 살아갈 수 있겠어요? 정말 죽을힘을 다했어요. 때로는 남에게 말 못 할 짓도 했지만, 인연이 닿아 지금의 남편과 함께 살게 되었죠. 일본 사람이에요. 월급은 적었지만, 딸을 데리고 고생하던 저에게 친절하게 대해줬어요. 그러다가 세상이 안정되고 생활이 여유로워지자, 나같이 배우지 못하고 교양 없는 여자에게 싫증이 났는지 밖에서 여자를 만들어 집에는 돌아오지 않았어요. 지금 남편과의 사이에도 아들이 하나 있는데, 이 아이만은 엄마를 끔찍하게 생각해서 그나마 위로가 돼요. 남편은 밖에서 아이가 생기지 않으니까 결국 그 아들에게 이끌려서 몇 달에 한 번씩 와요. 하지만 정말 제멋대로예요.

전쟁이 끝난 뒤에도 몇 번이나 죽으려고 생각한 적이 있었지만, 나의 어린 시절을 생각하면 억울하고 딸에게도 나처럼 비참한 일을 겪게 하고 싶지 않은 마음 하나로 살았어요. 그 딸도 학교를 졸업해 직장에서 알게 된 사람과 결혼했어요. 사위는 일본 사람이에요. 딸은 자기 아버지가 조선 사람이라는 것을 남에게 알리고 싶지 않다고 해서 숨기는 거예요. 나는 살기 위해 스스로 선택한 길도 제쳐 놓았는데, 그럴 때면 속이 부글부글 끓는 것 같아요. 게다가 아들이 가끔 누나는 정말 우리 누나가 맞냐고 나를 깜짝 놀라게 해요. 깊은 뜻은 없다고 생각해도 다 털어놓아 버릴까 생각한 적도 있었지만, 그렇게 한다고 해서 이제 와서 무슨 보탬이 되는 것도 아니고 이런 마음을 평생 억누르고 사는 것도 참 안타까운 일이고……."

옆에서 말없이 있던 하숙집 아주머니가 갑자기 화가 난 듯 흥 하고 코를 훌쩍거렸다.

"어쨌든 이 모든 게 이 사람의 할머니 탓이야. 이 아이가 어머니에게 갔을 때, 난리를 치고 데려오지만 않았다면 다들 원만하게 살았을 거야."

하숙집 아주머니는 까마득한 40년 전의 사건까지 꺼내 안타까워했다. 연실 씨의 어머니와 같은 고향 출신으로 하숙집 아주머니는 당시 고베에 있던 그녀의 어머니 소식을 전하고 가출을 권유하기까지 했기 때문이다. 연실 씨가 결혼해서 몇 년 뒤, 고베로 이사 간 것도 어떻게든 어머니를 찾고 싶었기 때문이라고 한다. 그러나 끝내 만나지 못한 채 삼십여 년이 지나버렸다. 그런데 5년쯤 전에 하숙집 아주머니에게 한 통의 편지가 도착했다. 그 편지는 고향에 돌아간 연실 씨의 어머니가 보낸 것으로 적어도 딸의 안부만이라도 알고 싶다고 호소하고 있었다. 하숙집 아주머니는 장롱 속에 있던 연실 씨의 빛바랜 오래된 결혼사진을 찾아내 엉덩이가 무거운 아들을 재촉해 차로 아마가사키와 고베의 지인, 동포 단체를 찾아다녔다. 그것은 마치 뜬구름 잡는 듯한 이야기였지만, 운 좋게도 그 소식만큼은 그녀의 귀에 들어갔던 것이다. 그것이 계기가 되어 그녀는 판자촌을 찾아온 것이었다.

"그래서 어머니와는 연락이 됐어요?"

내가 묻자, 연실 씨는 고개를 저었다.

"여기 아드님께 편지를 써달라고 부탁을 드렸는데, 어머니는 3년 전에 돌아가셨다고 해요. 우리 집은 부모와도, 남편과도 엇갈리기만 하고 인연이 없는 사람들이에요. 이미 지난 일이니까 말해도 소용없는 일이지만, 그래서 마음이 답답하고 우울할 때면 이곳으로 찾아와요. 아들한테는 비밀로 해서."

나는 문득, 만약 가코가와 다리 위에서 그녀가 남편이 탄 트럭과 맞닥뜨리지 않았다면 그녀의 운명은 더 달라지지 않았을까 하고 생각해 보았다. 그러나 그렇게 말하기 전에, 그녀가 어린 나이에 일본으로 건너와야만 했던 원인을 묻지 않으면 안 될 것이다. 그것은 그녀의 남편의 운명을 허망하게 짓밟아 버린 전쟁과도 관련된 문제이다. 어쨌든 그녀의 인생에 더 이상의 역전은 없다는 것은 확실했다. 그보다 더 중요한 것은 그런 삶을 감당하면서도 무사히 견뎌온 사실 자체가 훨씬 더 큰 의미를 지니고 있다는 것이다.

몇 년 후면 환갑을 맞는 연실 씨는 지금도 암거래 쌀을 사러 간 채 돌아오지 않았던 양 씨의 꿈을 꾼다고 했다. 죽었다면 적어도 유골이라도 수습해주고 싶지만 생각해 보면 나도, 그 사람도 매한가지로 돌아가려고 해도 마음놓고 돌아갈 곳이 없는 사람인 것 같은 기분이 든다고 했다. 희끗희끗한 머리를 기울인 채 쓸쓸하게 미소 짓는 연실 씨의 모습에는 고통의 시간을 견뎌낸 사람만이 알 수 있는 인간의 따스함이 배어 있었다.

어느 재일조선인 어머니

ある在日朝鮮人のオモニ

○군—.

어제 네 어머니가 돌아가셨다.

소식을 들었을 때, 나는 컨디션이 좋지 않아 방에 누워있었다. 전화 연락을 받은 딸이 태성 씨의 할머니가 돌아가셨다고 내게 말하러 왔다. 나는 엉겁결에 이불에서 벌떡 일어났다. 국민학교 6학년인 딸은 모국어를 쓸 때 자주 일본어식 발음으로 하는 경향이 있다. 그래서 하필이면 자기 아버지의 이름까지 그렇게 어설프게밖에 발음하지 못하는지 화가 나, 그만 딸의 얼굴을 노려볼 정도였다. 나의 무언(無言)의 서슬에 겁을 먹은 그녀는 이유도 모른 채 기묘한 눈으로 내 표정을 살피면서 허겁지겁 달아나고 말았다.

그러나 생각해 보니, 잠에 빠져 있던 사람은 바로 나 자신이었던 것 같다. 딸이 나간 뒤, 나는 순간 의아해져서 섣불리 '태성'을 내 이름인 '태생'으로 잘못 들었다는 사실을 겨우 깨달았다. 그렇지 않고서야 아무리 발음이 서투른 딸이라도 아버지 이름을 잘못 부른 데다가 '씨'까지 붙여 부를 리가 없으니까. 게다가 우리 집에는 이제 돌아가실 할머니는 이 세상에 존재하지도 않았다.

나는 그렇게 해서 '태성'이— 결국 너의 둘째 아들인 것을 알았다. 그리고 나는 다른 의미로 또 한 번 마음이 아팠다. 그날 오후, 자네 둘째 아들의 결혼식이 막 끝났기 때문이다. 손자의 결혼식 직후에 할머니가 세상을 떠났다는 사실이 너무 갑작스러워서 바로는 믿을 수 없었다. 하지만 곰곰이 생각해 보면, 너의 어머니는 손자에게 정말로 배려 깊은 할머니였다고 할 수 있다. 만약 할머니의 죽음이 가령 하루만 빨랐다면 어땠을까? 위독한 병상에서도 할머니는 손자의 결혼식이 끝나기를 참을성 있게 기다려 준 것이라고도 볼 수 있다.

너와 나는 일본풍으로 말하면 죽마고우다. 1933년 오사카 이카이노의 판자촌에서 처음 알게 된 이래, 45년 동안이나 변함없는 친분을 유지해 온 몇 안 되는 친구 가운데 한 사람이었다. 해방 후 얼마 지나지 않아 병을 앓게 된 나는 오랜 요양 생활을 마친 뒤 너를 찾아갔다. 그때는 이미 결혼해서 한 아이의 아빠가 되어 있던 너는 이번에 태어날 아이가 남자라면 내 이름에서 한 자를 따서 지어주겠다며 웃으며 말했다. 옛날식으로 말하자면, 일본과 달리 조선에서는 여자가 결혼해도 남편의 성을 따르지 않을 뿐만 아니라 아버지의 이름 한 자를 자식에게 주는 풍습도 없다. 또 형제들은 반드시 공통된 한 글자를 이름에 넣으며 그것은 직계 사촌 형제에게도 적용되는 관습이다. 그래서 특정 지역 출신자라면 이름만 보아도 누구의 자식 형제인지 심지어 누구의 자식 사촌 형제인지까지 짐작할 수 있을 정도다. 그로부터 25년이 흘렀다. 장성한 둘째 아들은 아내를 맞아 새로운 출발을 했고 마치 그들을 배웅이라도 하듯 어머니는 생을 마감했다.

우리 어머니들은 같은 고향 사람이자 소꿉친구였다. 그리고 우리 만남의 계기를 마련해 준 것은 나의 외할아버지였다. 외할아버지는 너의 아버지와 같은 고향 출신이라는 인연으로 너희 집에 자주 드나들었다. 그래서 나도 금붕어 똥처럼 늘 외할아버지를 따라다니며 골목 옆 너희 판잣집에 놀러 가곤 했다. 당시, 너의 어머니는 서른 안팎의 젊은 어머니였다. 너희 집에는 아직 어린 여동생과 남동생이 있었고 몇 년 후에 고향에 있던 너의 형도 일본으로 건너왔다. 게다가 그 뒤로도 어머니는 여동생과 남동생을 한 명씩 더 낳았다. 즉, 너의 어머니는 1930년경 오사카로 건너온 뒤, 여섯 명의 아이를 길러낸 셈이다.

너의 아버지는 동네 주물공장에서 일하고 있었다. 근면하고 자식들에게 험한 소리를 지르며 흔내는 일이 결코 없는 사람이었다. 그러나 식구가 늘어남에 따라 아버지 혼자만 벌어서는 도저히 생계를 꾸릴 수 없었을 것이다. 그래서 너도, 너의 형도 열 살 넘자마자 일거리를 찾아 나서야만 했다. 1930년부터 몇 년 동안은 일본도 불경기의 밑바닥을 헤매던 시대였다. 일본 사회에도 실업자가 넘쳐났으니 일거리가 있다는 것만으로도 그나마 다행이었다. 너의 어머니는 어머니대로 집에 몇 명의 하숙인을 두고 육아와 집안일을 도맡아 하느라 쉴 틈조차 없었다. 돌이켜보면, 재일조선인으로서 1920년부터 25년 전후 태어난 우리 세대는 나이로도 육체적으로도 미숙한 10대 이전부터 교육에서 소외되고, 연소 노동자로서의 몫을 떠안아야 했던 세대였다.

1920년부터 30년대에 걸쳐 조선에서 일본으로 건너온 이른바 재일조선인의 선구자라 할 동포들은 공통적으로 주거지가 안정되지 못했다. 물론 그것은 일할 수 있는 직업을 제약받았기 때문이다. 민족적 차별을 논하기 이전에 취직의 기회 균등 같은 것은 허울뿐이었던 현실에서 정착지를 찾는다는 것은 참으로 어려운 일이었다. 토목공사나 도로공사 등 각종 작업에 종사하던 사람들의 가족생활 실태가 이를 잘 말해 주고 있다. 그들은 작업 현장을 따라 끊임없이 이동해야 했고 그 삶은 한마디로 이동의 연속이었다.

게다가 잘 알려진 바와 같이 노동력으로서 남자 단독의 도항이 먼저 이루어졌다. 그리고 그 후에 처자식을 부르거나 혼인을 통해 맞이한 아내를 일본에 불러들이는 경우가 적지 않았다. 물론 친척이 그 흐름에 편승해 따라오는 일도 있었다. 그래서 오사카 같은 도시에서도 동포들이 모여 살던 판자촌에서는 놀랄 만큼 여자, 특히 혼기가 찬 여자는 보기 어려웠다. 1930년 전후의 일이었다. 이러한 현상은 그 시기 재일조선인의 인구동태를 보면 명백히 드러난다. 그녀들은 대개 어느 방적공장으로 보내져 기숙사 생활을 할 수밖에 없었다. 저임금 노동자로서 방적 산업의 생산과정에 편입된 연령대를 제외하면, 기혼자이거나 이미 어머니가 된 연령층만이 일본에서 일상생활의 공간에 모습을 드러낼 수 있었다. 오사카의 판자촌 골목에 젊은 꽃봉오리 같은 소녀들이 드문드문 모습을 드러내기 시작한 것은 대략 1935년경부터였을 것이다. 그리나 그녀들조차도 부모의 생계를 돕고 식비를 벌어야 하는 연소 노동자가 되는 경우가 많았다.

그러나 그 뒤를 이은 세대, 즉 너의 여동생과 남동생들은 부모와 형제의 노동에 의지하여 간신히 교육받을 수 있는 기회를 얻을 수 있었다. 비록 일본의 의무교육 제도가 이른바 황국신민화를 지향하는 내용으로 굳어져 있었다 하더라도 한편으로는 지식 습득이 사회에 대한 인식을 확산시킨다는 교육이 가진 하나의 기능을 부정할 수는 없을 것이다.

비록 집안에서 너와 형이 연소 노동자 역할을 할당받은 세대라 하더라도 그것은 아버지나 어머니가 게으름 피웠기 때문은 아니었다. 어머니는 일부러 어린 너의 동생들만 귀여워하며 학교에 보내고 연소자인 너에게는 노동을 강요한 것도 아니었다. 생활이 그것을 필요로 했을 뿐이다. 일할 수 있는 자는 일해야 했고 식량을 얻지 못하면 가족을 부양할 수 없었다. 아버지와 어머니는 무조건 일하고 움직이며 가족을 부양해야 했다. 빈정거림도 없이 판자촌에서 너의 어머니가 말쑥한 옷차림으로 외출하는 모습을 나는 본 적이 없다. 어머니는 언제나 낡은 치마와 저고리를 입고 나막신을 신은 채 바쁘게 골목을 걸었다. 몸집이 작은 어머니는 집 안에서도 밖에서도 결코 느긋하게 걷는 법이 없었다. 늘 바쁜 듯 조급하게, 마치 무엇인가에 쫓기기라도 하는 사람처럼 부지런히 움직였다. 어머니를 쫓아다니던 것, 그것은 삶이라는 지극히 현실적인 것의 이면에 끊임없이 따라다니던 불안이었다. 아버지나 어머니가 일하는 것을 멈추고, 움직이는 것을 멈추면 그 불안은 금세 구체적인 형태를 취해 너희들 위로 덮쳐 가차 없이 삼켜 버렸을 것이다.

○ 군. 나는 언젠가 "여자는 조식(粗食)은 견딜 수 있지만 조의(粗衣)는 참을 수 없다."라는 아포리즘을 읽은 기억이 있다. 그때 나는 그 작자에 대해 경멸을 느꼈다. "벽토(壁土)를 갉아 먹고 살 수 없다."라는 비유가 고향에 있다. 조의를 몸에 걸치는 데에도 그 최저한의 전제로서 비록 조식이라고 하더라도 '음식'은 우리에게 불가결한 것이었다. 어머니에게 참을 수 없는 것은 '비단옷'을 몸에 걸치지 못하는 것이 아니었다. 비록 조식일지라도 그것을 충분히 너희에게 주지 못한 것이야말로 견디기 힘든 일이었을 것이다. 어머니라면 '비단옷'을 내던지더라도 자식들을 위해서 '음식'을 구했을 것이다. 어머니에게 그 포식자의 어설픈 철학 따위는 무관한 망언에 불과했다.

우리가 철이 들기 시작할 무렵, 그 15년 전쟁의 전초전인 '만주사변(滿州事變)'이 일어났다. 그리고 외부 세계에 눈을 뜨기 시작한 소년기에는 이미 그것이 '중일전쟁'으로 번져 있었다. 그 무렵이 되자, 우리에게도 조금씩 일할 수 있는 직장이 생기기 시작했다. 그것은 전쟁의 살육이 우리에게 가져다준 또 다른 불행의 산물이었다. 그러나 한편으로 우리가 일을 구하는 데 그다지 어려움을 느끼지 않게 되었을 때, 우리는 이미 나이 어린 노동자가 아니었다. 전쟁은 우리에게 노동력보다는 '전력(戰力)'으로서 전쟁에 직접 참가할 것을 강요했다. 그리고 너는 일본 육군의 일병으로 징집되어 군대에 들어갔다. 이미 사이판이나 마리아나 제도의 옛 일본군 기지는 미군에 의해 점령되어 있었다. 일본에서 멀리 떨어진 중국 본토나 남방지역에서 벌어지던 전쟁은 점차 우리의 머리 위로 육박해 왔고 B29에 의한 일본 본토의 공습은 밤낮으로 반복되고 있었다. 쏟아지는 소이탄은 가옥을 불태웠고 전쟁은 그 먹잇감으로 사람들의 생명을 가차 없이 빼앗아 갔다. 조의조식(粗衣粗食)조차 힘들어 굶주림에 시달리던 사람들은 영양실조로 휘청거리며 허탈한 상태에 빠져 있었다.

마침 그 시기에 나는 어머니와 딱 한 번 여행한 적이 있다. 여행이라고 해봤자 실제로는 '가이다시(買い出し)'였다. 내가 다니던 야학에 구도(工藤) 군이라는 이와테 출신의 학우가 있었다. 어느 날, 고향에 다녀온 그가 당시에는 귀하던 커다란 사과를 다섯 개쯤 선물로 주었다. 나는 그것을 들고 어머니를 찾아갔다. 그러자 어머니는 사과에 입도 대지 않은 채 곧장 근처를 돌아다니며 놀랍게도 담배와 물물교환해 왔다. 물론 배

급제로 지급되던 담배 또한 이미 귀한 기호품이었다. 하루가 다르게 격앙되는 전시 인플레이션 속에서 돈의 가치는 떨어지고 돈으로는 좀처럼 살 수 없는 물건이 되었다. 어머니는 일본에 와서 50년이 지나도록 일본어를 완벽히 하지 못했다. 그렇다고 모국어가 유창한 것도 아니었으며 평소에는 과묵한 성격에 가까웠다. 말에 과장이 전혀 없고 어떤 일에 있어서도 필요 이상의 말은 거의 하지 않았다. 만일 일본인을 상대로 교섭을 한다고 해도 아마 "이 사과하고, 담배하고 바꿔줘요, 네……?" 정도밖에 말하지 않았을 것이다. 그런데 주제가 분명해진 뒤의 어머니는 묘한 박력과 끈기를 보였다. 결국 "네? 네?"라고 하며 끝까지 밀어붙여 어느새 상대를 납득시키고 마는 이상한 재능이 있었다.

그날도 다진 무를 섞어 양을 늘린 밥을 대접한 어머니는 나를 붙잡고 사과가 있는 곳까지 데려가 달라고 조르는 것을 멈추지 않았다.

"알았지? 알았지?"

어머니는 네가 입대해 있는 시코쿠(四国)로 면회를 가고 싶어도 만족스러운 선물을 구할 수 없다고 했다. 사과만 구할 수 있다면 물물교환으로 설탕이든 밀가루든 바꿀 수 있어, 단것이라도 조금 먹여 줄 수 있다는 것이었다. 오늘 구한 담배도 그때를 대비해 보관해 두겠다고 했다. 나는 결국 안타까운 마음에 그 제의를 받아들일 수밖에 없었다. 구도 군에게 가는 길을 확인한 뒤, 다니던 공장에 적당한 구실을 만들어 하루 더 휴가를 추가로 받고 오미야(大宮)역에서 야행 열차를 타 어머니와 함께 도호쿠센(東北線)의 구노헤(九戸)까지 갔다.

모리오카(盛岡)를 지나자 창밖의 적설은 부쩍 늘기 시작했다. 후일에야 알게 된 사실이지만 누마쿠나이(沼宮內), 긴다이치(金田一), 구노헤 일대의 연선은 특히 적설이 많은 지역이었다. 구노헤에서 하차한 사람은 우리 두 사람뿐이었다. 역사를 나서자, 온통 흰색으로 뒤덮인 세계가 펼쳐졌다. 어머니와 나는 금세 무릎까지 푹 잠길 만큼 쌓인 눈에 발이 묶여 부들부들 떨면서도 어떻게든 사과나무가 있는 밭을 찾아 한 농가로 들어갔다. 다만 추위에 떨면서도 대문만 한 큰 농가는 가급적 피하자는 정도의 여유는 아직 남아 있었다. 일반적으로 부자는 타자의 고생을 그다지 이해해주지 않는 경우가 많은 법이다. 나는 그런 기대에 맞춰 아담해 보이는 농가를 선택하기로 했다. 다행히도 그곳은 정말로 친절한 집이었다. 우리를 화로가 있는 방으로 들어오게 한 농가의 주부는 어머니가 내민 무명실 한 묶음을 마치 보물이라도 다루듯 손에 쥐고는 원하는 만큼 사과를 나누어 주었다. 물론 돈은 따로 받았지만, 기차에서 내린 지 한 시간도 채 지나지 않아 어머니와 나는 다시 역으로 되돌아갔다. 그러나 어머니는 여러 가지 속셈이 있었기 때문에 다소 무리를 해서 사과를 넉넉히 배낭에 담았다. 몸집이 작은 어머니는 많이 쌓인 눈 위에서 발을 동동 구르며 몹시 고생했다. 무거운 배낭을 등에 지고 상반신을 앞으로 기울인 채 두 손을 헤엄치듯 앞뒤로 저으며 눈에 묻힌 다리를 한 걸음씩 빼내어 나아가는 어머니의 모습은 마치 아득하게 펼쳐진 눈밭 위를 하나의 불룩해진 노란 배낭이 비틀거리며 걸어가는 듯한 착각마저 들게 했다.

네가 입대한 마루가메(丸亀)에 있는 부대까지 면회하러 갔을 때도 어머니와 나는 그런 비슷한 추억이 있다. 우리가 짊어지고 간 사과는 일부 물물교환으로 쓰고 나머지는 팔아서 어느 정도의 돈이 손에 남았다. 그것이 시코쿠로 가는 여비에 충당된 것은 두말할 나위도 없다.

내가 오랜 요양 생활을 마치고 돌아와 보니 너의 아버지는 이미 돌아가셨다. 그런데도 어머니는 여자 혼자 힘으로 계속 일하시며 너를 포함한 여섯 명의 자녀를 모두 결혼시켰다. 그러나 어머니의 말년은 결코 평온하다고 할 수 없었다. 왜냐하면 첫째, 너의 큰 남동생이 먼저 세상을 떠난 것이고 둘째, 너의 부부 사이도 나빠져서 너의 세 자식을 어머니가 떠맡아야

146

했기 때문이다. 어머니는 일흔에 가까운 늙은 몸을 이끌고 근처 주물공장에 다니며 칠, 팔백 엔 정도의 품삯을 모아 어린 세 손자들을 위해 TV를 할부로 한 대 사준 적이 있었다. 그런데 하필이면 너는 그것을 들고 가 술값으로 바꿔버린 적도 있었다. 군대에서 돌아온 너는 많이 변해 있었다.

O군, 화낼 것 없다. 모든 것이 이미 끝난 일이니까. 한번은 내가 자전거를 타고 너의 집 근처를 지나간 적이 있다. 바람이 슬슬 싸늘하게 느껴지는 가을날이었다. 처마 밑 양지에 어머니가 혼자 웅크리고 앉아 멍하니 길 쪽을 바라보고 있었다. 나는 자전거를 세우고 물어보았다.

"어머니, 거기서 뭐하고 계세요?"

어머니는 눈을 가늘게 뜨고 껌벅거리며 말을 건 사람이 겨우 나인 것을 알아챈 듯 기침하듯 대답했다.

"응, 손녀가 학교에서 돌아오기를 기다리고 있어."

그리고 나 같은 것은 이미 안중에도 없다는 듯 어머니는 다시 길 쪽으로 시선을 돌려 언제까지나 꼼짝도 하지 않았다. 약간 금빛을 띤 투명한 가을 햇살이 비스듬히 어머니의 깊게 주름진 얼굴과 흰머리를 눈부시게 비추그 있었다. 나는 마치 그곳에 있는 것이 어머니이면서 동시에 살아 있는 불상인 것처럼 생각됐다. 그 모습은 마치 이 세상에서 해야 할 일은 다 해

낸 사람만이 가질 수 있는 조용하고 투명한 존재감을 내게 느끼게 했다. 나는 고개를 숙이고 그 자리를 말없이 떠나왔다. 가을 햇살 속에서 후광을 받은 듯 조용히 길가에 앉아 있던 어머니의 모습을 나는 잊을 수가 없다.

평생 여섯 자식을 기르고, 세 명의 손자를 키워 준 어머니에게 마지막으로 마음에 걸리는 것은 막내 손녀였을 것이다. 하지만 이제 그녀도 자신의 미래를 선택할 수 있는 나이로 성장했다. 이제 어머니가 너를 걱정할 일은 없을 것이다. 다만 어머니는 2년 전에 네가 먼저 떠난 사실을 모른다. 가족은 어머니의 병세를 걱정하며 혹시 충격이라도 받을까 일부러 알리지 않았다. 그것은 그것대로 또 어쩔 수 없는 일이 아니겠는가. 설령 네가 어머니보다 먼저 떠났다는 사실을 노모에게 말해봤자 과연 무슨 결실이 있었을까?

우리는 어머니 관을 배웅하고 장례식장으로 향했다. 마지막 이별의 시간이 다가오고 관에 누워있는 어머니를 보니 매우 편안한 얼굴이었다. 나는 다시 그 가을 햇살 속에 조용히 앉아 있던 어머니의 모습을 떠올리며 편히 계시라고 마지막 인사를 했다.

젊은 시절부터 어머니는 동안이었다. 말년에는 주름이 깊게 패여 있었지만 윤곽은 동안인 채로 남아 있었고 자상한 늙은 용모였다. 몸집은 작았지만 골격은 굵고, 손가락은 옹골차며 튼튼한 일꾼의 손이었다. 그에 걸맞게 어머니는 이곳 일본에서 쉬지 않고 열심히 일했다. 죽음을 예감하고 있던 어머니는 병원에서 자꾸 집에 가고 싶다고 가족들에게 졸랐다고 한다. 하지만 어머니는 단순히 집에 돌아가고 싶었던 것이 아니다. 어머니가 정말로 돌아가고 싶었던 곳은 고향의 '집'이었을 것이다. 그 사실을 확실히 말하지는 않았지만 그래서인지 오히려 나는 어머니의 진정한 소원을 더 잘 알 것 같았다.

어머니는 제주도의 한 농가에서 태어나 너의 아버지에게 시집갔고 여섯 명의 자식과 세 명의 손자를 손수 돌보며 키웠다. 1979년 6월 16일, 어머니는 조용히 일본에서 생을 마감했다. 향년 80세였다.

O군, 이렇게 어머니는 네 곁으로 떠나갔다. 부디 상냥하게 맞아주길 바란다.

붉은 꽃

紅い花

1

　문 앞에서 말을 걸자, 항상 위세 있는 양(梁) 씨의 대답은 없고 방 안에서 어머니가 중얼거리는 듯한 소리가 들려왔다. 천식이 있어 늘 목에서 그르렁거리는 어머니의 말은 알아듣기 어려웠다. 큰 소리로 말하면 금방 숨이 차오르기 때문에 조심스레 소곤소곤 속삭이듯 말할 수밖에 없는 것이다. 다시 묻자 이미 밖으로 나갔다고 말하는 것 같았다. 양 씨가 집을 나간지 얼마나 됐냐고 되묻자, 벌써 한참 전에 나갔다고 했다. 나는 초조해져 몇 분 전이냐고 큰 소리로 다시 물었으나 어머니는 입속말로 속삭이듯 중얼거릴 뿐 도저히 알아들을 수 없었다. 이래서 양 씨의 어머니와는 소통이 잘 되지 않는다. 잠시

150

문 앞에 서서, 먼저 갈 거라면 불과 세 집 건너에 있는 내 하숙
집에 왜 한마디 말도 남기지 않고 갔는지 내심 몹시 불만스러
웠다.

　나와 양 씨는 매일 아침 함께 출근하는 사이였다. 아침까지
아슬아슬하게 늦잠을 자기 일쑤인 우리는 먼저 준비를 마친
사람이 집을 나서서 상대에게 알려 함께 출근하곤 했다. 오늘
아침은 당연히 내가 더 일찍 나왔을 거라 생각했던 나는 못마
땅한 마음으로 하숙집의 문을 다시 한번 돌아보았다. 방금 내
가 막 나온 곳에 양 씨가 있을 리도 없지만, 바로 그때였다. 건
너편 뒷골목에서 양 씨가 갑자기 달려 나오는 모습이 보였다.
왜 그런지 알 수는 없지만 한 손으로 아랫배를 움켜쥔 몸을 앞
으로 구부린 이상한 자세로 뛰어오고 있었다. 나를 발견하자
재빨리 내 팔을 붙잡고 끌다시피 하여 큰길 쪽으로 달려갔고
전봇대 앞에서야 겨우 멈춰 섰다.

　"왜 그래?"

　"음…… 잠깐만…….."

　숨을 헐떡이며 괴로운 듯 얼굴을 찡그린 양 씨는 몸을 부르
르 떨더니 작업복 바지 앞 단추를 황급히 다시 잠갔다.

　"뭐야, 저런 데서 노상방뇨라도 했어?"

　"아니…… 그게…….."

양 씨는 어찌 된 영문인지 몹시 난감한 듯 얼굴을 찡그리며 답답한 말만 되풀이했다. 그리고 마침내 결심한 듯 말했다.

"너 말이야, 저기 뒷골목에 가서 한번 들여다봐 줄래?"

"뭘?"

"괜찮으니까, 그냥 가서 보고, 본 그대로 말해 주면 돼…… 부탁할게."

평소와는 달리 양 씨는 약한 표정을 숨기려 하지 않았다. 나는 시키는 대로 판잣집 모퉁이로 가서 뒷골목으로 이어지는 좁은 통로를 들여다보았다가 나도 모르게 움찔했다. 연실(蓮實)이 땅바닥에 쪼그려 앉아 계속 흐느끼고 있었다. 흰 무명 저고리 등 뒤로 드리워진 갈색의 길게 땋은 머리가 희미하게 떨리고 있는 것이 뚜렷이 보였다. 그녀의 옆에는 흙을 담아 올린 붉게 녹슨 양철의 작은 세면기가 놓여 있었다. 그 안에는 작은 붓만 한 굵기의 줄기와 배 모양의 잎사귀 사이로 빛바랜 붉은 꽃을 피운 식물이 대여섯 그루 심어져 있었다. 나는 이전에도 그곳을 지나가다 가끔 들여다본 적이 있었다. 연실은 할머니와 함께 그 뒷골목의 작은 단칸방에서 살고 있었다. 여름이면 방 문턱 아래로 햇빛이 비쳐들었다. 그날도 그 햇빛이 닿는 곳에 바닥이 뚫린 양동이나 세면기를 화분 삼아 놓고 작은 화초들이 꽃 피어있는 것을 보고 알게 되었다. 여름 해질

녘, 아직 밝을 때 일을 마치고 돌아온 연실이 골목의 공동수도에서 쌀을 씻고 그 쌀뜨물을 그릇에 받아 화초에 주는 모습을 나는 여러 번 본 적이 있었다. 화분을 대신한 그릇 안의 대여섯 줄기를 자세히 들여다보니 모두 시들어 힘없이 고개를 떨구고 있었다. 시들고 색이 바랜 꽃들은 연실이 정성 들여 가꾸던 것이 틀림없었다. 하지만 그녀가 왜 지금 그 앞에 쪼그리고 앉아 흐느끼고 있는지 도무지 짐작할 수 없었다.

"울었어? 그래…… 뭔가 잘못됐구나……."

지각이 걱정돼 서둘러 공장으로 향하면서 내 말을 들은 양 씨는 몹시 후회한 듯 연신 머리를 긁어댔다.

"도대체 무슨 일이야?"

내가 초조하게 다그치듯 묻자, 양 씨는 마침내 고백했다.

"거름을 줬어."

"거름?"

"그래, 아침마다 오줌을 싸고 싶잖아. 그러면 저쪽으로 가서 들키지 않게 조심하면서 소리 안 나게 오줌을 꽤 많이 쌌거든. 요즘은 밤에도 계속 그랬더니 점점 시들어가는 것 같아서 거름이 부족한가 했지. 그래서 오늘 아침에는 특별히 더 신경 써서 줬더니 결국 들켜 버렸어……."

"뭐야, 그런 거였어?"

양 씨의 이런 장난은 흔한 일이라서 나는 대수롭지 않게 흘러넘겼다.

"바보라고 하지 마, 나쁜 뜻으로 한 게 아니야. 저 꽃도, 저 꼬마 아가씨처럼 똑같이 거름이 부족해서 잘 자라지 못한다고 생각했기 때문이야. 사람이 모처럼 친절한 마음으로 한 건데, 갑자기 저 꼬마 아가씨의 방문이 활짝 열리더니 '그렇게 짓궂은 짓 하지마!' 하고 소리치는 걸 보고 깜짝 놀랐어. 순간 오줌이 꽉 막혀서 얼마나 괴로웠는지……. 오줌은 말이야, 수도랑 다르잖아. 수도는 수도꼭지를 잠그면 멈추지만, 오줌은 그렇게 안 되니까…… 그래서 도망쳐 나온 거야."

양 씨는 계속 변명하면서 평소답지 않게 쑥스러운 듯 얼굴을 붉히며 부끄러워했다.

"바보냐……."

양 씨가 아랫배를 움켜쥐고 뒷골목에서 뛰어나온 것은 그 때문이었을까. 나는 나도 모르게 웃음을 터뜨리고 말았다. 양 씨의 관심이 저 꽃과 연실 중 어느 쪽에 더 있었는지 판단할 수는 없었지만 어쨌든 꽃은 이미 시들어 버린 상태였다.

그날은 공장에서도 양 씨의 안색이 어딘가 밝지 않았다. 아침에 있었던 일을 마음에 두고 있는 듯했다. 나는 양 씨가 자신의 일방적인 호의가 연실의 마음을 상하게 한 것을 후회하고 있을 것이라고 혼자 짐작했다. 지금까지 알아채지 못했던 그의 마음 한켠을 엿본 것 같았다. 평소의 양 씨라면 그런 일쯤은 사소한 장난으로 금세 잊어버리고 오히려 다음 짓궂은 장난을 준비했을지도 모를 텐데 말이다.

점심시간, 나란히 도시락을 먹고 있던 내게 양 씨는 정말 뜻밖의 말을 꺼냈다.

"아침 일 말이야, 연실이가 할머니한테 일러바치면 분명 우리 어머니한테도 불평을 말할 게 틀림없어…… 어머니한테 들키고 또 잔소리 들을 생각하니까 우울해."

양 씨가 그렇게 말하자, 나는 의뢰라는 생각이 들었다. 뭐야, 그런 거였어? 하고 적잖이 실망하기까지 했다. 가는 눈을 반쯤 감고 늘 헛기침을 달고 사는 양 씨의 어머니는 어쩐지 신경질적인 고양이를 닮아 있었다. 졸린 듯 멍한 눈빛을 하고 있어도 양 씨의 장난을 금세 꿰뚫어보그 잔소리를 퍼부었다. 언제나 잔소리가 많은 새어머니와의 사이에서 갈등이 생기는 일은 양 씨에게는 심각한 문제였을지도 모른다. 그러나 그가 고민하는 가정 내의 미묘한 실타래를 이해하기에는 나는 아직 어린아이에 불과했다. 나는 오히려 양 씨가 결국 자기 자신밖에 생각하지 않는다는 사실이 못마땅했다. 정성껏 가꿔온 꽃이 시들어 버리고 그 앞에서 흐느끼고 있던 연실의 기분 따위는 전혀 헤아리지 않았다. 이럴 때면 양 씨는 어김없이 자신의 감정을 남에게 마음대로 강요하려 들었으니까…… 기대가 배신당했다는 불만으로 가득 차 있던 나는 솔직히 말해 양 씨를 동정할 기분이 들지 않았다.

어쨌든 우리는 아침에 있었던 '거름 사건' 때문에 하루 종일 마음이 놓이지 않았던 것은 분명했다. 일을 마치고 하숙집으로 돌아와 저녁을 먹고 있는데 연실의 할머니가 얼굴빛을 바꾸며 문으로 들어섰다. 나는 깜짝 놀라 그녀에게서 슬그머니 몸을 피했다. 틀림없이 아침에 있었던 일이 결국 발각되어 저렇게 주변을 돌아다니고 있는 게 틀림없다고 생각했다. 마치 내가 저지른 장난이 들킨 것처럼 몸을 잔뜩 움츠린 채 나는 연실의 할머니와 하숙집 아주머니의 대화를 몰래 귀 기울여 들었다. 그러나 예상과는 달리 연실의 할머니는 전혀 다른 걱정을 이야기하러 온 것이었다. 연실이 월급을 받고 공장을 나간 뒤 아직 집에 돌아오지 않았다는 것이었다. 연실이 돌아오기를 기다리다 못한 할머니는 손녀의 동료에게 부탁해 함께 공장까지 가서 확인해 보고 온 것이라고 했다. 마침 오늘은 월말 급여일이었다.

"그거…… 걱정이네요. 그래도 곧 돌아올 거예요."

하숙집 아주머니는 불안해하는 연실의 할머니를 달래듯

말했다.

"어떻게 그걸 알아?"

연실의 할머니가 마치 아이처럼 따지듯 묻자, 하숙집 아주머니는 움찔하며 그냥 그런 생각이 들었을 뿐이라고 대답했지만, 더는 말을 잇지 못한 채 입을 다물어 버렸다.

월급 다음 날은 마침 공장도 월초 휴일이었지만, 우리의 걱정과는 달리 연실은 끝내 돌아오지 않았다. 월급을 고스란히 쥔 채 가출했다고밖에 생각할 수 없었다. 그리고 그녀의 가출 소식은 여느 때처럼 금세 온 동네에 퍼졌다. 물론 그 소식을 들은 양 씨는 곧장 내 하숙집으로 찾아왔다.

"참 대단한 배짱이네. 그 꼬마는……."

양 씨는 아무렇지 않은 척 웃으며 말했지만, 어제에 비해 어딘가 안절부절못하고 더욱 들떠 있는 모습이었다. 그의 웃음이 단지 허세에 불과하다는 것은 웃는 그의 표정에서 불안한 기색이 역력히 드러난 것만으로도 알 수 있었다. 그는 '거름 사건'이 연실의 가출과 관련이 있지 않을까 은근히 두려워하는 눈치였다. 생각해 보면 그것이 전혀 불가능한 일도 아니었다. 만약 사실이라면 그 사실이 밝혀졌을 때 양 씨의 입장은 더욱 난처해질 것이다. 더욱이 연실에게 혹시라도 예기치 못한 일이 벌어졌을지 모른다는 상상을 하면 양 씨에게는 그야

말로 심각한 문제가 될 수 있었다. 양 씨와 나는 암묵적으로 그것을 서로 인정하고 있었다. 그래서 나도 양 씨처럼 그 일을 입 밖에 꺼내기가 두려웠다. 나는 어른들에게 '거름 사건' 만큼은 절대 발설하지 않기로 마음먹었다.

소년의 우정은 어떤 계기만 있어도 쉽게 싹트는 법이지만 그 무렵의 우리는 서로를 선택하고 우정을 쌓을 만한 시간조차 얻지 못했다. '정액등(定額燈)'이라 불리던 20와트 나전등(裸電燈)은 저녁 6시에 켜지고, 아침 7시가 되면 단 1초도 용납하지 않고 송전이 끊겨 꺼졌다. 그 전등이 꺼져 있는 낮 시간은 우리가 밖에서 일하는 시간이었다. 우리는 매일 아침, 전등이 꺼지기 전에 집을 나와 저녁 전등이 켜지는 시간까지 공장에서 일했고 집에 돌아오면 허기진 배를 채우고 이부자리에 들어 잠만 자는 나날을 보냈다. 마음을 터놓을 수 있는 비슷한 또래의 친구를 찾기도 어려웠지만 그렇기 때문에 한번 맺은 우정의 끈은 어른들이 상상하는 것보다 훨씬 강했다고도 할 수 있다.

양민식(梁民植)은 나에게 그런 친밀한 친구 중 한 명이었다. 나보다 세 살 많은 양 씨와 나는 같은 공장에서 일했다. 양 씨는 몸놀림이 재빠르고 물구나무서기에 능숙했으며 운동신경이 둔한 나는 달음박질을 하면 힘을 빼고 달리는 그에게만큼은 좀처럼 이길 수 없었다. 휴일에 변두리에 있는 영화관에서 본 액션 영화의 주인공을 흉내 내어 곡예나 다름없는 격투기를 으스대며 선보이고도 몸 어딘가에 상처를 입은 적이 없었다. 성격이 다소 급한 면이 있던 양 씨는 직장에서도 동료나 선배들과 사소한 일로 말다툼을 벌였고 때로는 승산이 없는 상대라도 물러서지 않고 무모한 몸싸움을 벌이기도 했다. 그런 양 씨는 자연스럽게 일본인들 사이의 직장에서 고립되기 일쑤였지만, 그와 비슷한 처지인 나에게 뭔가 일이 있을 때마다 가족처럼 감싸주었다. 그것은 우리가 같은 동포이자 같은 판자촌에 살고 있다는 친분 때문만은 아니었다. 양 씨는 새어머니와 사이가 좋지 않아 내면이 매우 외로운 소년이었고 나 또한 부모와 떨어져 홀로 살아갈 수밖에 없는 처지였다. 나이 차이를 넘어 양 씨와 나를 이어준 것이 있다면, 그것은 아마 서로 비슷한 처지에서 비롯된 인연의 끈이었는지도 모른다.

연실이 언제부터 우리와 같은 판자촌에 살기 시작했는지는 내가 정확히 기억하지 못한다. 다만, 나보다 몇 년 뒤 지인을 통해 할머니를 따라 판자촌에 온 것만은 확실하다. 그리고 어느 순간 문득 알아보게 되었을 때 골목을 걷고 있던 그녀는 눈에 잘 띄지 않는 소녀였다고밖에— 또래 아이들에 비해 훨씬 작고 팔다리가 가늘었던 연실은 몸을 톡톡 튀기며 가볍게 뛰어오르듯 걷는 버릇이 있었다. 신발 뒤꿈치를 차올리듯 걷는 그녀의 작은 등 뒤로 가늘게 묶은 갈색빛 양 갈래로 땋은 머리가 춤추듯 흔들렸다. 그 흔들리는 머리가 마치 먹이를 찾아 바쁘게 땅바닥을 뛰어다니는 작은 참새의 꼬리를 닮았다고 해서 어른들은 그녀를 '참새'라고 부르기도 했다. 그녀는 말수가 적고 매우 유순해 보이면서도 의외로 성격이 다소 격한 면도 있었다. 할머니에게 꾸지람을 들으면 반항하며 울음을 그치지 않았고, 주저앉아 두 다리를 쭉 뻗은 채 오줌을 싸버려 할머니를 곤란하게 만들곤 했다는 사실은 판자촌에서 모르는 사람이 없었다. 그녀의 할머니에게서 그런 말을 들은 동네 아주머니들은 저 꼬마는 매운 고추 같다고 그것도 작은 주제에 매운맛만큼은 제 몫을 한다며 쓴웃음을 짓곤 했다.

모국을 떠나 타향에서 살아가는 사람들 사이에는 비밀 같은 게 거의 없었다. 오히려 어른들은 서로의 한숨이나 고달픈 신세타령을 주고받으며 하루하루의 삶을 참고 견뎌내는 마음의 위로로 삼는 듯 보였다. 물론 연실과 할머니의 경우도 예외는 아니었다.

연실이 태어난 지 얼마 되지 않아 아버지는 고향에서 병으로 돌아가셨고, 할머니와 사이가 좋지 않았던 어머니도 집을 떠나 생이별했다. 그 이후 줄곧 할머니에게서 자란 연실은 오사카로 건너온 열 살 무렵부터 식비를 벌기 위해 일해야만 했다. 그녀가 매우 끈기 있는 소녀라는 사실은 휴일을 제외하고는 좀처럼 공장을 쉬지 않는 것으로도 짐작할 수 있었다. 다만 일자리만큼은 자주 바뀌었다. 그것은 비록 적은 액수라도 수입을 늘리고 싶어 하는 할머니의 생각 때문인 듯했다. 게다가 나와 양 씨를 포함해 판자촌의 소년들은 대부분 비슷한 처지였다. 나이가 어린 사람이 일할 수 있는 장소는 극히 제한적이었기 때문에 작업복과 손끝의 더러움만 보아도 대략적인 직종을 추측할 수 있었다. 연실의 손가락 끝이 붉거나 초록색 염료로 늘 얼룩져 있다면 조화(造花) 가게에서 일하고 있다는 것을 금방 알 수 있었다. 또 작은 손톱 끝 피부가 황동 녹으로 푸르스름하게 변색되어 있다면 그녀의 직장이 지퍼 공장으로 바뀌었다는 것을 쉽게 알 수 있는 식이었다.

이웃 아주머니들이 수군거리듯 연실의 신변에는 자질구레한 화젯거리가 늘 따라다녔다. 하지만 어른들은 연실이 꼬마인 주제에 말도 안 되게 고집이 세다고 떠들어댔지만, 나에게 그녀는 여전히 말수도 적고 어딘가 날의 시선을 피하고 싶어 하는 눈에 잘 띄지 않는 소녀로 남아 있었다.

"연실이 찾았어…… 시노에 갔었다고 해."

연실이 모습을 감춘 지 열흘쯤 지난 어느 날 저녁, 공장에서 돌아온 내 얼굴을 보자마자 하숙집 아주머니는 기다렸다는 듯이 말했다.

"음, 시노에요?…… 뭐 하러 갔어요?"

나는 가슴이 철렁 내려앉았다. 동시에 안심이 되어 하숙집 아주머니를 올려다보았다. '시노'라는 곳은 K시의 조선어 읽기였다. 오사카를 '대판(大阪)'이라고 부르듯 어른들은 생활과 관련된 친숙한 지명을 그렇게 부르곤 했다.

"연실의 어머니가 시노에 와 있으니까 만나러 간 거라고 해."

"음, 그래도 연실은 어머니가 시노에 있다는 걸 잘도 알았네요. 누가 가르쳐 준 걸까요?"

의문을 품자, 하숙집 아주머니는 왠지 움츠러든 듯 나를 돌아보았지만 금세 꾸민 듯한 웃는 얼굴로 바뀌었다.

"그야, 연실 나이 또래에는 어미가 제일 그리운 법이지. 자기를 낳아준 어미인데 얼마나 보고 싶었겠어. 아직 열두세 살밖에 안 된 여자애라서 어미가 애타게 그리웠을 거야. 결혼할 나이가 되면 부모는 없어도 살아갈 수 있는 법인데 연실의 할머니는 겨우 만난 어미에게서 딸을 억지로 떼어내고 데려왔잖아. 적어도 한 달이라도 같이 있게 해 줬으면 좋았을 텐데……."

하숙집 아주머니는 갑자기 눈을 깜박이며 목소리가 떨렸다. 나는 무슨 말을 하려다가 갑자기 가슴이 뜨거워지고 목이 메어 목소리가 나오지 않았다. 대답을 얼버무린 듯한 느낌도 있었지만, 그건 별로 중요하지 않았다. 월급을 고스란히 챙긴 채 곧장 어머니가 있는 곳으로 달려가는 땋은 머리를 한 연실의 뒷모습이 눈에 선했다. 나는 그때의 연실의 마음을 손바닥 보듯이 알 수 있었다.

나도 연실과 같은 나이였을 때 몇 번 어머니를 찾아간 적이 있다. 도시락을 품에 안고 하숙집을 나와 공장으로 걸어가다 보면 갑자기 갈증 난 듯 어머니가 몹시 그리워질 때가 있었다. 나는 갈림길에 멈춰 서서 공장 쪽과 시영전차 거리 쪽을 번갈아 바라보았다. 내 마음은 굶주린 뱃속처럼 어머니의 얼굴과 그리운 목소리를 갈망하고 있었다. 더듯거리는 내 발길이 닿는 길이 마치 잠에서 깨어난 사람처럼 벌떡 일어나 나를 손짓하며 부르는 듯했다. 그러다 갑자기 눈앞의 길이 기우뚱 기울어져 내 발길을 다른 쪽으로 돌려버렸다. 나는 언덕길을 굴러가듯 곧장 시영전차 거리로 달려갔다. 전차비가 없는 것 따위는 개의치 않았다. 돈이 없으면 걸을 수밖에 없었지만 그런 게 무슨 고생이겠는가. 나는 오사카 거리를 동쪽에서 서쪽 변두리까지 걸어가 겨우 오후 늦게 어머니가 있는 변두리 마을에 도착했다. 그러나 어머니는 나에게 밥을 차려주고 전차비와 약간의 돈을 쥐여 주며 그날 하숙집으로 돌려보냈다. 어머니에게는 다른 살림살이가 있고 가족이 있었다. 나는 마음속의 갈증을 달래며 하숙집으로 발길을 돌릴 수밖에 없었다.

나는 밤에 이불 속에 들어가서도 연실 생각을 떨쳐버릴 수 없었다. 왜 연실의 어머니는 억지로라도 딸을 붙잡아두지 않았을까. 하숙집 아주머니의 말처럼 적어도 한 달만이라도 곁에 두었으면 좋았을 텐데……. 하지만 어머니에게도 그럴 수 없는 사정이 분명 있었을 것이다. 만약 그 한 달이 가능했다면 더 오래, 계속 함께 살 수도 있었을 것이다. 그것이 불가능했기 때문에 연실을 어머니 품에서 데려온 게 틀림없다. 연실은 어머니와 함께 살 수 없는 것이다. 그러니 할머니와 살게 된 것이다……. 나는 어머니를 만나러 갔을 때를 떠올렸다. 처음 갔을 때처럼 나는 같은 길을 몇 번이고 왔다 갔다 했다. 비록 되돌아온다고 하더라도 가면 어머니를 만날 수 있다고 믿고 걸어가는 길은 친숙하고 정답게 느껴졌다. 그러나 어느 날 찾아가 보니 어머니는 먼 곳으로 이사 간 뒤였다. 나는 공원을 발견하고 벤치에서 도시락을 허겁지겁 먹고 배를 채운 뒤 하숙집으로 걸어갔다. 사람들이 오가고, 전철이 달리고, 버스가 추월해 지나갔다. 나는 막대기처럼 뻣뻣해진 다리를 질질 끌며 내 말과 마음이 모두 닫힌 존재임을 느꼈고 이곳이 일본이라는 타국임을 실감했다. 스쳐 지나가는 수많은 사람도, 눈에 비치는 번화한 거리의 광경도 전혀 무관할 뿐만 아니라 나를 밀어내어 어딘가에 가두려는 듯했다. 먼 길은 나에게 고역을 강요할 뿐이었다. 마음을 열고 찾아갈 수 있는 어머니는 더 이상 없었고 돌아갈 곳은 오직 판자촌밖에 남아 있지 않았다. 그곳만이 나를 받아주는 유일한 장소였고, 하숙집이 있었고 양 씨가 있었다.

그리고 지금은 또 한 사람, 나와 비슷한 길을 걸어 연실도 돌아왔다는 것을 이불 속에서 생각했다.

연실이 끌려와 가출의 이유가 밝혀지자 동네에서는 온통 그 화제뿐이었다. 그녀의 가출이 양 씨와 내가 은근히 두려워했던 원인에서 비롯된 것이 아니라는 사실을 알게 되었을 때 가장 기뻐한 사람은 양 씨였다. 연실의 행방이 불분명했던 동안 내내 풀이 죽어 있던 양 씨는 갑자기 신이 나서 떠들기 시작했다.

"저 꼬마 아가씨가 말이야…… 정말 대단한 일을 저질렀네!"

양 씨는 들뜬 목소리로 말했다. 그 돈소리에는 그를 계속 괴룹혀 온 걱정에서 해방된 기쁨과 동시에 찬탄인지 부러움인지 모를 감정이 뒤섞여 있었다. 양 씨는 마음이 상당히 흔들린 눈치였다. 확실히 연실은 양 씨뿐 아니라 평소 나를 은밀히 끌어안고 있던 판자촌에서 벗어나고 싶다는 욕구를 얄밉게도 그 일부분만큼은 실제로 보여준 것이다.

하지만 가출의 대가는 연실에게 너무나도 혹독하고 가혹한 것이 되고 말았다. 그 일 이후로 그녀는 할머니 손목에 끈을 매고 함께 잠자리에 들었다. 또다시 가출할 것을 두려워한 할머니는 반항이라도 하면 그 벌로 머리카락을 죄다 잘라 밖에 다닐 수 없게 하겠다고 밤낮으로 으름장을 놓았다. 한동안은 공장을 오가는 길에도 계속 감시했고 월급은 고스란히 할머니가 받았다. 용돈은 단 한 푼도 쥐여주지 않았다. 할머니는 그렇게 훈육하는 것이 연실에 대한 애정이라고 완고하게 믿어 의심치 않았던 모양이다. 연실은 가끔 골목에서 양 씨나 나와 마주쳐도 결코 눈을 마주치려 하지 않았다.

어른들은 어쩌면 그렇게 하는 것이 지극히 자연스러운 행동이라고 생각했을지 모르지만, 시간이 지날수록 연실의 사건을 거의 입에 올리지 않게 되었다. 잠깐 동안의 어머니와의 재회가 끝나버리고 강제로 끌려온 소란스러운 계집아이는 마치 쇠사슬에 묶인 강아지처럼 다시 말없이 유순한 나날을 보내기 시작했다. 그런 모습은 어른들의 눈에는 바람직한 모습으로 비쳤을 것이다. 그들은 그녀의 가출을 자못 어린애다운 충동에 휩싸인 단순한 행위로 일방적으로 단정 지어 버렸으니까.

그러나 나에게 있어 연실의 행위는 분명 미지의 세계로 떠난 여행이자, 좌절로 끝난 귀환처럼 보였다. 비록 좌절했더라도 모험을 시도한 그녀의 행위 자체는 이미 눈부시게 빛나 보였다. 그 눈부시게 반짝이던 것이 초조해하며 판자촌에서의 생활을 꾹 참고 견디던 나의 마음에 불을 지폈고 탈출 욕구를 더욱 부추겼다. 그리고 나와는 또 다른 의미에서 그 불은 양 씨의 마음속에도 번지고 있었다.

일을 마치고 돌아오는 길, 양 씨는 판자촌 근처의 운하 다리까지 오자 슬며시 나를 불러 세우고 걸음을 멈추게 했다. 난간에 팔꿈치를 얹고 강을 들여다보았다. 탁한 강 위에는 딱지를 떠올리게 하는 검은 이끼류가 문적문적 떠다니고, 나무 조각과 신발과 전구 같은 잡동사니가 뒤섞여 둥둥 떠 있었다. 양 씨는 강 위에 피어오르는 메탄가스의 악취를 견디며 참을성 있게 계속 기다렸다. 이윽고 해가 저물기 시작한 다리 건너편 거리에서 자깝스러운 나막신 소리가 가까워져 왔다. 그 의기양양한 발걸음 소리가 들리자, 양 씨는 튕겨나간 듯 팔꿈치로 내 옆구리를 쿡쿡 찌르며 황급히 뒤돌아보았다. 일이 끝나고 돌아오는 연실이 활기찬 걸음걸이로 머리를 까딱까딱 흔들며 한눈팔지 않고 다리를 건너왔다. 다리 바닥에 나막신 굽소리를 내며 우리 앞을 스쳐 지나갔다. 난간에 등을 기대고 나란히 서 있는 우리 둘이 눈에 띄지 않을 리가 없는데도 그녀는 알아채지 못한 듯 발걸음을 바꾸지 않고 지나쳐 멀어져갔다. 흰 저고리에 거무스름한 치마를 입고 맨발에 나막신을 신은 양갈래로 땋은 머리의 연실이 다리를 건너 석양의 거리 건너편으로 완전히 보이지 않을 때까지 양 씨는 목을 길게 빼고 계속 배웅했다.

"참새 새끼…… 젠장!"

양 씨는 갑자기 중얼거리더니 두 주먹을 불끈 쥐고 격렬한 동작으로 섀도복싱을 흉내 내기 시작했다.

양 씨가 점심시간에 공장 마당 한구석에서 콧김을 내뿜으며 주먹을 휘두르기 시작한 것은 그때부터였다. 그는 마치 중대한 비밀이라도 털어놓듯 목소리를 낮추고 나에게 복싱 선수가 되겠다고 선언했다.

"어이, 복싱 선수가 되면 우리 같은 조선 사람도 잘될 수 있겠지? 기름투성이가 되어 공장에서 아무리 일해도 항상 그 자리야. 아무 맛대가리도 없는 뭇국에 김치만으로 밥을 먹는 게 고작이야. 도시락 반찬이라고 해봤자, 매일매일 짠 유부조림 뿐이야. 공장에서 일본인 직공들이 우리를 뭐라고 하는지 알아? 유부조림만 먹는 너희들은 여우냐고 말해. 그래서 눈알도, 얼굴도 노랗다고 비웃는다니까. 바보 같은 놈들, 동양인은 모두 황색 얼굴이야. 우리 조선 사람만 황색 얼굴을 하고 있을 리가 없잖아. 저런 얼빠진 놈들한테 바보 취급을 당해야겠어?

인간은 강하지 않으면 안 돼. 복싱 선수가 되어서 강해지면 돈은 얼마든지 벌 수 있어. 돈을 많이 벌어서 난 특별히 예쁜 아내를 얻을 거야. 두고 봐, 틀림없이 할 거야, 지지 않을 거야. 링 위에서 닥치는 대로 때려눕혀서 모두 해치워 줄 테니까."

양 씨는 진지한 표정으로 나에게 말했다. 그리고 다시 한번 굳게 움켜쥔 두 주먹을 맹렬한 기세로 휘두르기 시작했다. 마치 눈앞에 때려눕혀야 할 적이 있는 것처럼—.

그것은 분명 그의 '꿈'이었겠지만 그의 탁월한 운동신경과 왕성한 투쟁심을 생각하면 전혀 불가능한 일이라고는 나도 생각되지 않았다. 양 씨는 그 후 얼마 지나지 않아 집을 뛰쳐나갔다. 자신의 '꿈'을 이루기 위해 신문 배달과 운송업체의 하역을 하며 몸을 단련하고 복싱 체육관에도 다니기 시작했다. 나중에는 나도 더 이상 버티지 못하고 하숙집을 나왔다. 그 후

나는 도쿄로 이사했고 양 씨와는 소식이 완전히 끊겼다. 중국
대륙에서는 이미 전쟁이 시작되었다.

2

내가 양 씨와 다시 만난 것은 태평양전쟁이 막 시작되던 해
늦여름이었다. K시에 살던 친구 이용우(李用宇)의 집에 제사가
있던 날 밤, 찾아가 보니 뜻밖에도 양 씨가 와 있었다. 그가 판
자촌을 떠난 후 5년 만이었다. 발랄한 태도에서 소년 시절의
모습은 남아 있었지만, 어딘가 제복을 닮은 남색 양복을 입은
차림새로 보아 아무래도 복싱과는 인연을 끊은 듯했다. 그리
고 놀랍게도 양 씨는 용우와 같은 판자촌의 후미진 동에 살고
있었다.

"나 결혼했어. 아버지도 연세가 많으시니까, 슬슬 안심시켜
드려야겠다 싶어서…… 저 사람이 내 아내야."

오랜만의 인사가 끝나자, 양 씨는 기다렸다는 듯 말문을 열
었다. 그의 손짓에 방구석에서 일어나 양 씨 옆에 다가와 선
사람은 놀랍게도 연실이었다. 한눈에 알아보았다. 내가 눈을
부릅뜨고 다시 양 씨의 얼굴을 보자, 그는 재빨리 한쪽 눈을

감고 흐흐흐 하고 쑥스러움을 감추며 웃음을 지었다. 나는 그의 아내에게 눈을 돌리고 그 웃음의 의미를 이해할 수 있었던 것 같다. 연실은 팔도, 몸도 소녀처럼 날씬하고 가녀렸지만, 달걀형의 하얀 얼굴에 날카롭고 시원한 눈과 입술 선이 선명하고 아름다운 새댁이었다. 내가 너무 빤히 바라봤기 때문에 그녀는 뺨을 희미하게 붉히며 수줍은 소녀처럼 말없이 고개를 숙여 인사했다. 나는 황급히 인사에 응했지만, 정신을 차려보니 가슴이 몹시 두근거리고 있었다.

양 씨는 역시 복싱은 완전히 단념했다고 했다. 결혼하고 나서 한때는 K시 번화가 변두리에서 어묵 포장마차를 했지만 이런 비상시국에는 자칫 잘못하면 언제 징용에 끌려갈지 모를 일이었다. 포장마차를 정리하고 지금은 시영전철의 운전사를 하고 있다고 했다.

"겨우 이 사람과 함께 있게 됐는데, 따로따로 떨어져 버리면 너무 가혹하잖아. 그래서 큰마음 먹고 지금의 직장에 들어간 거야."

"시험이라든가, 학력 자격은 어떻게 했어? 특히 조선인의 경우는 신원 조사가 까다로웠을 텐데."

"음…… 문제는 학력이었지만, 그래도 야학에 꼬박꼬박 3년 정도 다닌 덕분에 졸업생 중에 같은 성씨의 남자가 있었거든. 그 녀석의 졸업증명서를 빌렸어. 양○○를 야나가와 다미오(梁川民男)라고 이력서에 써넣으니까, 그럭저럭 잘 넘어갔어."

양 씨는 '창씨개명(創氏改名)'도 이럴 때는 이용 가치가 있는 것이라며 대수롭지 않게 웃어넘겼다.

"어이가 없네, 시험은 어떻게 한 거야?"

"구두시험 때 말이야, 일본이 전쟁에서 이길 것 같냐고 묻길래 좀 당황했지. 승패는 결과를 봐야 알 수 있다고 말하고 싶었지만 그렇게 말하면 바로 떨어질 게 분명하잖아. 그래서 증명서 받으러 갔더니, 학교 선생님이 꼭 이긴다고 하셨어요, 저는 선생님을 믿는다고 대답했어. 그랬더니 너는 꼭 이 시전국(市電局)에 들어오고 싶냐고 묻더군. 네, 차고 담장을 넘어서라도 들어가고 싶다고 대답했더니, '이봐, 이봐, 착각하지 마. 위험한 말 하네.'라며 큰 소리로 웃었어. 그런 시험쯤은 식은 죽 먹기였어!"

"그렇게 큰 소리로…… 다른 사람도 있는데."

고개를 숙인 채 나와 양 씨의 이야기를 듣고 있던 연실이 얼굴을 붉히며 민망한 듯 다그쳤다.

"괜찮아, 나는 아무 잘못도 안 했어. 국민학교는 정식으로 졸업하지 못했어도 전철만큼은 제대로 운전하고 있어. 일만큼은 누구에게도 지지 않아. 불평할 이유가 없다니까."

양 씨의 자유분방함은 조금도 변하지 않았고 엉뚱한 생각도 그의 입에서 나오면 미워할 수 없는 것으로 들리는 것이 신기했다. 복싱 선수가 돼서 돈을 벌고 예쁜 아내를 얻겠다는 소년 시절의 그의 꿈이 적어도 절반은 이뤄졌다는 것을 알고 나는 기뻤다. 특히 연실이 양 씨와 맺어져, 소박하지만 행복해 보이는 모습을 보며 진심으로 축복을 보내고 싶었다.

그날 밤 나는 용우의 집에서 묵기로 했다. 용우와는 어머니들끼리 같은 고향 출신이었던 것도 있었지만, 내가 판자촌의 하숙집을 나온 뒤 한동안 도쿄에서 발행되는 중학교 강의록을 구해 함께 공부하던 사이이기도 했다. 그 후 오사카를 떠난 나는 용우의 아버지 제사에 참석하고 옛 우정을 되새기기 위해 K시를 찾아온 것이었다. 제사는 고인의 기일 전날 저녁에 시작하여 밤 열두 시 자시에 파제(罷祭)로 끝난다. 고인에게 공양이 끝나면, 뒤이어 살아있는 사람들이 다 같이 즐기는 술자리가 시작된다. 마치 고인의 초대에 참여하듯 술자리는 고인과 살아 있는 자들의 이야기를 섞어가며 밤늦게까지 계속되기도 했다. 그래서 먼 곳에서 온 참석자는 하룻밤을 묵어야 하는 경우도 있다. 내가 묵는다는 것을 알고 다음 날 출근을 늦춘 양 씨는 자리에 앉아 술을 마시기 시작했고 쾌활하게 떠들며 새벽 두 시가 넘어서야 겨우 끝내고 돌아갔다.

다음 날, 미리 공장 휴가를 낸 용우는 헤어지면 언제 다시 만날지 모른다며 오랜만에 영화나 같이 보고 가더라도 그렇게 늦지 않을 거라면서 돌아가려는 나를 붙들었다. 우리는 신카이치(新開地)의 영화 거리로 가서 영화관에 들어갔다.

소년 시절부터 어린 나이에 노동을 강요받았던 우리에게 영화 관람은 유일하게 누릴 수 있는 호화로운 오락이었지만 동시에 미지의 세계에 대한 지식을 흡수할 수 있는 또 다른 귀중한 정보원이기도 했다. 지난 6월, 나치 독일군이 소련령을 침공하면서 이미 독소 전쟁이 발발했다. 이어 7월에는 제3차 근위 내각이 출범했고 초봄부터 난항을 거듭하던 미일 협상 타개책을 모색하던 중에 일본군은 갑자기 미국과 영국 양국의 반대를 무릅쓰고 프랑스령 남부 인도차이나반도의 진주를 강행했다. 이에 대한 경고와 보복 조치로 미국은 즉시 일본 자산을 동결하고 게다가 일본에 대한 석유 수출 금지도 불사하는 강경한 태도를 보였다. 일미 양국의 관계는 날로 악화되었고 거리에는 대미 개전을 시위하는 등불 행렬이 자주 목격되었다. 장기화된 중국과의 전쟁이 늪에 빠진 양상을 보이는 데다 새롭게 더 큰 전쟁이 시작될 것 같은 불길한 예감이 우리를 밤낮으로 무겁게 짓눌렀다. 나와 용우가 우연히 상영 중이던 미국 영화 〈하늘의 요새 B17(空の要塞B17)〉을 택해 영화관에 들

어간 것도 전쟁이 확대될 것을 두려워하는 평소의 불안을 달래려는 심리에서 비롯된 것이라고 할 수 있다.

영화에 등장한 B17은 강렬한 인상을 남겼다. 영화를 보고 돌아오는 길에 나와 용우는 번갈아 가며 B17의 인상에 관해 이야기했다. 그것은 단순한 비행기가 아니라 거대한 파괴력을 지니고 하늘을 나는 기계화된 군사 요새였다. B17을 고층 빌딩에 비유한다면 사진에서 흔히 볼 수 있는 일본 군용기는 마치 우리가 사는 판잣집에 해당할 정도로 격차가 크지 않을까 하고 우리는 흥분을 억누를 수 없었다. 나중에 성능 면에서 B17보다 훨씬 뛰어난 B29가 등장했지만, 현실에서 그것이 어떤 무서운 위력을 발휘하게 될지는 우리로서는 상상조차 할 수 없는 일이었다.

판자촌에 돌아온 나는 아직 양 씨에게 얼굴을 비추지 않았다는 것이 생각나 용우와 함께 돌아간다는 인사를 하러 들렀다. 용우네가 사는 판자촌 바로 옆으로 작은 강이 흐르고 있었다. 그곳은 전쟁 전부터 아무런 규제 없이 차례차례 들어선 작은 공장들이 빽빽이 들어찼고 잡다한 공장에서 흘러나오는 약품으로 오염된 폐수는 제대로 된 하수구도 없는 도로에 잠겨서 지면을 검푸르게 부식시키고 있었다. 예전에 공장들 뒤편 그늘진 곳에는 판자를 대충 붙여 만든 시장이 들어섰지만,

중국과의 전쟁이 장기화되면서 경제가 통제되는 바람에 쇠퇴해 버렸다. 그때 빈집이 된 판자촌에 언제부터인지 조선인 동포가 살기 시작했다. 먼저 터를 잡은 용우네 일가를 의지해 아버지들끼리 동향의 인연으로 양 씨 부부가 이사 왔다고 한다.

앞장선 용우는 좁은 골목을 돌아 구석진 곳에 있는 한 동으로 나를 데리고 갔다. 용우는 모두 성냥갑처럼 늘어선 비슷한 구조의 집들 중 한 출입구를 가리켰다.

"이봐, 저기 붉은 봉선화가 피어 있지? 저곳이 양 씨네 집이야."

골목의 흙도 공장에서 유출된 폐수로 검푸르게 부식되어 아무리 생명력이 왕성한 식물이라도 쉽게 자랄 수 없을 것 같은 장소처럼 보였다. 가까이 다가가 보니 처마 밑에 붉은 흙을 담은 가느다란 판자로 둘러싼 공간이 있었고 그 주변만 판자를 눕힌 듯한 가느다란 햇살이 비스듬히 비치고 있었다. 판자 안에는 약 30센티미터 정도 되는 일고여덟 그루의 식물이 붉은 꽃잎을 부드럽게 피우고 있었다.

"이게 봉선화야?"

"뭐야, 아직 몰랐어?"

용우의 말을 듣고 나는 말없이 고개를 끄덕였다. 사실, 그때 처음 봉선화라는 것을 알았다. 순간 그 뒷골목 처마 밑에

쭈그리고 앉아 훌쩍거리던 소녀 시절의 연실 모습이 되살아
났다. 그때 내가 보았던, 화분 대신 녹슨 세면대 안에서 시들
어 말라가던 붉은 꽃이 바로 이 봉선화였다. 비틀어져 숨이 곧
끊어질 듯 시들어 버린 봉선화와 양 씨의 거름 그리고 등 뒤에
갈색빛이 도는 땋은 머리를 흔들며 훌쩍이던 꼬마 소녀…….
내 입가에 웃음이 차오르는 것이 확실히 느껴졌다.

"왜 그래, 갑자기 히죽히죽거리고?"

"별거 아니야, 흐흐흐……."

"이상한 놈이군, 갑자기 무슨 생각이 나서 그렇게 웃는 거
야?"

수상쩍게 여기는 용우에게 대답하지 않고 나는 늦여름 투
명한 햇살을 비스듬히 받으며 처마 밑에 한가로이 피어있는
꽃들을 바라보았다. 연약해 보이면서도 연한 녹색의 섬유를
겹겹이 묶어 곧게 하늘을 향해 뻗은 강인한 줄기의 잎사귀 그
늘 아래 붉은 꽃잎을 피운 봉선화는 연실에게 잘 어울리는 꽃
이라 생각되었다.

활짝 열린 문에서 용우가 말을 걸자, 단칸방 안쪽에서 문턱
에 걸어둔 대발을 치켜올리며 붉은 꽃무늬 원피스를 입은 연
실이 얼굴을 내밀었다. 그녀는 우리를 발견하자 볼을 확 붉히
며 재빨리 두 팔을 가슴 앞에서 교차시키더니 황급히 인사를

했다. 막 맞춘 듯한 새 원피스를 차려입은 모습을 보여주는 부끄러움 때문에 그런 표정을 지었는지도 모른다. 양 씨는 이미 출근한 뒤였다. 그래서 연실은 잠깐이라도 들어와 냉수라도 마시고 가라고 여러 번 권했지만, 사양하고 인사만 나눈 뒤 나는 용우와 함께 골목을 되돌아 나왔다. 도중에 무심코 뒤를 돌아보니 연실이 문간에 서서 우리를 오래도록 바라보다가 급히 허리를 숙여 인사했다. 그녀가 입은 원피스의 붉은 꽃무늬 옷자락이 살짝 흔들리면서 처마 밑 봉선화의 붉은색과 맞닿아 순간 그것들이 하나로 녹아드는 듯했다.

용우와 함께 전날 밤에 남은 제사 음식으로 일찌감치 저녁 식사를 마치고 계속 이야기를 나누다 보니 일을 마치고 귀가한 용우의 형 용택(用沢)까지 합류했다. 정신을 차려보니 어느새 10시에 가까워져 있었다. 오사카에 있는 삼촌 집에서 하룻밤 묵을 예정인 나는 이제 슬슬 일어나야 할 시간이었다. 용우의 가족에게 작별을 고하고 변두리 동네의 어두운 뒷골목을 15분쯤 걸어 시영전철이 다니는 큰길로 나오자, 가로등 불빛에 비친 정류장에는 사람 그림자 하나 보이지 않았다. 막차까지는 아직 한 시간 가까이 여유가 있었고 S 역에서 사철(私鉄)을 타면 오사카까지 30분이면 도착하기 때문에 특별히 서

두를 필요도 없었다. 나는 밤바람을 맞으며 정류장의 레일과 나란히 놓인 안전대의 가로등에 기대어 S행 전철을 기다렸다. 전철은 좀처럼 오지 않았다. 얼마 지나지 않아 S와 반대 방향으로 이어진 레일을 삐걱이며 전철 한 대가 세차게 달려왔다. 그 전철은 운전대의 승강구에는 문이 없고 문 대신 가로로 한 줄 쇠사슬을 걸어두는 구식 소형차륜 중 하나였다. 나는 소년 시절 오사카 마을에서 흔히 볼 수 있었던 광경을 어렴풋이 떠올리며 질주해 오는 전철을 바라보았다. 겨울에는 운전대와 객석 사이에 칸막이 문이 있기 때문에 승객들은 그나마 괜찮지만, 옆으로 사납게 몰아치는 찬바람에 그대로 노출되는 운전수에게는 좋은 형태의 차량이라고는 생각되지 않았다. 방한용의 고풍스러운 망토를 걸친 운전수가 길쭉한 막대기 모양의 핸들 끝에 달린 손잡이를 맷돌 돌리듯 빙글빙글 바쁘게 회전시키며 운전할 때, 망토는 바람에 부풀어 크게 펄럭였다. 망토의 자락을 휘날리며 운전하는 운전수의 모습은 마치 바람을 거스르며 날갯짓하는 검은 괴조(怪鳥)와 흡사해 보였다. 그것은 어딘지 모르게 우스꽝스러우면서도 나를 동화의 세계로 끌어들이는 광경이었다…….

이윽고 내가 기다리던 맞은편 정류장에 전철이 정차했다. 드문드문 몇 명의 손님을 내려주고 모터의 으르렁거리는 소리를 내며 다시 천천히 움직이기 시작했다. 그때 레일이 요란하게 삐걱거리는 소리를 내더니 갑자기 덜컹하고 급정차했다. 무슨 사고라도 났나 싶어 20미터 정도 나아간 전철을 눈을 크게 뜨고 바라보았다. 뜻밖에도 운전대 쪽에서 양 씨가 몸을 내밀어 빨리 오라고 급하게 손짓하고 있었다. 나는 반사적으로 달려가 맞은편 레일 위에서 운전대의 쇠사슬을 헤치고 뛰어 올라탔다. 내가 올라탄 것을 확인한 양 씨는 전철을 다시 출발시켜 서서히 규정 속도까지 올린 뒤 핸들 밑부분의 기어를 고정하더니 곁눈질로 나를 힐끗 보고 히죽 웃었다.

"지금 돌아가는 길인가? 그렇군, 낮에 출근 전에 용우네 집에 들렀더니 둘이서 영화 보러 갔다고 해서 이제 만날 수 없겠구나 하고 서운했지. 운이 좋았어. 이렇게 여기서 만났으니……. 그건 그렇고 어때? 내 운전 실력 제법이지? 견습 기간 동안에는 감독이 따라다니며 이것저것 잔소리를 해대니까 좀 버벅거렸지만 이젠 완전히 한 사람 몫을 하는 운전수라니까. 어차피 S 역까지 가는 거지? 이 전철이 종점까지 가면 S행의 반환점이 되니까 같이 가자. 왕복 전철비는 공짜로 해줄게. 어차피 텅텅 비어있으니까 같이 얘기도 할 수 있고 말이야."

뜬금없는 제안이었지만 왕복해 봐야 고작 20분 남짓 차이밖에 나지 않는다고 했다. 나는 마지못해 양 씨와 동행해 그의 자신만만한 운전 솜씨를 실컷 구경하게 되었다. 전날 밤 제사가 끝난 뒤, 술기운도 더해져 우리는 헤어진 이후의 이야기를 대충 나누고 있었다. 그때 양 씨는 소년 시절부터 연실을 좋아했다고 수줍게 고백했다. 양 씨도, 연실도 이제야 겨우 자리를 잡았다고 생각했다. 영화를 보고 돌아오는 길에 용우와도 이야기했지만, 이 지긋지긋한 긴 전쟁의 시대에 우리에게 남겨진 희망이 있다면 비록 수치와 모욕에 휩싸이더라도 살아서, 살아서 끝까지 살아남는 것밖에는 아무것도 없다고 생각했다. 내가 그런 의지를 말하자 양 씨는 갑자기 진지한 표정을 지으며 말했다.

"그래, 나도 좋아하는 연실과 함께할 수 있게 되었으니 무슨 일이 있어도 그녀만은 반드시 지켜주겠어!"

양 씨의 마음은 현재의 행복으로 가득 차 있는 듯했다. 순간, 희미한 쓸쓸함이 가슴을 스쳤지만, 그것은 혼자서 살아가야 한다고 마음을 다잡고 있는 내 젊은 감상에 불과했다. 예전처럼 앞으로도 자신의 힘으로 자신을 지켜나가면 된다는 것을 스스로에게 되뇌었다. 양 씨의 옆에 서서 밤바람을 맞으며 물결치듯 완만하게 흔들리며 뒤쪽으로 흘러가는 마을의 야경을 바라보고 있자니 나는 점차 편안해졌다. 양 씨는 장난기 넘치는 몸짓으로 핸들을 조작하며 전철을 운전하는 것을 소년처럼 즐기는 듯 보였다.

3

산요센(山陽線) 가코가와 역에서 지선으로 갈아타기 위해 하차해 승강장을 걷고 있던 나는 한쪽 구석을 달려가는 자그마한 체구의 젊은 여자를 보고 뒤돌아보았다. 옆모습이 영락없이 연실이었다. 식량을 사서 돌아오는 길인 듯 배낭을 메고 있었고 그 위에 두 살쯤 되어 보이는 여자아이를 목말에 태우고 상행 열차로 뛰어오르려던 참이었다. 나는 서둘러 그녀를 뒤쫓아 불렀지만 이미 출발을 알리는 벨이 요란하게 플랫폼에 울려 퍼졌다. 우리는 급히 인사를 나누었고 그녀가 아직 K시의 판자촌에 살고 있다는 것을 간신히 확인할 수 있었다. 승차한 그녀를 배웅하려고 승강구로 다가가 보니 몸집이 작은 그녀는 딸과 배낭의 그림자에 가려 만원 열차의 발판에서 힘껏 버티고 있는 작업복의 가느다란 두 다리만 보일 뿐이었다. 사람들은 밤낮으로 반복되는 공습에 두려워하고 굶주림에 시달리며 그저 살아내는 데 최선을 다하는 나날이 계속되고 있었다. 어린아이를 안고 물건 사러 온 그녀의 모습도 내 눈에는 부족한 식량을 보충하기 위한 일상적인 주부의 일로밖에 비치지 않았다. 스쳐 지나가는 허무한 만남이었지만 서로의 무사함을 확인할 수 있었던 것만으로도 행운이라고 생각했다. 만약 시간의 여유가 있었다면 나는 당연히 양 씨의 근황 같은 것도 더 자세히 물어봤을 것이다. 용우의 결혼식이 내일이라는 것도 알리고 양 씨가 참석할지 여부도 확인했을 것이다. 그러나 나는 그런 것들까지 포함해 그녀의 처지에 대해서 더 깊이 생각해 볼 여유조차 없이 헤어지고 말았다. 물건 사러 가 코가와까지 왔을 그녀에게 무엇을 하러 왔느냐고 물어볼 필요는 없었으니까—.

　지선(支線)으로 갈아타고 저녁에 작은 역에서 하차하여 땅이 질퍽거리는 외길을 따라가자 드문드문 있던 인가는 금세 끊겼다. 주변에는 소나무와 잡목이 우거진 구릉성의 작은 산이 이어지고 그 사이로 벼 그루터기를 남긴 논밭이 검게 있을 뿐이다. 작은 두 갈래의 길에 접어들어 잠시 망설인 끝에 나는 오른쪽 울창한 숲 그림자 너머로 희디하게 인가의 불빛이 어른거리기 시작한 쪽을 바라보며 길을 택했다. 끈적이는 진흙에 발이 잡히면서 십오 분 가까이 걸어 숲 근처까지 가니 길폭이 갑자기 좁아져 앞으로 나아갈 수 없게 되었다. 어쩔 수 없이 발길을 돌리기로 했지만 한 걸음마다 흙덩이가 구두창에 달라붙어 점점 쌓이면서 갈수록 보행의 자유를 빼앗겼다. 고생하며 간신히 조금 전 두 갈래 길까지 돌아와 이번에는 반대편의 오솔길로 가보기로 했다. 오가는 사람의 그림자조차 없으니 길을 확인할 수도 없었다. 어두운 길을 십 분쯤 걸어가자 산자락의 오솔길을 따라 논밭 한쪽에 한 채의 오두막이 보였다. 희미한 달빛이 비치기 시작했다. 어둠에 익숙해진 눈으로 살펴보니 황토벽을 그대로 드러낸 오두막 입구에 한 장의 휘장이 드리워져 있었고 안에서 말소리가 새어 나왔다. 그것은 내 고향 사투리인 조선어였다. 찾던 용우의 집임이 틀림없었다. 나는 안심하고 구원받은 듯 서둘러 휘장을 젖히고 내부를 들여다보고 또 한 번 놀랐다. 오두막에는 전등도 없었고 용우네 가족은 판자를 깐 마루 위에 자리를 펴고 접시에 등 심지를 켜놓고 화로 뒤의 모닥불을 둘러싼 채 이야기를 나누고 있었다. 나는 조금 전 불빛이 어른거리는 숲 건너편 마을로 가는 길을 선택했던 경솔함이 부끄러웠다. 용우는 작년 봄부터 가코가와로 피난 와서 어머니와 형 용택 부부와 함께 가족 모두가 농사를 시작했다. 농사를 짓는다면, 크고 작은 농가 몇 채가 마을을 이루고 당연히 그의 가족도 그 안에 포함되어 있을 것으로 나는 단순하게 생각했다. 그렇다 치더라도 나는 내심 다소 실망했고 반면에 애당초 저녁밥 짓는 연기가 피어오

184

르는 수호신 숲이 보이는 마을에 자리잡아 가족과 함께 둘러앉아 평온한 시간을 보내는 자유 따위가 내 친구에게 주어질리 없다는 생각을 했다. 생각해 보면, 그것은 굳이 피난 온 농민인 조선인 가족에게만 국한된 일은 아닐 것이다. 겉으로는목가적으로도 보이는 숲 너머 마을에서도 마찬가지라고 말할수 있을 것이다. 사람들의 생활 속에 있어야 할 인간적인 것,삶에서 빼놓을 수 없는 인간다운 온기 같은 것은 이 시대에는뿌리째 모조리 빼앗기고 다 먹혀버리고 있으니까.

화로의 모닥불을 에워싸고 겨우 제정신이 든 나는 그때까지 완전히 잊고 있던 연실을 갑자기 떠올리며 용우에게 말했다.

"연실 씨를 만나봤어?"

용우는 내가 가코가와 역에서 만난 연실 모녀의 모습을 간단하게 말하자, 다 듣고 나서 아쉬운 듯 혀를 찼다. 그러나 그가 하는 말은 어딘가 맞지 않는 듯하여 나는 도무지 알아들을수 없었다.

"도대체 무슨 일이냐?"

답답해진 내가 묻자, 용우는 손으로 나를 제지하며 살짝 귓속말했다.

“나중에 이상한 놈을 만나게 해줄게.”

용우는 수수께끼 같은 말투로 말했다.

“그게 누구냐?”

내가 물어봐도 그는 그냥 고개를 저으며 가만히 있으라고 눈짓만 보낼 뿐이었다. 나도 더 이상은 집요하게 캐묻지 않기로 했다.

조선인과 관혼상제 의식의 관계는 특히 농밀한 편이다. 실제로 나처럼 친구의 결혼식에 참석하기 위해 도쿄에서 어려운 열차 사정을 아랑곳하지 않고 달려올 정도로 오히려 일상적인 일이었다. 내 주위에는 먼 곳에서 온 손님 같은 미지의 남녀 얼굴도 몇몇 섞여 용우와 나의 대화에 은근히 귀를 기울이는 기색이었다. 용우가 나를 제지한 것은 아마 외부의 눈을 의식해야 하는 내용 때문이었을 것이다. 그 일과 만나게 해주고 싶은 이상한 놈과는 무슨 관계가 있는지 짐작조차 할 수 없었지만, 나는 용우의 말에 따라 그 자리에서 연실의 이야기는 더 이상 꺼내지 않기로 했다.

용우의 오두막에는 가족을 포함해 이미 열 명 가까운 친척과 지인들이 모여 있었다. 저녁 식사를 끝내자, 여자들은 다시 내일의 잔치 준비에 들어갔고 용우와 형 용택과 나는 대청마루 한구석으로 밀려났다. 그 뒤로 다시 소주를 더 마시고 완전히 취해 쓰러져 뒹굴뒹굴 자고 있던 나를 용우가 흔들어 깨운 것은 꽤 깊은 밤이었다.

"형과 함께 윗집에 가주지 않겠나? 또 공습이야. 여기에는 전기도, 라디오도 없어서 어느 정도인지 도무지 알 수가 없어. 내일 일도 있으니까 여자들도 좀 자둬야 하는데 잠잘 곳이 좁아서 답답해."

일어나 귀를 기울이자, 먼 곳에서 들짐승의 울음소리와 비슷한 경보 사이렌이 간헐적으로 반복해서 들려왔다. 이미 익숙해져 있을 텐데도 사람을 위협하고 겁주는 듯한 불안감을 조성하며 날카롭게 고막을 파고드는 밤늦은 시간의 사이렌 소리는 섬뜩했다. 용택이 재촉해서 밖으로 나오자, 옅은 달빛이 비치고 있었다. 산자락의 오솔길을 따라 십 분쯤 올라가자, 약간 높은 구릉성 산의 한 모퉁이로 나와 듬성듬성한 소나무 숲으로 둘러싸인 단층 오두막에 도착했다. 용택의 설명에 의하면 이전에 마을 진료소의 격리병동으로 사용되었던 것으로 폐가나 다름없는 것을 임시로 빌려 쓰고 있다고 했다. 한 발짝 집 안으로 들어서자, 정체된 공기 속에 습기 찬 퀴퀴한 악취가 코를 콕 찔렀다.

용택은 문에서 깜깜한 실내를 향해 조용히 말을 걸어 길쭉한 통로를 더듬거리듯 걸어갔다.

“나야, 용택이야.”

안에 누군가 있는 것은 분명했다. 나는 통로에 멈춰 서서 실내의 기척에 귀를 기울였다. 먼저 안으로 들어간 용택이 무엇인가 말하는 소리가 들렸고 곧이어 이렇게 이어졌다.

“정말…… 유지(裕之)가 왔다고?”

놀란 듯 내 이름을 부르짖는 날카로운 목소리가 울렸다. 그 목소리의 주인이 누구인지 나는 바로 알아차렸다. 분명 양 씨였다. 저녁 식사 후에 용우가 귓속말로 해준 말이 떠올랐다. 상대가 양 씨라면 굳이 이렇게까지 비밀스럽게 할 필요 없이 그냥 말해 주었으면 좋았을 텐데 괜스레 허탈한 기분이 들었다. 실제로 역에서 그의 아내와 아이를 마주친 적도 있었고 그가 이렇게 가까이에 있는 줄 알았다면 불러서 함께 소주라도 한잔할 수 있었을 텐데…….

용택이 방 창문에 암막을 치고 등불 심지에 불을 켠 뒤 나를 불렀다. 실내로 올라가자, 일어서서 기다리고 있던 사람은 틀림없이 양 씨였다. 그는 오열하며 신음하듯 한마디 내뱉더니 갑자기 내 두 손을 꼭 붙잡고는 반가운 듯 말없이 몇 번이나 힘주어 흔들었다. 삭발한 머리에 지저분한 작업복을 걸친 양 씨는 볼이 홀쭉해지고 가느다란 눈이 번쩍번쩍 빛나 몹시 초췌해 보였다.

"도대체 무슨 일이야? 저녁 아니 어제 여기에 올 때 가코가 와 역에서 연실 씨를 우연히 만났는데, 네가 여기 있다는 말은 한마디도 안 했어."

"연실이…… 역에 있었어? 아이도 함께? 음 그래서…… 상행 열차로 K시로 돌아가는 길이었어?"

양 씨는 갑자기 힘이 빠진 듯 주저앉더니 마치 허기를 채우려는 사람처럼 처자식의 모습에 대해 집요하게 되묻고 또 되물었다. 내가 본 그대로 물건 사러 온 배낭 위에 딸을 목말에 태우고 있었다고 말하자 양 씨는 갑자기 참다못한 듯 목소리를 떨며 훌쩍거렸다.

"모두 내 탓이야. 내가 그런 어처구니없는 실수만 저지르지 않았더라면 저 사람을 저렇게 고생시키지 않아도 됐을 텐데……."

양 씨는 애달픈 듯 중얼거리며 두 팔로 머리를 감싸 쥐고 상체를 구부린 채 다시 흐느끼기 시작했다. 나는 안타까운 마음에 옆에서 말없이 앉아 있는 용택을 돌아보며 설명해 달라고 재촉했다.

"양 씨 입으로는 말하기 어려울지도 모르니 내가 말할게. 사실 어제 새벽, 아직 날이 밝기 전에 양 씨가 몰래 찾아왔어. 징용지(徵用先) 군수공장에서 도망쳐 나왔다는 거야."

“징용지에서 탈주했다고? 엄청난 일을 저질렀군…… 그래서 연실 씨도 이 사실을 알고 있어?”

“아니, 몰라. 물론 지금쯤이면 경찰이나 헌병대가 이미 수사에 착수했을 거라고 생각해야 해. 네가 자는 동안 용우와도 얘기했는데 너는 내일 결혼식이 끝나면 바로 연실 씨에게 연락해 줄 수 있겠니? 여기에 얌전히 숨어 있으면 양 씨는 당분간 들통날 일은 없을 거야. 괜찮을 거야. 다만, 연실 씨가 부주의하게 유도신문에 걸려 이 근처에 아는 사람이 있다고 한마디라도 새어 나가면 위험해. 그리고 상황을 알려서 연실 씨를 안심시킬 필요가 있어.”

물론 내게는 다른 의견이 있을 리 없었다. 양 씨와 연실의 위급한 상황에 조금이라도 도움이 될 수 있다는 것이 오히려 기뻤다. 양 씨는 용택과 주고받은 세 통의 우편물도 모두 소각해 왔다고 했다. 그는 남의 눈에 띄지 않도록 조심해서 전철을 타고 지선 바로 앞 역에서 내려 용택의 집까지 걸어왔다고 하니 사전에 상당히 치밀하게 준비한 모양이었다.

“시영전철 운전수는 공적인 기관 소속이기 때문에 웬만한 큰일이 아니면 징용 대상은 아니라고 들었지만, 너도 운이 참 나빴구나.”

나는 순간 떠오른 의문을 입 밖으로 꺼냈다. 징용을 피하기 위해 머리를 써서 들어간 직장에서 양 씨가 징용되었다는 사실은 아이러니하게 느껴졌다. 무난하게 근무만 하고 있었다면 그곳은 분명 일종의 안전지대가 될 수도 있었을 것이다. 그것이 나는 도무지 이해되지 않았다.

"미안해. 모두에게 폐를 끼쳐 버렸어. 이렇게 된 것도 다 내가 저지른 실수 때문이야. 너는 아직 사정을 잘 모르겠지만, 나는 이렇게 되기까지 상당한 소동을 일으켰어."

고조되었던 감정이 조금 가라앉고 어느 정도 냉정함을 되찾은 듯한 양 씨는 고개를 돌려 손등으로 재빨리 눈가를 훔치고는 결심한 듯 말했다.

"나는 말이야…… 잠깐 형무소에 들어가 있었어. 그것도…… 사람을 죽여서 말이야."

"사람을……?"

나는 말문이 막힌 채 양 씨를 똑바로 바라보았다.

"순간의 우발이었어. 하지만 결과는 이렇게 되어 버렸어……."

1941년이 끝나갈 무렵, 일본 전역이 진주만 기습공격의 전쟁 결과에 고양돼 승리의 기분에 들떠 있던 어느 날 밤의 일이었다고 했다. 양 씨가 운전하던 막차 시각의 전철 안에서 한

취객이 옆자리 승객에게 끈질기게 시비를 걸었다. 여자 차장이 조심스럽게 아무리 주의 줘도 그 취객은 깔보는 듯 듣는 둥 마는 둥 전혀 태도를 바꾸지 않았다. 운전대에 앉아 있던 양 씨에게도 취객의 무례한 언행은 처음부터 끝까지 다 들렸다. 결국 그는 참지 못하고 그 승객에게 호통쳤다고 한다.

"여긴 술집이 아니에요. 주위 승객들도 모두 불편해하고 있어요. 적당히 좀 하지 않겠소!"

그러자 취객은 자리에서 비틀거리며 일어나 일부러 운전대 쪽으로 걸어와 양 씨의 얼굴을 빤히 쳐다보고는 흥 하고 콧방귀를 뀌며 조롱하듯 소리쳤다.

"어린애 장난감 같은 전철을 모는 주제에 말 같지도 않은 말만 하고 승객한테 설교를 늘어놓는 거야? 너 같은 놈은 입 다물고 핸들이나 갖고 놀아. 게다가 그 얼굴은 뭐냐, 조선인 같은 괴상한 면상 주제에."

조선인에 대해 왈가왈부하는 한마디가 양 씨의 기분을 순식간에 뒤틀어 놓았다. 분노한 양 씨는 정류장 사이의 한중간이었음에도 아랑곳하지 않고 급정차해 상대를 강제로 끌어내렸다. 그리고 다시 출발시켜 홧김에 한층 더 속도를 올린 직후, 앞쪽 선로 위에 검은 사람 그림자를 발견하고 급브레이크를 밟았지만 이미 늦었다. 다행히도 그때 뛰어오르던 중년 남

성은 거의 선로를 다 건너던 시점이라 기적적으로 목숨을 건
질 수 있었다. 추위가 심해 피해자가 두툼하게 옷을 입은 것
도 양 씨에게는 행운이었다. 그러나 명백히 그의 과실이었기
에 당연히 엄중한 처분을 피할 수는 없었다.

기분이 상해 있던 양 씨는 비번 날, 안면이 있는 동포의 집
을 슬쩍 찾아가서 마침 와있던 남자들과 기분 전환 삼아 화투
를 치며 놀다가 사소한 일로 말다툼이 벌어졌다. 상대 남자가
갑자기 앞을 가로막더니 재떨이로 양 씨의 머리를 내리쳤다.
반사적으로 일어선 양 씨는 오른발로 상대의 아랫배를 걸어
찼다. 가볍게 견제할 생각이었지만 복싱으로 단련된 다리 힘
으로 사타구니를 정통으로 맞은 남자는 금세 기절하고 쓰러
져버렸다. 모든 것이 순식간에 벌어진 일이었다. 곧바로 병원
으로 옮겼지만, 내출혈이 심해 손쓸 도리가 없었다고 한다. 살
의는 전혀 없었다고 해도 한 사람을 죽음에 이르게 한 죄는 피
할 수 없었다.

양 씨는 상해치사죄로 기소되어 징역 4년을 선고받았다. 관
대한 판결이라고 할 수 있었지만 이는 피해자의 아내가 양 씨
에게 상당히 유리한 증언을 한 덕분에 정상 참작에 큰 도움이
되었기 때문이었다. 유민이나 다름없는 생활을 일삼던 피해
자는 평소 가족을 얼마나 괴롭혔는지 그의 아내는 법정에서

"잘 죽었습니다."라고 아무렇지도 않은 듯 증언했다고 한다.

"아무리 제멋대로인 마누라한테 그렇게까지 말을 들을 수 있는 남자라도 한 사람의 인간이야. 게다가 우리 동포야. 자식도 둘 있다고 들었어. 정말 미안한 짓을 저질렀다고 아무리 후회해도 이미 늦었어. 적어도 속죄의 공양으로 나는 진심으로 반성했어. 형무소 안에서……."

복역한 양 씨는 오로지 모범적으로 생활했다. 그 덕분인지 지난해 가을 출소가 허락되었지만, 동시에 그는 징용 대상이 되었다고 한다.

"3월의 대공습으로 도쿄도 거의 불타버렸다고 하고, 매일 선반 앞에서 군용 트럭의 샤프트를 갈고 있어도 연실과 딸을 생각하면 미칠 것 같았어. 나 자신이 언제 소이탄에 맞을지 폭탄에 불쑥 맞아 죽을지도 모르잖아. 어차피 죽을 거라면 모 아니면 도라고 결심했지. 도중에 들켜서 맞아 죽더라도 아내와 딸과 함께 죽을 수 있다면 여기서 끝내도 좋지 않을까?"

소년 시절부터 성질이 급하고 제멋대로였으며 걸핏하면 싸우려 했던 양 씨의 직설적이고 충동적인 성격이 불러온 사건이라고 해버리면 그만이지만 이야기를 듣고 있던 내 마음은 무거웠다. 그가 조급해질수록 더 깊은 수렁 속으로 빠져들지 모른다는 불안이 나를 짓눌렀다. 지금은 모든 사람이 전쟁이 몰고 온 고통 속에서 몸부림치고 있는 시대였다. 설사 그가 가족 안에서만이라도 안식을 찾으려 한다 해도 그 자유가 그에게만 쉽게 주어질 리 없었다. 그러나 그렇다고 해도 그는 처자식과 함께 무사히 살아갈 방법을 생각하지 않을 수 없었다.

자정부터 새벽까지 우리는 반복적으로 으스스한 소리를 내는 공습경보 사이렌을 들었다. 초조해하는 양 씨와 나는 몇 차례나 오두막 밖으로 나갔다. 작은 언덕의 한쪽에 서서 동쪽을 바라보니 저쪽 하늘 일대가 검붉고 탁한 불길한 빛으로 물들어 있었다. 혹시 게이한신(京阪神) 지역이 집중적으로 공격받은 것은 아닌가 하는 생각도 들었다. 양 씨는 말없이 애처로운 한숨을 계속 내쉬었다. 오두막으로 돌아가 누워 있어도 나는 잠이 오지 않았다. 양 씨는 끊임없이 처자식을 걱정했고 용택도 오사카에서 올 예정인 용우의 신부가 무사한지 걱정하며 불안한 헛기침을 반복하며 잠을 이루지 못하는 듯했다. 나도 징병 검사를 마친 상태였고 언제 입영 통지가 올지 모르는 상황이었다. 우리는 뜬눈으로 각자의 생각과 불안을 견디며 한밤중 암흑 속에서 짐승의 으르렁거리는 소리를 연상케 하는 사이렌 소리를 계속 들었다.

오사카에서 오전 중 도착할 예정이던 신부 일행은 끝내 모

습을 보이지 않았다. 그것을 대신하듯 정오가 되어도 공습경보 사이렌이 몇 차례나 불길하게 울려 퍼졌다. 남쪽 하늘에서는 짙은 녹색 위장 무늬를 두른 미군 함재기 편대가 초저공으로 마을 위를 스치며 안하무인처럼 날아갔다. 용택과 양 씨와 나는 소나무 숲으로 둘러싸인 동산에 올라가 나무 그늘 아래에서 맑게 갠 상공을 살폈다. 아득한 하늘에서 어느 쪽인지 분간할 수 없는 두 개의 검은 점 같은 기체 그림자가 교차하다가 그중 한 대가 갑자기 꼬리날개 근처에서 옅은 회색 연기를 가늘게 뿜으며 실이 끊어진 종이 문어처럼 균형을 잃고 시야 속으로 떨어졌다. 기체가 소리 없이 소나무 숲 위를 스쳐 지나가는 순간, 잠자리를 연상케 하는 황토색 긴 동체 위로 선명한 붉은 원, 히노마루(日の丸)가 보였다.

나와 용택은 마을 사람들의 눈에 띄는 것을 두려워하며 양 씨를 산속 오두막에 남겨둔 채 언덕 하나를 사이에 둔 추락 현장으로 달려갔다. 기체는 수분을 머금은 질퍽한 논밭으로 기체의 앞부분부터 비스듬히 푹 빠져있었고 꼬리날개 끝부분만이 거무스름한 벼 그루터기 사이로 고요히 튀어나와 있었다. 기체에서 유출된 기름은 논에 고인 물 위로 퍼져 일렁이며 반짝이는 무지개 빛으로 빛났다. 꼬리 날개의 일부를 제외하면 주변에는 기체 파편처럼 보이는 것은 하나도 보이지 않았다.

아마 조종사는 탈출할 겨를도 없이 그대로 땅속에 묻혀버렸을 것이다. 그것도 나와 그다지 나이 차이가 없는 젊은이였을 것이다. 보도 기사에서 흔히 볼 수 있는 '장렬한 전사'라는 문구가 자꾸만 머릿속을 스쳤다. 한 인간이 이렇게도 허망하게 죽을 수 있는 것인가. 나는 황량한 벌판에 내던져진 강아지처럼 불안했다.

"저렇게 죽는 것도 역시 괴로울까?"

마음속에서 치밀어 오르는 흥분을 억누르지 못한 나는 용택을 흘끗 바라보며 조심스레 물었다.

"쓸데없는 생각 하지 마. 죽은 사람은 안됐지만, 이건 전부 미친 짓이야. 우리는 그저 살아남을 생각만 하면 돼."

내가 곧 군대에 끌려갈 것이 확실하다는 걸 알고 있는 용택은 내 마음의 동요를 눈치챘는지 화난 듯한 어조로 단호히 말했다.

"설령 군대에 가더라도 바로 전쟁터로 가는 것은 아니잖아, 나약해지면 안 돼!"

용택이 아무리 격려해줘도 전쟁은 이미 코앞에서 벌어지고 있었다. 위험에 노출되어 있다는 점에서 용택도 나도 그리고 산속 오두막에 숨어 있는 양 씨도 모두 같은 선상에 서 있는 것과 다름없었다. 그래서 나에 대한 용택의 격려는 곧 그의 결의이기도 했을 것이다. 용택은 용우의 결혼식이 완전히 무산되었음을 암묵적으로 인정하는 눈치였다. 그리고 결혼식 자체가 무산된 것도 안타까웠지만 나타나지 않은 신부의 신변에 무슨 일이 벌어지고 있는지가 더욱 절실한 문제였다. 그 신부의 운명을 포함해 무언가가 우리 눈앞에서 진행되고 있으며 일본에서 실제로 일어나고 있다는 확실한 예감이 들었다.

오후에 나는 결혼식에 대한 미련을 버리고 양 씨와 용우 형제에게 작별을 고한 뒤 연실과 연락을 취하기 위해 K시로 향했다. 정각보다 늦게 출발한 상행 열차는 선로 위에서 오도가도 못한 채 멈춰 서 있었다. 그 모습만 보아도 어젯밤 공습으로 인한 피해 규모를 짐작할 수 있었다. 중간역을 스쳐 지나가는 하행 열차의 깨진 창문 너머로도 얼핏 이재민임을 한눈에 알아볼 수 있는 허탈한 표정의 승객들이 보였다. 상행 열차 창밖으로 몸을 내밀어 플랫폼 너머로 전날 밤의 피해 상황을 묻는 승객도 있었다.

"방첩정신(防諜精神)이 결여돼 있잖아, 거기 남자……."

갑자기 맹렬한 호통이 울렸다. 둘러보니 앞쪽 통로에 군도를 들이대며 가로막은 하사관 복장의 남자가 턱을 내밀고 차안을 노려보고 있었다.

"경솔하게 피해 상황을 퍼뜨리는 것은 유언비어의 근원이다. 괘씸하군. 엄중히 언행을 삼가라!"

하사관 복장의 사나운 호통에 압도당했는지, 창문으로 몸을 내밀고 있던 나이 든 남자는 민망한 듯 주위를 둘러본 뒤 말없이 고개를 숙였다.

저녁 무렵에 겨우 K시에 도착해 보니 S 마을 주변에서 시내 중심부에 이르는 일대가 B29에 의한 대규모 파상공격(波狀攻擊)을 받아 불타올랐고 괴멸적인 피해를 입은 상태였다. 나는 예전에 용우가 살던 변두리 쪽으르 무작정 서둘러 갔다. 시내 곳곳에서 불에 타 무너진 집들의 잔불이 계속 연기를 내뱉고 있었고 한여름의 강렬한 햇빛을 떠올리게 하는 복사열을 뿜어내고 있었다. 사철의 고가 아래에 이르자 갑자기 강렬한 악취가 코를 찔렀다. 부패한 고기와 짐승의 그을린 털이 내뿜는 악취를 응축한 것으로 보이는 이상한 냄새가 그 일대 공기에 가득 메우고 있었다. 금세 위장을 움켜쥐는 듯한 느낌과 함께 견딜 수 없는 구역질이 몰려와 나는 길가에 주저앉고 말았다. 문득 고가철도 아래로 눈을 돌리자, 기둥 그늘에 포개진 채 방치된 두 구의 사체가 보였다. 게다가 그 근처에는 불에 탄 세 구의 사체가 나뒹굴고 있었다. 옷과 머리카락은 흔적 없이 타버렸고 배는 새까맣게 부풀어 오른 채 팔다리는 꺾여 있었으며 허공을 붙잡으려는 듯 손가락을 구부린 자세로 드러누워 있는 것도 있었다. 그 옆에는 가느다란 팔다리가 꺾인 채 벌렁 드러누운, 마치 지장보살을 연상시키는 작은 사체가 바싹 달라붙어 있었다. 큰불에 쫓겨 도망갈 곳을 잃은 모자였을지도 모른다. 주위에 서서히 황혼의 빛이 감돌기 시작하면서 그 자체가 죽음에 잠긴 듯한 공기가 미세하게 떨렸고 작은 날갯짓 소리가 끊임없이 들려왔다. 뚫어져라 바라보니 시커멓게 그을린 사체 위로 작은 점처럼 보이는 것들이 무수히 들끓으며 날아다니고 있었다. 이 계절에는 좀처럼 보기 드물 정도로 엄청난 수의 파리떼였다.

문득 나는 예전에 바닷가에서 보았던 한 젊은 여자의 익사체를 떠올렸다. 그 시신은 갯바위 웅덩이의 수면 위에 반듯이 누운 채 천천히 파도에 흔들리고 있었다. 검은 수초처럼 퍼진 머리카락이 얼굴을 완전히 덮고 있었고 배는 기이하게 부풀어 올라 비정상적으로 커 보였다. 바랜 팥색 기모노를 입고 흰 버선을 신은 채 불어난 두 발목에는 가느다란 끈이 묶여 있었는데 그 끈은 살갗 깊숙이 파고들어 있었다. 그 가느다란 끈이 견딜 수 없는 고통의 끝에서 죽음을 선택한 여자의 슬픔을 짐작하게 했다. 어쩌면 그녀는 자신의 불행을 죽음보다 훨씬 무겁게 받아들이고 그 괴로움에서 벗어나기 위해 바다로 몸을 던졌을지도 모른다. 그러나 그 시신은 분명 인간적인 무언가가 있었기에 나를 아프게 했던 기억이 난다. 반면 지금 눈앞에 펼쳐진 죽음은 압도적인 살육의 의지에 의해 강제된 집단적 죽음이었고 사소한 감상조차 스며들 틈이 없었다. 그 앞에서 사람은 누구나 감수성이 마비된 채 무감각한 존재로서 스쳐 지나칠 수밖에 없었다. 나는 치밀어 오는 구토를 참으며 땅거미가 짙어지기 시작하는 잿더미 위를 잰걸음으로 달렸다. 표적이 될 만한 건물은 거의 잿더미르 변해 있었고 폐허가 된 길에는 마치 미로와 같은 불안이 감돌았다. 도로 양쪽의 불타버린 자리에는 검은 무덤 같은 잿더미와 파편들이 끝없이 이어져 있었다. 타다 남은 고목을 연상시키는 전봇대에서 거미줄처럼 늘어진 전선들만이 이곳이 한때 도로였음을 가리키고 있을 뿐이었다. 숨을 헐떡이며 계속 달리다 보니 연실 모녀가 살아남아 있을 것이라는 기대는 거의 무의미하다는 생각마저 들었다. 땅거미가 짙어지면서 잿더미 곳곳에서 적황색의 작은 불꽃들이 반짝이기 시작했다. 수북이 쌓인 재 속에는 잔불이 파묻혀 있었고 불타버린 대지의 티통한 시선처럼 끈질기게 불안을 자극하며 좀처럼 사라지지 않았다.

시내 중심부를 가로질러 Y 마을을 동쪽으로 빠져나와 간신히 강 위의 다리에 다다랐을 때, 나는 어느새 치밀어 오르는 뜨거운 감정을 더는 참을 수 없었다. 강 건너편에는 땅거미 밑에 낮고 초라한 집들의 그림자가 불빛 하나 없이 고요하게 가로놓여 있었다. 연실이 사는 판자촌의 한쪽은 다행히도 간밤의 피해를 피한 듯 보였다. 나는 어두운 강에 시선을 떨구며 몇 번이고 눈시울을 훔쳤다. 만조 때면 강 위에는 검은 딱지를 연상시키는 이끼가 떠다니고 악취를 풍기는 오수가 도로로 넘쳐 좁고 뒤엉킨 미로 같은 골목으로 흘러들곤 했던 판자촌의 집이 더없이 그리웠다.

다리를 건너 골목으로 들어서자 판잣집의 문과 창문에는 방공용 암막이 단단히 쳐져 있었지만, 틈새로 희미한 불빛이 새어나오는 집도 있었다. 나는 급한 걸음으로 구석진 곳에 있는 양 씨의 판잣집 문 앞에 서서 말을 걸어 보았다. 암막을 단단히 두른 내부에서는 아무런 반응이 없었다. 갑작스러운 불안이 치밀어 올라 문고리를 잡고 열어보려 했으나 문은 굳게 잠겨 있었다. 나는 다시 똑똑 문을 두드리며 말을 걸고 답을 기다렸다.

"누구세요?"

안에서 수상쩍게 경계하는 연실의 목소리가 들렸다. 내가 작은 목소리로 이름을 말하자, 빠른 걸음으로 움직이는 기척이 들렸고 암막을 살짝 걷어 올린 연실이 유리문 건너편에 서 있었다. 연실은 유리를 통해 살짝 엿보듯 이쪽을 살피더니 나를 알아보고 '아' 하고 작게 내뱉었다. 그녀는 실내를 한 번 돌아보고 잠시 망설이는 듯 머뭇거린 뒤, 문 잠금 열쇠를 풀었다. 좁은 토방에 발을 들이고 실내를 살펴보니 다다미 여섯 장 정도 넓이의 한쪽 구석에 사과 상자가 세로로 놓여 있었고 그 안에는 등불처럼 가느다란 양초가 켜져 있었다. 깔아놓은 침구 위에는 어제 가코가와 역에서 연실이 목말을 태우고 있던 단발머리의 딸이 자고 있었다. 머리같에는 부풀어 오른 배낭이 놓여 있었고 그 위에는 피난용 방공 두건 두 개가 올려져 있었다. 이것들을 미루어 보아 연실은 재차 공습에 대비해 대피 준비를 갖추고 만일의 정전에 대비해 양초까지 준비한 채 딸과 잠깐 눈을 붙였음을 짐작할 수 있었다. 옷차림도 꼭 맞는 일복을 입고 있었다.

연실은 황급히 침구를 반으로 접어 딸을 구석으로 밀어놓고 마루 입구 문지방에 앉아 있던 내 자리를 마련하기 시작했다. 나는 손짓으로 연실을 제지했다. 이들 모녀의 무사한 모습을 확인한 것만으로도 기뻤다. 실내에 들어가도 내가 편히 앉을 만한 자리는 없었고 나에게는 시간도 많지 않았다. 연락하는 임무만 마치면 나는 삼촌의 안부를 확인하기 위해 그 길로 오사카로 갈 생각이었다.

"어쩐 일이세요? 제가 깜짝 놀라서…… 어서 올라오세요."

그리고 보니 한쪽 구석에 앉아 있던 연실의 뺨은 홀쭉하게 야위어 있었다. 얼굴도 그을린 듯 보였고 큰 눈은 약간 치켜 올라 표정이 험하게 보였다. 머리카락은 실보무라지처럼 엉켜 흐트러져 있었다. 어젯밤부터 딸과 저 배낭을 멘 채 제대로 잠도 못 자고 오늘을 맞이한 것 같았다.

"S 역에서 걸어오는데, 거리가 너무 심하게 피해를 입은 걸 보고 많이 걱정했어요. 무사해서 정말 다행이에요. 어젯밤은 힘들었죠? 그보다 사실 양 씨가 가코가와에 있는 용우네 집에 있어요."

"네? 우리 남편이요?"

연실은 깜짝 놀란 듯 몸을 뒤로 물리며 믿을 수 없다는 표정으로 입을 닫았다. 말없이 나를 뚫어지게 바라보던 그녀는 단정한 입술을 살짝 벌려 좌우로 늘리며 희미하게 웃는 듯한 표정을 지었다. 그 표정을 보고 나도 모르게 웃음이 터지려는 순간 그녀는 갑자기 낮게 신음하듯 격렬하게 울기 시작했다. 다다미 위에 양손을 짚고 고개를 숙인 채 부끄러움도, 체면도 모두 벗어던진 듯 두 눈에서 뚝뚝 눈물을 흘리며 흐느꼈다. 나는 문득 그 판자촌에서 '참새'라 불리던 소녀 시절의 연실이 떠올랐다. 그리고 내 얼굴도 울고 웃는 표정이 뒤섞이며 구겨지는 듯 일그러지는 것을 느꼈다. 그러자 또 할머니에게 몹시 혼이 나도 오줌을 싸며 울음을 그치지 않고 반항하던 소녀 시절의 연실이 가슴 아프게 떠올랐다.

나는 그렇게 한참 동안 말없이 연실과 마주 보고 있었다. 나는 이들 모녀의 무사함을 확인하고 연락하는 역할을 마쳤다는 생각이 들자 오사카에 있는 삼촌의 안부가 몹시 궁금해졌다. 연실 모녀는 다행히 공습의 피해를 면했지만, 삼촌 역시 무사하리라는 보장은 어디에도 없었다. 그렇게 생각하니 나는 마음이 더욱 조급해졌다. 한시라도 빨리 오사카로 향하고 싶었다. 하지만 나는 울부짖고 있는 연실을 내버려 둔 채 냉정하게 떠날 수도 없었다. 나는 망설였다. 공습 직후의 혼란 때문인지, 아직 수사의 손길이 뻗치지 않았다고 해도 언젠가 이곳도 급습당할 것이 분명했다. 그것은 바로 지금 내 눈앞에서 일어날 수도 있고 내가 떠난 직후에 닥칠 수도 있을 것이다……. 곰곰이 생각에 잠겨 겨우 마음을 가다듬은 나는 흐느끼던 눈물을 닦고 있는 연실에게 조심스레 물었다.

"앞으로 어떻게 하시겠어요?"

그 말은 마치 나 자신에게 묻는 것이기도 했다.

"저는 이제 오사카에 가지 않으면 안 되니까요."

나는 무심코 그렇게 말했다.

"오사카에요?"

연실은 몸을 부르르 떨며 겁먹은 듯한 목소리로 말했다. 그리고 나를 바라보고 고개를 가로저었다.

"가지 마세요…… 고(高) 씨가 올 때까지는 딸과 함께라면 언제 죽어도 괜찮다고 각오했어요. 하지만 양 씨가 살아서 용우 씨의 집에 있다는 것을 알게 되니까, 뭔가 갑자기 무서워졌어요. 저는 죽고 싶지 않아요. 적어도 오늘 밤만은 여기서 자고 가세요. 나만 내버려 두고 가지 말아 주세요……."

연실은 마치 눈에 보이지 않는 무언가에 완전히 겁먹은 듯이 눈꼬리를 치켜올린 채 몸을 계속 떨고 있었다.

"자고 간다고 해도……."

나는 연실의 얼굴에서 시선을 돌려 좁은 방을 재빨리 둘러보았다. 그것은 안 되는 것이라고 생각했다.

"……."

당혹스러워진 내가 애매하게 고개를 저었다. 그러자 연실은 겁을 떨쳐내려는 듯한 날카로운 목소리로 말했다.

"저를 데려가 주세요!"

"어디로요?"

"양 씨가 있는 곳으로요…… 이 방에 혼자 남겨진다면 틀림없이 미쳐버릴 거예요. 부탁이니 제발요!"

연실은 다시 다다미 위에 두 손을 짚고 고개를 숙인 채 소리 없이 어깨를 떨기 시작했다. 나는 그녀의 기세에 눌린 듯 잠시 시선을 허공으로 돌렸다. 그녀의 부탁은 도저히 거부할 수 없는 것으로 느껴졌다.

4

아침부터 반복해 예고되었던 정오의 '중대 방송'이 시작되자, 갑자기 라디오에서 거드름 피우는 듯한 목소리로 '기립……'이라는 명령이 흘러나왔다.

"일어날 필요 없어. 모른 척해!"

라디오 앞에서 귀를 기울이고 있던 삼촌이 나란히 앉아 있는 나를 돌아보며 비아냥거리듯 말했다. 물론 나도 일어설 생각 따위는 전혀 없었다. 방송을 듣는 중에 라디오 앞에서 기립하다니 그런 일은 들어본 적도 없다. 방송을 듣기 위해 일부러 찾아온 근처의 동포 주부들도 옆에서 꼼짝도 하지 않았다.

이윽고, 기미가요(君が代)가 연주되었고 곧 모래알을 비비는 듯한 잡음 사이로 억양이 뒤죽박죽 섞인 이상한 목소리가 라디오에서 흘러나왔다. 삐— 삐— 치— 치— 하고 귀에 거슬리

는 잡음이 더해져 의미가 분명하지 않은 천황의 목소리가 국민들에게 무언가를 호소하고 있는 듯했다.

"나는 깊이…… 정세가…… 현상을…… 감안하고……."

하지만 소리가 조각조각 들리는 정도였다. 우리는 초조하게 고개를 갸웃거리며 참을성 있게 귀를 기울였지만 '옥음방송(玉音放送)'은 끝내 의미를 알 수 없는 상태로 끝나버렸다. 이어서 스즈키 간타로(鈴木貫太郎, 1868-1948) 수상의 방송이 시작되었다. 그리고 잡음 탓에 제대로 들리지 않는 그 목소리 속에서 '종전의 조칙(終戦の詔勅)'이라는 한마디가 내 고막을 때렸다. 등줄기를 타고 오한 같은 떨림이 스쳤다. 명치 부근에서 치밀어 오르는 뜨거운 덩어리가 번쩍하며 가슴을 꿰뚫고 얼굴이 갑자기 화끈거렸다.

"전쟁이 끝났어!"

나는 흥분한 목소리로 삼촌에게 소리쳤다.

"이제 전쟁이 끝났어요!"

삼촌은 순간 믿을 수 없다는 표정으로 나를 바라보다가 내가 계속 반복해서 외치자 물었다.

"정말, 끝났어?"

중얼거리듯 말하고는 갑자기 어깨를 축 늘어뜨렸다. 나와 삼촌은 서로 얼굴을 마주 본 채 숨을 고르며 한동안 말없이 있었다.

"이봐…… 농담이지? 지금 한 말, 정말 아니지?"

나와 삼촌의 대화를 옆에서 듣고 있던 동네 아주머니가 애매한 웃음을 입가에 머금고 의심스러운 듯 물어왔다. 반쯤 기대하면서도 배신당할 것이 두려워서인지 바로 믿을 수 없는 모양이었다.

"무슨 말을 하는 거예요, 아주머니!"

삼촌이 갑자기 큰 소리로 말했다.

"이런 중요한 일을 농담이나 거짓말로 말할 수 있겠어요? 정말이에요, 정말 끝났다니까요…… 그렇지?"

삼촌은 다시 한번 나에게 동의를 구했고 내가 고개를 끄덕이자 말했다.

"봐요, 맞죠?"

삼촌은 가슴을 펴며 아주머니에게 말했다.

"그렇다면 아저씨도 돌아갈 수 있겠네요. 고향이 어디예요?"

오(吳)나라의 해군공창에 남편이 징용되었다는 아주머니는 무언가를 묻고 싶은 듯한 눈빛으로 삼촌의 얼굴을 살폈다.

"걱정 마세요. 전쟁만 끝나면 군인도 더 이상 필요 없고 대포 탄알 같은 것도 만들 필요 없어요. 안심하세요. 아저씨도 곧 돌아올 거예요. 언제 돌아와도 좋도록 몸이나 잘 씻고 기다리세요!"

흥분한 삼촌은 두 손바닥을 비비며 장난스럽고 들뜬 목소리로 말했다. 그러자 아주머니의 얼굴이 순식간에 붉어졌고 갑자기 눈물을 글썽이며 긴 한숨을 내쉬며 고개를 숙였다.

"울고 싶으면 우세요. 마음 내키는 대로 울어요."

고조된 기분을 억누를 수 없는 듯 삼촌은 계속 말했지만, 그의 눈도 차츰 촉촉해졌다. 나를 사로잡은 격한 감동의 물결 속에서 마치 기포처럼 몸 안에서 한꺼번에 터지는 듯한 느낌이 들었다. 팔다리가 저리는 듯한 허탈감이 몰려오자 나는 말없이 어깨를 떨구었다. 몇 시간이 지나자 몸속 깊은 곳에서 다시 뜨거운 것이 부글부글 끓어오르는 듯했다. 새로운 활력이 몸 구석구석까지 차오르는 듯했다. 그러자 복받치는 뜨거운 감정 속에서 붉은 꽃무늬 문양의 원피스를 입은 연실의 모습이 떠올랐고 원피스 자락에 흔들리는 붉은 봉선화가 뇌리를 스쳤다. 이제 연실도 살아 남았구나라고 스스로에게 말하며 마음을 다잡았다. 그 공습의 밤, 연실 모녀를 데리고 다시 가코가와로 돌아간 나는 심야 역에서 새벽이 오기를 기다린 후 용우의 집에서 무사히 양 씨와 만날 수 있었다. 그 후 양 씨는 지인을 의지해 아마가사키(尼ヶ崎)로 옮겨갔고 지금도 그곳에

서 조용히 몸을 숨기고 있을 것이다.

패전의 해 연말이 다가올 무렵, 피난처인 가코가와에서 다시 K시로 돌아간 용우를 찾아간 나는 쌀을 사러 쇼나이(庄内) 농촌 지역으로 나간 채 양 씨가 행방불명되었다는 소식을 전해 들었다. 연실은 딸을 등에 업고 여기저기 찾아다녔다고 한다. 용우 형제도 식량도 구할 겸 두 차례 정도 연실과 동행했지만, 소식은 전혀 알 수 없었고 전시 중 도망친 경력 때문에 수사를 부탁하는 것도 조심스러워 미뤘다고 한다. 신문의 사회면을 떠들썩하게 장식했던 것처럼 많은 사람이 탄 열차에서 떨어져 불의의 추락사를 당했을 가능성도 생각할 수 있었다. 혹은 그의 소지금을 노린 누군가의 범행…… 등 나는 용우와 함께 여러 가지 가능성을 이야기해 보았지만, 그것은 어디까지나 상상의 범위를 벗어나지 않았다. 생각하고도 싶지 않았지만, 만약 양 씨가 죽었다고 해도 어딘가에 시신이 있어야 할 터였다. 그러나 그런 흔적조차 전혀 발견되지 않았다…….

부모와 자식, 세 식구의 생활을 되찾았다고 굳게 믿고 있었던 연실은 두 살배기 딸을 안고 패전의 혼란스러운 거리로 내팽개쳐져 있었다. 연실의 할머니는 이미 병으로 세상을 떠났다. 어머니의 소식은 생사조차 확인할 길이 없었다. 게다가 양 씨의 아버지도 타계했다. 전쟁 중과는 또 다른 의미로 패전 직후의 생활난은 매우 혹독했다. 친척이 없는 연실 모녀를 그냥 내버려 두면 순식간에 먼지처럼 거리의 허공 속으로 흩어질 염려가 있었다. 나는 용우 형제에게 이야기하고 설날에 사용할 식량을 장만할 겸 연실과 함께 양 씨를 찾기 위해 쇼나이에 가는 것을 승낙받았다.

우리는 저녁 시간 첫 열차로 오사카를 출발해 다음 날 사카타(酒田)에서 지선으로 갈아타고 곡창지대가 있는 작은 역에서 하차했다. 쌓인 눈길을 따라 예전에 양 씨가 쌀을 사러 다녔다는 농가를 찾아갔다.

농가의 주인은 오십 대 중반의 부드러운 눈을 가진 순박해 보이는 사람이었다. 아내도 마치 흙에서 태어난 사람이라고 말하고 싶은 듯한 소박한 성품이었다. 우리 일행을 반갑게 맞이한 농가 부부는 화로를 둘러싸고 앉아 양 씨의 추억을 번갈아 가며 이야기했다. ―아이가 옴을 앓아 손발에 거북 등껍질 같은 딱지가 생겨 아파서 걷는 것도 힘들고 학교에 다니기도 어려웠을 때 그것을 안타깝게 여긴 양 씨가 특효약을 찾아준 지 한 달 정도 만에 완쾌된 적이 있었다고 한다. 그 옴의 특효약은 중국인의 한약방에서 일부러 찾아온 것이라고 농가 주인은 옆에서 아내의 말에 덧붙여 말했다. 바늘이 없어 곤란하다는 이웃 아주머니의 푸념을 들은 양 씨는 다음에 올 때는 바늘에 무명실까지 구해와 전달해 주는 사람이었다는 것……. 농부 아내는 온통 튼 억센 손으로 화로에 장작을 지피면서 눈가를 촉촉이 적시며 계속 이야기를 이어갔다. 양 씨가 마지막으로 쌀을 사러 왔을 때 무슨 사고가 있었던 것은 아닌가 하고 생각했지만 양 씨는 그 농가에 전혀 모습을 나타내지 않았다는 것이다. 처음 들어보는 낯선 지역의 사투리는 처음에는 이해하기 어려웠지만, 시간이 지나면서 나에게도 충분히 통했다. 말 이상으로 농부의 마음이 전해져 오는 것이었다. 그들을 도저히 의심할 수는 없었다. 이미 두 번이나 드나든 용우 형제는 마치 내 마음을 암묵적으로 헤아린 듯 농가 주인과 함께 하얀 탁주가 담긴 잔을 입에 털어 넣었다. 딸을 화롯가 옆에 눕힌 연실은 부은 눈을 내리깔고 묵묵히 농부 아내의 말에 귀를 기울였다.

농가 주인은 우리가 가져간 고무장화를 쌀과 교환하기 위해 용우 형제를 데리고 인근 농가르 갔다. 나도 멍하니 화롯가에 앉아 있을 수만은 없었다. 화로 앞에 있어도 온기를 느끼는 것은 얼굴과 손끝 정도뿐이었고 뒤통수에서 등으로 이어지는 곳에는 오싹오싹 냉기가 스며들었다. 날씨는 눈 깜짝 할 사이에 변하는 것 같았다. 눈보라가 몰아치는가 싶더니 어느 순간 바람 소리가 뚝 멎고 정적 속에서 삐걱삐걱 얼어붙는 공기의 삐걱대는 소리가 전해지는 듯했다.

점심 무렵, 나는 눈이 갠 틈을 타서 이웃집이라고 가르쳐준 농가에 살짝 찾아가 보기로 했다.

연실 모녀를 남겨두고 농가의 마당을 나서자, 흐린 잿빛 벽을 연상시키는 하늘이 머리 위로 낮게 드리워져 있었다. 쌓인 눈에 발이 묶인 채 백 미터 남짓 걸어 간신히 거리를 걸어 이웃집 근처에 다다랐을 때, 지평선 끝까지 기복 없이 펼쳐진 설원 위로 날카로운 소리를 내며 옆으로 후려치는 강풍이 몰아쳤다. 순식간에 시야가 어두워지고 거센 눈보라의 풍압이 순식간에 내 몸 전체를 감싸 덮었다. 아무리 눈을 부릅떠도 목적지인 앞쪽 농가는 두꺼운 잿빛 벽에 가려져 자취를 감추고 말았다. 숨도 쉬지 않고 눈을 감고 쌓인 눈 위에 쪼그리고 앉아 덜덜 떨었다. 북받쳐 오르는 불안을 달래며 눈보라가 걷히기를 기다렸다. 십 분인지 이십 분인지 알 수 없는 긴 시간이 흘렀다. 갑자기 나를 삼켜버렸던 잿빛 벽이 급속히 희미해지기 시작했다. 눈가를 닦고 고개를 들자, 앞쪽 설원 위로 거대한 빗자루 같은 꼬리를 끌며 빠르게 흘러가는 잿빛 눈바람이 보였다. 그것은 단순한 눈보라라기보다는 어떤 의지를 가진 존재 자체가 거침없이 비상하는 듯한 압도적인 광경이었다. 나는 한기에 떨며 쉽게 일어서지도 못했다.

겨우 정신을 차린 나는 눈앞에 보이는 농가로 다시 걸어갔다. 농가는 깊은 눈 속에 반쯤 파묻혀 마치 설원에서 겨우 솟아오른 작은 융기물처럼 눈앞에 가로놓여 있었다. 마당으로 들어가려면 쌓인 눈을 파내어 만든 통로를 따라갈 수밖에 없었다. 그러나 내 발은 겁먹은 듯 좀처럼 움직이려 하지 않았다. 갑자기 눈에 들어온 농가의 어둑어둑한 출입구는 마치 나를 가두기 위해 기다리고 있는 지하의 황천길 입구처럼 느껴졌다. 일단 발을 들여놓는 순간 다시는 이 지상으로 돌아올 수 없을지도 모른다는 생각이 스치며 다리가 굳어버렸다. 기묘한 공포감이 온몸을 휘감아 나를 놓아주지 않았다. 정체를 알 수 없는 두려움에 사로잡힌 나는 그 자리에 멈춰 선 채 계속 망설였다.

한기가 옷을 뚫고 살갗을 찌르며 얼어붙은 몸의 뼛속 깊은 곳에서 끊임없는 떨림이 밀려왔다. 갑자기 아랫배가 꼬이는 듯한 통증이 찌르듯 몰려오더니 격렬한 배변 욕구가 솟구쳤다. 나는 허리를 굽힌 채 도망치듯 연실이 기다리는 농가로 달려가 마당 구석의 방풍림 그늘에 있는 변소로 뛰어들었다. 오두막 입구에 매달린 발을 걷어 젖히고 변소에 쭈그리고 앉았다. 그 순간 차갑고 뾰족한 무언가가 엉덩이 피부에 찌르듯 닿았다. 아래를 내려다보니 그것은 죽순처럼 솟아올라 얼어붙은 대변 뭉치의 뾰족한 끝이었다. 격렬한 배변감을 간신히 참으며 벽에 기대어 엉거주춤한 자세로 장화 뒤꿈치로 노란 얼음기둥의 끝을 걷어찼다. 다시 몸을 굽히고 한기에 떨면서 나는 겨우 볼일을 마쳤다.

화로로 돌아온 나는 연실에게 말을 건네는 것조차 잊은 채 말없이 주저앉았다. 몸이 서서히 따뜻해지기 시작하자 이유를 알 수 없는 피로감이 한꺼번에 밀려왔다. 좀 더 정확히 말하자면 그것은 일종의 자기혐오에서 비롯된 헛수고였을 것이다. 양 씨의 행방을 확인하러 이곳까지 와서 결국 내가 뼈저리게 깨달은 것은 나 자신의 무력함뿐이었다. 양 씨에 대해서는 그가 짊어진 운명에 맡기는 수밖에 다른 방법이 없다고 생각했다.

장화와 교환한 쌀을 배낭과 포대 자루에 나눠 담은 뒤, 농가 주인이 모는 말썰매에 실어 우리는 지선의 작은 역으로 향했다. 헤어질 때 농가 주인은 아내가 일부러 준비한 것이라며 커다란 수박만 한 종이 꾸러미를 연실에게 건네주었다. 그 안에는 아직 온기 있는 따뜻한 주먹밥이 들어 있었다.

저녁 무렵 사카다 역에 도착할 예정인 오사카행 야간열차는 도중에 심한 눈보라를 만나 상당히 지연될 것 같았다.

플랫폼 사무실 구석에 쌀 보따리를 쌓아놓고 우리는 눈보라를 피해 대합실로 들어갔다. 사투리로 보아 간사이(関西) 지방에서 물건을 사러 온 듯한 승객들이 모여 있었다. 벽 쪽에 간신히 자리를 잡은 연실은 딸을 업은 위에 포대기를 둘러쓰고 앞깃에 얼굴을 파묻은 채 고개를 숙이고 있었다. 연실은 농가에서도 거의 나와 말을 섞지 않았다. 그녀는 문득 얼굴을 들고 몸을 앞으로 내밀어 대합실 안 사람들 쪽으로 시선을 돌렸다. 그때 높고 날카로운 목소리의 조선말이 들려왔다. 내가 발끝을 들어 확인해 보니 그것은 양 씨와는 조금도 닮지 않은 세 명의 젊은이들이었다.

애타게 기다리던 열차는 좀처럼 도착하지 않았다. 그리고 마침내 열 시가 넘었을 무렵, 한 남자가 황급히 플랫폼 쪽으로 달려왔다.

"M·P의 단속이다!"

남자의 외침을 들은 동료들로 보이는 몇 명이 갑자기 대합실을 뛰쳐나갔다. 나는 무슨 일인지도 모른 채 태연하게 그들의 허둥대는 모습을 바라보았다. 그러자 옆에 있던 용우가 내 팔을 붙잡고 힘껏 플랫폼으로 끌어냈다. 플랫폼에서 내려다보니 용택이 눈 덮인 선로를 가로질러 넘어질 듯 비틀거리면서 건너편으로 뛰어가고 있었다. 쌀이 가득 든 배낭을 어깨에 메고, 양팔에는 다른 쌀 보따리까지 든 용택은 선로를 가로질러 역 구내 어둠 속으로 순식간에 사라졌다. 용우가 플랫폼에서 뛰어내리더니 쌀 보따리를 아래로 던지라고 빠르게 말했다. 나는 사무실 벽 옆에 있는 보따리를 하나씩 선로 위 눈밭으로 내던졌다. 마지막 하나를 던지고 정신을 차리자 이미 되돌아온 용택이 보따리 두 개를 다시 메고 눈 속으로 뛰어갔다. 나도 선로로 뛰어내렸다. 용우가 형에게 했던 것처럼 내가 보따리 두 개를 어깨에 올려주자 그도 눈 속을 달려 나갔다. 나도 배낭을 메고 마지막 남은 한 개의 보따리를 들어보았지만, 힘없는 나에게는 버거웠다. 그것은 남겨두고 용우의 뒤를 따라갔다. 눈은 예상보다 깊어 넓은 구내의 화물선 부근에서는 장화가 무릎까지 파묻혔다. 그 주변은 플랫폼 조명등 범위를 훨씬 벗어나 있었고 어둠 속에서 검게 떠오른 빈 화차들이 거대한 지네처럼 길게 늘어선 것처럼 보였다.

화차 밑에서 용우가 나를 불렀다. 어둠에 익숙해진 눈으로 확인해 보니 쌓인 눈에 반사되어 비친 용택과 용우는 화차 아래 침목 사이에 쌀 보따리를 하나하나 평평하게 늘어놓고 있었다. 다가가 배낭을 건네자 화차 밑에서 용우가 팔을 뻗어 받고 안으로 밀어 넣었다.

"이게 전부야?"

용우는 숨을 헐떡이며 물었다. 다 가져올 수 없어서 보따리 하나를 남기고 왔다고 말하자 용우는 갑자기 웃음을 터뜨렸다.

"무리할 필요 없어. 보따리 한 개에 두 말이 들어 있으니까 두 개면 육십 킬로그램이나 되니까 농사일로 단련된 나도 눈길에서는 발이 빠져서 힘들었을 거야. 어디에 있어? 내가 가져올게."

나는 어둠 속에서 얼굴을 붉히며 용우가 달려가는 모습을 바라보았다. 그때 화차 밑에서 기어 나온 용택이 옆으로 다가왔다.

"저번에 왔을 때도 지금과 똑같은 상황이었어. M·P한테 곤봉으로 맞아 쓰러져 크게 다친 남자도 있었지. M·P를 따라다니는 경찰들은 쌀을 압수하면 도망가는 사람을 집요하게 쫓아가진 않지만, M·P 놈들은 진짜로 화가 나면 권총을 쏴서 위협해. 쌀을 사 오는 것도 목숨 걸고 하는 일이야. 그래서 들키지 않으려고 빈 화차 밑에 숨어서 열차가 올 때까지 기다린 거야. 여기라면 그놈들도 눈치채지 못할 테니까."

쌀 사 오는 일조차 목숨을 거는 일이라는 말이 가슴에 와 닿았다. 나는 순간 양 씨를 떠올렸다. 그가 어디서 구했는지 미군의 G·I와 똑같이 생긴 중고 군복을 입고 마지막으로 쌀을 사러 나섰다는 것을 떠올렸다. 그것은 용우에게 들은 이야기였다. 만약 양 씨가 그 복장 차림 그대로 M·P의 손에 잡혔다면 과연 어떤 취급을 받았을까? 용택이 말한 쌀을 사러 가는 일과 관련해 M·P의 지나치게 난폭한 행동과 행방불명의 양 씨가 G·I의 모조 군복을 입고 있었다는 것을 연결해 생각하는 것은 너무 비약일지도 모른다. 그렇다고 해서 그런 일이 양 씨의 신변에서 전혀 일어나지 않았을 것이라고도 할 수 없었다. 하지만 그것마저도 어디까지나 내 상상에 불과했다. 지금에 와서는―.

뒤에서 대화 소리가 들렸다. 뒤돌아보니 눈 쌓인 선로를 건너 두 사람의 그림자가 나란히 다가왔다.

"연실 씨가 함께 가겠다고 해서 같이 온 거야. 여자는 일반 승객인 척하고 대합실에 있어도 괜찮다고 말했는데, 그래도 따라온 거야."

용우가 용택에게 쌀 보따리를 건네며 말했다.

"기차는 몇 시쯤 올지 짐작도 못 하고 온다 해도 이 눈 때문에 당장은 출발하지 못할 거예요. 시간은 충분하니까 놓칠 걱정은 없어요. 추위도 피하고 기다리기엔 대합실이 편할 텐데,

왜 굳이 왔어요? 아이가 감기라도 걸리면 골치 아플 텐데.”

용택은 연실에게 강한 어조로 말했다.

“죄송해요, 제멋대로 해서. 하지간 조금 추워도…… 같이 있는 편이 마음이 훨씬 편해요. 혼자 있는 것보다는…….”

연실은 누구에게라 할 것 없이 고개를 숙였다. 용택은 그런 말을 듣자 대답만 하고 입을 다물었다.

그 후 우리는 용우가 뛰어다니며 찾아낸 구내의 구석에 있는 다다미 2조 정도 크기의 작은 창고 방에 들어가 새벽 두 시까지 추위에 떨며 열차 도착을 기다렸다. 그 사이 허기를 느낀 우리는 농가 아주머니가 정성껏 만들어 준 도시락을 열었다. 입에 갖다 대자, 주먹밥은 얼음덩어리처럼 얼어붙어 있어 이가 들어가지 않았다. 어두운 작은 방 안에서 나는 젖은 발바닥을 수건으로 힘껏 문지르며 추위를 견뎌냈다. 너무 추워서 소리를 낸 나는 기분을 달래기 위해 연실에게 춥지 않냐고 물었다. 딸을 무릎에 앉히고 포대기를 덮어씌운 채 그 위에 얼굴을 묻고 있던 연실은 얼굴을 들어서 내 쪽을 쳐다보았다.

“아이의 몸은…… 고타쓰처럼 따뜻해요.”

나는 어둠 속에서 연실이 희미하게 미소를 지은 듯한 느낌을 받았다. 아니 확실히 그녀는 아이의 몸을 꼭 껴안으며 틀림없이 나를 향해 웃어 보였다. 추위에 떨고 있는 나약한 나를 격려해주듯이.

"뺏기지 않고 전부 가져갈 수 있다면 연실에게는 4말 정도 나눠줄 수 있을 것 같군. 많은 양은 아니지만 잘 나눠 먹으면 석 달은 버틸 수 있을 거야……."

목소리를 낮춰 용택에게 말을 거는 용우의 목소리를 들으며 나는 쏟아지는 졸음 속에서 또다시 등줄기를 타고 올라오는 오한에 몸을 떨었다.

5

"기흉(気胸)…… 있어요?"

엑스레이실의 어둠 속에서 갑자기 담당 의사가 물었다. 나는 깜짝 놀라 투시대 위에 선 채 반사적으로 몸을 움츠렸다. 온기 없는 실내의 초가을 냉기가 노출된 상반신에 닭살이 돋으며 갑자기 몸이 떨리기 시작했다. 의사는 X선 투시판을 사이에 두고 투시대 위에 선 나와 마주 보는 위치의 의자에 걸터앉아 양손으로 내 팔꿈치를 잡고 흉부 각도를 바꾸도록 지시하며 말없이 투시판을 꼼꼼히 응시하고 있었다. 잠수 안경을 닮은 방사선 방호용 큰 검은 안경을 쓴 의사의 얼굴은 안경 너머로 비친 오뚝한 콧날과 얇고 반듯한 입술이 투시판에 반사되어 희미하게 보일 뿐이었다. 어두운 탓도 있었지만, 타원형 검은 안경에 얼굴 대부분이 가려져 그의 표정을 전혀 엿볼 수 없었다.

기흉……? 금방 질문의 의미를 이해하지 못한 나는 대답하지 못하고 입을 다문 채 가만히 있었다. 의사도 다시 묻지는 않았다. 그것이 나를 안심시켰다. 투시 순서를 기다리는 다른 진찰자들도 내 뒤에 몇 명 있었고 의사도 시간을 서두르고 있는 듯했다. 진찰자들의 검은 그림자는 간호사의 짧은 안내에 따라 엑스레이실 어둠 속에서 말없이 발끝으로 더듬으며 천천히 움직이고 있었다. 윤곽이 흐릿한 그들의 검은 그림자의 느린 움직임은 마치 심해의 어둠 속을 떠다니는 부유물을 연상시켰다. 그리고 팬터마임처럼 어둠 속에서 보는 그들의 모습은 존재감마저 희미해 보였다. 어둠 속 깊은 곳에서 들려오는 낮고 아무렇지도 않은 듯한 의사의 목소리는 어쩌면 아무 의미 없는 독백처럼 느껴지기도 했다.

"적어도 반년만이라도 빨리 발견했더라면……."

대기실에서 세 시간 정도 기다린 뒤, 진찰실에서 마주한 의사로부터 폐결핵이라는 말을 들은 나는 다시 할 말을 잊은 채 고개를 떨구었다. 의사는 도넛 모양의 갈비뼈 선이 원통형으로 폐를 감싸고 있는 나의 흉부 사진을 가리키며 안타까운 듯 미간을 찌푸렸다. 환부는 좌우 폐에 걸쳐 마치 벌레에 갉아먹힌 잎줄기만 남은 병든 잎사귀를 떠올리게 하는 침투의 그림자가 넓게 흩어져 흑백 얼룩으로 찍혀 있었다. 영양가 있는 음식을 섭취하고 오전과 오후에 각각 세 시간씩 절대 안정을 취하며 통원 이외의 외출은 금기이며……. 의사가 지시하는 요양상의 주의 사항은 가난한 학생인 내게는 마치 왕후의 생활을 바라는 것과 다름없는 말처럼 들렸다. 망연자실한 내 시선에 문득 벚꽃 조개를 닮은 모양 좋은 손톱이 눈부시게 비쳤다. 담당 의사의 무릎 위에 올려진 손가락이었다. 그 손은 곱고 윤기가 흐르는 피부를 가졌고 손가락 하나하나는 마치 해장죽처럼 곧게 뻗어 아름다웠다. 서른 전후로 보이는 담당 의사는 이목구비가 뚜렷한 아름다운 여의사였다. 그녀는 낙담한 내 검은 학생복 가슴 부위를 조용히 응시하며 한동안 말이 없었다. 나는 내게 쏠린 여의사의 냉정한 시선에서 의사로서 환자를 향한 세심한 위로를 뼈저리게 느꼈다. 그러나 나는 여의사의 그 위로의 눈빛을 눈부시게 의식하면서 왠지 모르게 갑자기 울컥 화가 치밀었다. 여의사가 단순히 아름다운 외모를 가진 것뿐만 아니라 지나칠 정도로 건강하고 생명의 빛에 충만

하다는 사실이 부조리하게까지 느껴졌다. 마치 그녀가 그 미모와 빛나는 건강을 온전히 자기 것으로 삼기 위해 고의로 나를 이 사회에서 선별해 난치병 선고를 내리고 약자의 운명에 빠져들게 해 버린 것처럼.

미사키쵸(三崎町)의 도덴(都電) 거리에 면한 진료소를 나온 나는 스이도바시(水道橋) 역 육교 아래 파출소 옆길을 오른쪽으로 돌아 쇼센(省線) 전철 선로와 나란히 있는 언덕에서 스루가다이(駿河台) 방향으로 갔다. 해는 이미 서쪽으로 기울어 금빛 미세입자를 머금은 투명한 공기는 벌써 쌀쌀했다. 인가의 그림자가 길게 드리우고 어스름이 물들기 시작한 언덕길을 나는 느릿느릿 올라갔다. 발은 마치 내 의지를 거부하는 듯 무겁게 느껴졌고 심하게 숨이 차올랐다. 언덕을 올라 수직으로 깎인 절벽 아래 희뿌옇게 보이는 쇼센의 복복선 철길이 내려다보이는 부근에서 나는 멈춰 서서 난간에 기대어 숨을 고르며 잠시 쉬었다. 선로 맞은편으로 깊게 패인 간다(神田) 강의 푸른 물줄기를 사이에 두고 강 건너의 왼쪽에는 불에 타서 검게 그을린 철근 구조의 건물 잔해가 길게 서 있다. 스이도바시 사거리에서 가스가쵸(春日町)로 이어지는 도덴 거리의 양쪽 일대에는 공습으로 불타버린 인가 터의 공터가 가로놓여 있다. 여기저기 들어선 허름한 판잣집들 사이에 남겨진 공터에는 병든 피부에 돋은 딱지를 떠올리게 하는 잔해가 산더미처럼 그대로 내버려 둔 채 쌓여있다. 불에 타서 문드러지고 갈기갈기 찢겨 짓이겨진 이 거리에서는 어디선가 괴로워하는 신음소리가 들려오는 듯한 기분이 들었다.

나는 눈을 감고 난간에 기댄 채 한동안 울렁거리는 가슴이 가라앉기를 기다렸다. 감은 눈꺼풀 너머로 붉은색과 노란색의 형체 없는 광채가 어지럽게 소용돌이치고 짙은 보라색에서 주홍색으로 끊임없이 색을 바꿔가며 어두운 시야 속으로 흘러갔다. 이 색채들은 서로 뒤섞이며 중심의 한 점에서 작게 물결치듯 흔들렸고 혈관의 맥동을 불안하게 전해 주었다. 그때 문득 내 쪽으로 다가오는 발소리가 들리는 듯했다. 방금 전에 숨을 헐떡이며 올라온 언덕길을 돌아보니 한 소년이 가벼운 발걸음으로 이쪽으로 올라오는 것이 보였다……. 인견으로 만든 녹색 옷을 입고, 전투모를 쓰고, 국방색 짙은 녹색 각반을 다리에 휘감은 소년은 가파른 언덕길을 전혀 개의치 않는 듯 가볍고 경쾌한 발걸음으로 성큼성큼 올라오고 있었다. 홀쭉하게 여위고 안색도 그리 좋지 않아 보이는 것에 비해 소년의 표정에는 천진난만할 정도로 자신을 믿고 미래에 대해서도 한 점의 불안조차 품고 있지 않은 듯한 기색이 엿보였다.

소년은 가뿐한 발걸음으로 내게 다가오더니 말없이 옆에 멈춰 서서 뒤를 돌아보았다.

나는 이끌리듯 소년의 시선을 따라 짙은 남색 하늘 아래에 펼쳐진 시가의 서북쪽 저편으로 눈을 집중시켰다. 겹겹이 능선을 이룬 오쿠타마(奧多摩)와 단자와산카이(丹沢山塊) 맞은편에는 이름 모를 산악지대의 불룩 솟은 능선이 가로놓여 있었고 그 서쪽 하늘 끝자락에는 유난히 높고 그림자처럼 우뚝 솟은 후지가 보였다. 옅은 황혼빛 속에서 또렷하게 떠오른 후지의 모습은 예상치 못한 크기로 내 눈앞에 다가와 비쳤다. 짙은 남색 하늘에 우뚝 솟아 어깨부터 위쪽을 붉은빛으로 물들인 후지의 모습에는 묵직한 존재감이 깃들어 있었고 마치 나를 압도하려는 듯했다. 강렬한 자력에 이끌린 듯 나는 한동안 눈을 뗄 수 없었다. 나는 무심코 고개를 저으며 옆에 있던 소년을 돌아보았지만, 그곳에는 그의 모습이 있을 리가 없었다.

전쟁 중, 내가 다녔던 야간학교는 조금 전 폐결핵을 선고받은 진료소 근처에 있었다. 해 질 무렵, 일이 일찍 끝나 수업 시작까지 시간이 조금 남으면 나는 오차노미즈(御茶ノ水) 역에서 전철을 내려 스루가다이에서 인적이 드문 언덕길을 통해 학교로 갔다. 맑게 갠 해질녘, 언덕 위에서 바라본 후지의 모습은 내 마음에 강한 인상을 남겼다. 지금 내가 눈에 담고 있는

모습처럼 후지는 의기양양하게 압도적인 존재감을 드러내며 마치 나를 위협하고 그 영원성을 과시하듯 내 존재를 보잘것 없는 것으로 부정하고 굴복시키려는 것처럼 느껴졌다. 그때마다 나는 흥, 질까 보냐라며 가슴을 펴고 혼자서 힘껏 맞서보곤 했다. 비록 어떤 굴욕을 겪더라도 이 전쟁에서 살아남아 고국으로 돌아가고 싶다고 바랐다. 그리고 가까스로 광기와 살육의 시대를 뚫고 살아남지 않았던가. 그렇게 살아남은 목숨을 호락호락 결핵균의 제물 따위로 바칠 수 있겠는가. 나는 조금 전 적어도 3년간의 요양이 필요하다고 말한 여의사의 말을 떠올렸다. 그것은 요양에 전념하면 3년 후에는 사회 복귀가 가능하다는 의미라기보다는 3년을 버티지 못하면 희망이 없다는 뉘앙스의 선고였다. 그런 진단을 내리는 여의사가 아름답고 건강하며 생명의 빛으로 충만해 있다는 것 때문에 그 진단은 되돌리기 어려워 보였다. 나는 여전히 황혼빛 하늘 아래 우뚝 솟은 후지의 모습에서 눈을 뗄 수가 없었다. 지난날처럼 지금도 여전히 압도하듯 나를 짓누르는 그 존재감을 부정하고 싶었다. 하늘은 급속히 황혼빛을 더해 일몰 전 눈부신 잔광이 약간의 신설(新雪)을 바른 후지의 꼭대기를 붉은빛으로 물들이고 있었다. 관 모양으로 눈이 쌓인 꼭대기를 붉게 물들인 후지는 마치 하얀 젖꼭지에 붉은색이 번진 검은 거대한 유방을 연상시키듯 지금 내 앞에 불길하게 우뚝 서 있는 것 같았다. 흥, 죽어서 되겠는가. 어떻게든 나는 살아남아서 해방된 조국에 돌아가고 싶다. 일본 같은 곳에서 허무하게 죽어서 되겠는가. 나도 모르게 신음하듯 중얼거렸다. 그러자 갑자기 명치 주변을 짓누르는 둔탁한 통증이 밀려왔고 그것은 점차 가슴으로 퍼지며 심장을 압박했다. 그 통증의 중심부에 연실의 모습이 있음을 나는 느꼈다.

패전 이듬해, 대학 여름방학을 이용해 나는 결핵으로 앓아누운 삼촌을 문병하러 오사카에 갔다가 돌아오는 길에 아마가사키로 연실을 찾아갔다. 그동안 혹시 양 씨가 무사히 돌아왔을지도 모른다는 요행을 기대하는 마음도 분명히 있었다. 기대에 보답받지 못하더라도 그 이후 연실 모녀의 생활만은 확인하고 싶었다. 그러나 연실을 본 순간, 나는 그녀를 찾아간 것을 뼈저리게 후회했다. 손톱에 화려하고 야한 매니큐어를 칠하고, 머리는 붉은빛이 도는 갈색으로 물들이고, 똑바로 바라보는 것도 견디기 힘들 만큼 짙은 화장을 한 연실과 마주 앉은 나는 내내 그녀에게서 시선을 돌렸다. 할 말을 잃은 채 언짢게 침묵하고 있는 내 기분을 알아차린 듯 연실도 말이 없었다. 나는 마치 조선의 어머니들이 입술 연지를 너무 진하게 바른 딸을 꾸짖는 것과 다름없는 눈빛으로 연실의 입술을 노려보았다. 속이 부글부글 끓어오를 때면 조선의 어머니들이 탄식을 담아 내뱉곤 하는 상투적인 말을 그녀에게 퍼붓기까지 했다.

"방금 사람의 피를 빨아먹고 온 듯한 입술을 하고……."

연실은 들키지 않으려고 애썼지만 이미 임신했다는 사실은 내 눈에도 분명했다. 그것만으로도 그녀가 지금 어떤 삶을 살고 있는지 충분히 짐작할 수 있었다. 원통한 마음이 내 속을 까맣게 뒤덮었다. 양 씨를 위해서 그리고 누구보다 연실 자신을 위해서라도 나는 참담한 심정이었다.

"이런 생활을 하고 있다니…… 차라리 죽는 게 낫겠어요!"

"그렇게 심한 말을……."

연실은 입술을 일그러뜨리며 무릎걸음으로 내 쪽으로 다가오더니 오도카니 앉아 있는 딸을 떨리는 손가락으로 가리켰다.

"저도 그렇게 생각해요. 그것도 매일같이 그렇게 느껴요. 하지만…… 제가 죽으면 고 씨가 대신해서…… 이 아이를 키워주시겠습니까?"

아직 세 살도 안 된 어린 소녀는 콧방울에 땀이 맺힌 채 어머니를 닮은 커다란 눈을 불안하게 뜨고 경계하듯 나를 살폈다. 대답이 궁한 나는 적의에 찬 어린 소녀의 눈빛이 눈부셨다. 연실에게 해줄 말이 없는 이상, 그녀의 삶에 대해 내가 내놓을 수 있는 것은 아무것도 남아 있지 않다는 생각이 들었다. 공습 속에서 목숨을 걸고 양 씨가 끝까지 바랐던 것이 이런 결과일 리 없다. 그것은 연실에게도 마찬가지일 텐데, 나는 오만하게도 그녀를 용서할 수가 없었다. 그리고 결국 나는 작별 인사조차 하지 않은 채 그녀를 내버려 두고 돌아와 버렸다.

'차라리 죽는 편이 낫겠어요…….' 나는 연실에게 퍼부었던 말을 떠올리며 나도 모르게 오한에 가까운 몸서리를 느꼈다. 깊은 수치와 회한이 다시 가슴을 죄어왔다. 황혼빛에 젖은 서쪽 하늘 한켠에서 후지는 이미 검은 실루엣이 되어 석양 속으로 서서히 녹아들고 있었다. 나는 그 후지의 모습에서 억지로 눈을 떼고 잎이 모두 떨어진 은행나므의 그림자가 이어진 보도를 따라 오차노미즈 역을 향해 걸었다. 언덕 아래에서 불어오는 돌풍이 길가의 낙엽을 굴렸다. 바스락바스락 마른 소리를 내며 낙엽들은 무거운 발걸음을 질질 끄는 나를 잇달아 앞질러 가뿐히 언덕길을 굴러갔다.

소등 후 병실에서 바라본 복도에는 어두운 터널을 닮은 쌀쌀한 고독이 깃들어 있었다. 복도의 유리문 너머 어둠 속에서는 마당의 상록수 가지를 흔드는 바람의 속삭임이 들려왔다. 이따금 바람이 멎으면 침대에 누운 내 귀에는 가슴 깊은 곳에

서 헐떡이며 숨 가쁘게 차오르는 호흡소리가 또렷하게 전해
졌다. 병들어 협착된 기관지에 끊임없이 달라붙는 가래는 바
깥 공기를 차단하고 저항하면서 호흡을 방해하고 집요하게 나
를 질식시키려는 듯했다. 그것은 금방이라도 끊어질 것만 같
은 위태로운 목숨의 신음소리처럼 들렸다.

나는 침대에서 팔을 뻗어 머리맡 위를 더듬었다. 쌓아놓은
몇 개의 통조림에서 차가운 감촉이 손끝에 전해졌다. 그것들
은 외진 곳에 있는 이 요양원에서는 보기 드물고 구할 수도 없
는 것들뿐이었다. 연실이 돌아간 뒤, 나는 그녀가 가져온 미
국산 초콜릿과 주스, 파인애플, 과일 통조림을 머리맡에 쌓아
둔 채 도무지 손댈 마음이 들지 않았다. 아니, 그런 것들마저
도 증오의 대상이 되어 있었다. 그럼에도 소등 후, 단맛에 굶
주려 있던 나는 결국 더듬어 파인애플 통조림을 따고 어둠 속
에서 혀끝에 녹아드는 달콤한 과즙을 탐하듯 들이켰다. 그리
고 지금 내 입 안에 남아 있는 것은 고배를 마신 뒤에 느껴지
는 어쩔 수 없는 쓰라림뿐이었다.

아무런 예고도 없이 갑자기 연실이 병실을 찾아왔을 때, 나
는 순간 믿을 수 없었다. 그녀가 문병을 왔다는 사실이 믿기
지 않은 것이 아니라 다시 나타난 그녀의 존재가 나에게 굴욕
감만을 안겨주었기 때문이었다. 붉은색으로 짙게 염색한 머

리도, 새빨간 립스틱으로 칠한 입술도 아마가사키에서 어색하게 헤어졌을 때와 조금도 달라지지 않았다. 게다가 화려한 원색의 옷차림을 뽐내듯 차려입은 그녀는 유난히 눈에 띄는 굵은 팔찌를 손목에 차고 우메보시를 연상시키는 주황빛 둥근 귀걸이를 보란 듯이 늘어뜨리고 있었다. 그뿐만 아니라 쇠사슬 같은 목걸이를 화려하게 목에 두르고 있었다. 홍, 이걸로 코걸이까지 하면 소와 다를 게 없지 않은가. 그녀가 병의 상태를 묻고 위로의 말을 건넸지만 나는 절대로 말을 섞지 않기로 마음먹었다. 그녀는 웬일인지 자신과 비슷한 옷차림을 한 일본인 젊은 여성 한 명과 함께 왔다. 그것이 나를 이중으로 불쾌하게 했고 나는 아무런 잘못도 없는 동행녀에게조차 같은 냉담한 태도를 숨기지 않았다.

"어머, 좋네요. 이렇게 아름다운 분들이 병문안을 오시다니……."

오후 체온 검진을 하러 온 병동의 고참 간호사는 내가 말하는 체온을 진료 기록 카드에 적는 동안에도 주의가 산만하게 힐끔힐끔 연실의 옷차림과 화장에 대해 거리낌 없는 호기심 어린 시선을 보냈다.

"이쪽은 다카 씨의 친척분?"

"……."

나는 말없이 고개를 저었다.

"아니면 같은 고향 사람들인가요?"

"……."

나는 간호사의 캐묻는 버릇이 성가셔서 매정하게 다시 고개를 저었다. 그녀는 이 병동에 배치됐을 때부터 줄곧 나를 다카(高) 씨라고 불렀다.

"저는 '고'이지 '다카'가 아니에요. 앞으로는 올바르게 불러주세요."

내가 정정을 요구하자

"어머, 다카예요, 고 씨라니 정말 조선 사람 같아서 싫잖아요? 다카 씨로 하세요, 그렇게 해야 일본인처럼 들리잖아요."

그녀의 악의 없는 조언과 전혀 사악함이 느껴지지 않는 미소 앞에서 그때 나는 구구하게 반론을 시도할 마음조차 들지 않았다.

"설마, 미국 분들도 아닌 것 같고?"

간호사는 의미심장한 웃음을 남기고 빠르게 병실을 나갔다. 그 순간 나는 간호사보다 진심으로 연실을 증오하고 경멸했다. 역시 어색함을 느꼈는지 연실의 일행인 여자는 자리에서 일어났다. 그녀는 병실 밖 복도에 놓인 의자에 우두커니 앉아 지루하다는 듯 창밖을 바라보고 있었다. 침대 옆 의자에 앉은 연실은 괴로운 표정으로 얼굴을 찌푸리고 있었다.

"역시…… 제가 여기에 오면 안 되는 것이었을까요?"

연실이 말끄러미 나를 쳐다보며 낮은 목소리로 말했다. 무슨 말을 한다면 이것이 마지막 남은 기회일지 모른다는 생각이 스쳐 지나갔다. 하지만 나는 한시라도 빨리 내 눈앞에서 사라져 주었으면 하는 표정을 그대로 드러낸 채 그녀를 거부했다. 이윽고 연실은 소리도 없이 의자에서 일어나 가지고 온 통조림을 머리맡에 가지런히 놓고는 "잘 계세요." 하고 작게 말하고 재빨리 병실을 나갔다. 나는 눈을 감고 복도에서 멀어지는 발걸음 소리를 들었다. 아무런 맥락도 없이 K시의 판자촌 집 앞에서 봉선화 옆에 서 있던 풋풋한 연실의 모습이 뇌리에 스쳤다. 그러자 그 공습의 밤, 다다미 위에 손을 짚고 양 씨의 무사함을 기뻐하며 흐느꼈던 일이 떠올랐다.

갑자기 치밀어오른 기침에 심하게 목이 메면서 나는 어둠 속에서 희끄무레하게 떠올라 불안하게 흔들리는 병실 벽을 바라보았다. 쇼나이(庄內)의 밤, 그 오두막에서 어둠 속에서만 바라봤던 연실의 미소는 이미 환영에 불과했다. 양 씨도, 연실도…… 용우조차도 이미 멀리 떠나가 버린 듯했다. 열과 통증과 기침과 가래…… 그것들은 밤낮을 가리지 않고 내 육체를 괴롭히며 종말로 몰아붙이는 죽음의 가시였다. 숨 쉬는 것조

차 힘들어 헐떡이며 나는 이제 더 이상 연실을 걱정할 필요가
없다고 생각했다.

6

　낯익은 골목으로 발을 들여놓자 오래된 판자촌 집들이 보
였다. 지붕은 여기저기 삐뚤어지고 어긋나 있었으며 낮게 기
울어진 처마 끝은 어딘가 어깨를 움츠린 채 길가에 웅크린 노
인의 모습을 떠올리게 했다. 옛날 하숙집의 칙칙한 문 앞에 서
서 살짝 귀를 기울이자 안쪽에서 낮은 목소리가 새어 나왔다.
일그러진 유리문에 손을 대고 조심스레 문틀 위 레일을 따라
밀었다.
　"누군지 알아보시겠어요?"
　좁은 토방에서 헛기침하며 말을 건넸다. 방 안의 이야기 소
리가 멎자 나는 칸막이 미닫이문을 살짝 열어보았다. 어두컴
컴한 방에 전기 고다쓰를 사이에 두고 백발의 노파와 먼저 온
손님인 듯한 나이 든 여자가 마주 보고 있었다. 노파가 하숙
집의 아주머니라는 것은 한눈에 알 수 있었다. 이름도 밝히지
않는 뜻밖의 무례한 침입자에 놀랐는지 노파는 눈을 크게 뜨

고 천천히 고개를 들어 잠시 나를 응시했다. 믿기 어려운 것과 갑자기 마주한 듯한 표정이 움푹한 눈에 스쳐 지나갔다. 주름진 얼굴을 조금씩 좌우로 흔들던 노파는 마치 갑자기 날아오르는 새가 날개를 퍼덕이듯 두 팔을 크게 벌리며 말했다.

"아이고…… 내 아들아, 너 유지(裕之)지? 그 목소리를 내가 어찌 모르겠니, 그 얼굴을 어찌 모르겠니!"

노파는 나의 소년 시절에 부르던 그대로의 이름을 부르며 목소리를 떨었다. 벌써 여든 살이 다 되어 가는데 눈도, 귀도 아직은 건강해 보였다. 늙었다고 한다면 두 손으로 꽉 붙잡은 내 손목을 좀처럼 놓지 않으며 아직 살아 있었느냐고 연신 눈을 깜박이던 모습 정도였다. '아이고—, 아이고—' 하며 노래하듯 중얼거리며 인사를 받던 노파는 손님을 돌아보며 내게 말했다.

"이 사람 알겠지?"

방에 들어갔을 때, 여자 손님은 나를 보자 가볍게 인사만 하고 재빨리 고개를 숙였다. 노파와 오랜만에 만나 정신이 없었던 나는 아무 생각 없이 인사만 하고 그냥 지나친 것이다.

"이봐…… 그 고집 센…… 그래, 그래, 그 참새 꼬마 아가씨야. 연실이……."

"어, 연실 씨?"

나는 다시 한번 그녀의 얼굴을 바라보았다. 실내가 어두웠을 뿐만 아니라 바로 알아보지 못한 것도 무리는 아니라고 느껴질 만큼 눈에 띄게 늘어난 흰 머리 때문에 그녀의 예전 모습은 온데간데없었다. 뚫어지게 쳐다보는 나를 힐끗 바라본 연실은 시선을 피하듯 고개를 돌렸다.

"그럴 만도 하지요, 저는 이렇게 할머니가 돼버렸으니……
그래도 저는 얼굴을 보고 금방 알아봤어요."

예전의 모습은 사라졌지만 따뜻한 기운이 담긴 코멘소리는 틀림없이 연실이었다.

"아니에요, 정말 잠깐 정신이 없어서……."

나는 여전히 그녀를 응시하며 가늘고 길게 찢어진 커다란 눈과 단정한 입매에서 비로소 연실의 옛 모습을 찾아낼 수 있었다. 몸 깊은 곳에서 뜨거운 무언가가 치밀어 올랐다. 금방 얼굴이 후끈 달아오르는 것을 느끼며 나는 연실에게 어떤 말을 건네야 할지 생각해내지 못했다. 그녀가 오쿠이즈(奧伊豆)에 있는 외진 요양원까지 찾아온 날의 일을 나는 잊지 않았다. 그녀를 거부하고 업신여기는 마음으로 냉혹하게 돌려보냈던 일은 그 후로도 오랫동안 나를 괴롭혀 왔다. 의사에게 재기 불능이라고 선고받은 나는 오로지 나만의 괴로움에만 사로잡혀 있었다.

그 후 간신히 목숨을 건지고 8년 만에 요양원을 나온 나는 오사카로 이사 온 용우를 찾아갔다가 연실 모녀의 소식이 전혀 없음을 알게 되었다. 나와 연실이 아마가사키에서 사실상 절교나 다름없는 이별을 한 후, 그녀는 미군의 아이를 낳았고 그 미군은 아이러니하게도 한국 전장에 참가했다가 전사했다. 그녀는 어쩔 수 없이 그 아이를 국제전쟁 고아 수용시설에 맡긴 뒤 동포들 사이에서 모습을 감추고 소식을 끊었다. 그것은 그녀가 요양원을 방문했던 시기와 정확히 맞아떨어졌다. 아마 그때 그녀는 시설에 아이를 맡긴 뒤 돌아가는 길이었을 것이다. 그렇다면 그때 그녀와 동반했던 젊은 여자는 글을 읽고 쓰는 데 서툰 그녀를 돕기 위해 동행한 선의의 친구였을지도 모른다. 나는 연실의 고통을 이해하기는커녕 그것을 눈치조차 채지 못한 채 이별의 말마저 거부했던 자신을 용우 앞에서 후회했다. 하물며 그녀가 그때 어떤 굴욕을 견디고 있었는지에 대해서는 생각해보려는 노력조차 하지 못했던 것이다……. 나는 아무렇지도 않은 척하며 연실을 바라보았다.

"그때가…… 헤어지고 나서 얼마나 됐을까요?"

"마지막으로…… 만났을 때부터…… 벌써 삼십 년이나 되었는걸요."

삼십 년…… 나는 무심결에 중얼거리다가 연실이 말한 '마지막으로'라는 표현에 집착하는 것을 느꼈다. 그리고 이 이야기에 더 깊이 파고들어서는 안 되겠다고 생각했다.

"전쟁이 끝나기 얼마 전에 가코가와 역에서 만난 적이 있었죠? 그때 K시가 심한 공습을 당하기 전날이에요. 저는 지금도 그때를 잊을 수 없어요. 인간이란 자신에게는 무엇과도 바꿀 수 없는 일이 눈앞에서 일어나고 있어도 때로는 아무것도 보이지 않고, 의미도 전혀 모를 때가 있어요. 아주 흔한 일이지만 그때를 떠올리면 지금도 그런 생각이 들어요."

"가코가와?"

순간 연실은 무언가를 슬쩍 피하는 듯한 표정을 지으며 고개를 갸웃거렸다. 그리고 기억을 더듬듯 눈을 가늘게 뜨고 잠시 뜸을 들인 뒤, 젊은 아가씨 같은 수줍은 기색을 보이며 고개를 숙였다.

"그런 일도 있었군요⋯⋯."

"아니, 저는 똑똑히 기억하고 있어요. 그날의 일은 잊을 수 있는 게 아니니까요. 그때가⋯⋯ 양 씨와는 그때가 마지막인가요?"

나는 더 물어보려다 입을 다물었다. 연실이 갑자기 괴로운 듯 숙이고 있던 얼굴을 돌렸기 때문이다. 그렇다고 해서 뭔가 불쾌해서 기분이 상한 것 같지도 않았다.

내 물음이 너무 갑작스러웠는지 아니면 양 씨 이야기를 하고 싶지 않았던 건지 알 수 없었다. 그렇다고 해서 나는 양 씨의 그 후 소식을 확인하지 않고 그냥 넘어갈 수는 없었다.

"혹시…… 제가 그때 가코가와에서 양 씨와 만나지 않았다면 우리가 이렇게 되지 않았을지도 모른다고 생각할 때가 있어요……."

"제가 함께 가코가와에 갔을 때의 일입니까?"

"……."

잠시 침묵하던 연실이 나를 돌아보며 말했다.

"아니요. 그 전부터 저는 매주 한 번, 그것도 반드시 같은 요일에 가코가와에 다녔어요. 고 씨가 용우 씨의 집에서 양 씨를 만난 지 두 달 정도 전부터였죠. 제가 물건 사러 갔다가 돌아오는 길에 정말 우연히 그 사람이 탄 트럭과 마주친 적이 있었어요."

연실이 마을 변두리의 좁은 나무다리를 건너고 있을 때, 짙은 녹색의 군용 트럭 행렬이 뒤에서 따라붙어 지나갔다. 난간에 몸을 바짝 붙이고 휘몰아치는 흙먼지를 피하며 무심코 올려다보니, 맨 뒤 트럭의 짐칸 끝에 양 씨가 서 있었다. 짐칸 뒤쪽에는 높은 철제 난간이 설치되어 있었지만, 장막을 벗고 좁

은 다리를 천천히 건너오던 트럭 위의 양 씨 얼굴을 못 알아볼
리가 없었다. 양 씨 쪽에서도 지나치고 나서야 연실을 알아차
린 듯 양손을 격하게 흔들며 신호를 보내왔다. 멀어져 가는 트
럭 위에서 양손을 입에 대고 무언가 외치는 듯했지만, 그 목소
리는 바람에 흩어져 띄엄띄엄 들릴 뿐이었다. 연실은 숨이 막
혀 자기도 모르게 시야가 흐려졌다. 등에 멘 배낭과 딸을 내
려 껴안고 다리 위에 몸을 숙인 채 주저앉고 말았다. 히메지
(姬路)의 공장에 있어야 할 양 씨가 왜 그곳을 지나갔는지는 알
수 없었다. 어쩌면 먼 외지에 배치됐을지도 몰랐다. 그때까지
도 징용된 공장에서는 좀처럼 면회조차 허락되지 않았던 것
이 연실을 더욱 불안하게 했다.

"그래서 일주일에 한 번, 같은 요일 같은 시간에 혹시 또 트
럭이 지나가지 않을까 해서 다리 위에 서서 계속 기다렸어
요⋯⋯. 다리를 건너는 사람들이 수상하게 여기며 빤히 쳐다
보고⋯⋯. 차가운 바람이 휘몰아치고 흙먼지가 눈에 스며들어
입안이 까슬까슬하고 마음이 찢어진 듯 욱신욱신 쑤시고⋯⋯."

먼 기억을 더듬듯이 연실은 천천히 말끝을 흐리며 담담한
표정으로 말을 이어갔다.

"이렇게 고 씨를 만나니까 까맣게 잊었다고 생각했던 일들
이 이것저것 한꺼번에 떠올라서 저도 역시 괴롭네요. 양 씨가

저렇게 된 뒤에 겨우 스물두세 살이던 여자가 어떻게 혼자서 아이를 떠안고 살아갈 수 있겠어요……. 가족이 함께 살면서 남자가 있어도 제대로 살아내기 힘들었던 그 시절에 여자 혼자서 아이를 키운다는 것은, 정말 힘들었어요. 죽을힘을 다했어요. 한눈팔 겨를도 없었어요.”

연실은 말을 끊고 망설이듯 나를 바라보았다. 내가 의아한 표정으로 돌아보자 연실은 무슨 생각이 들었는지 살짝 고개를 저으며 미세하게 한숨을 내쉬었다.

“입 밖에 꺼내는 것도 괴롭지만, 아시다시피 때로는 남에게 말할 수 없는 일도 있었어요. 하지만 인연이 닿아 지금의 남편과 함께 살게 되었지요. 일본인이에요. 그 당시에는 월급이 적었지만, 딸과 함께 고생하고 있던 저에게 친절하게 대해줬으니까요. 저도 열심히 일했어요. 살림은 그럭저럭 꾸려졌어요. 그런데 세상이 안정되고 여유가 생기니까, 배우지 못하고 교양 없는 저에게 싫증이 났는지 밖에서 여자를 만나고 집에는 돌아오지 않았죠. 지금 남편과의 사이에도 아들이 하나 있는데 그 애가 어머니를 끔찍이 생각해서 그나마 위안이 돼요. 남편은 밖에서 아이가 안 생기니까 지금은 결국 자기 아들에 이끌려 몇 달에 한 번씩은 돌아오지만 정말 제멋대로예요.

전쟁이 끝나고 나서 양 씨가 그렇게 되어 버린 뒤로 저는 몇 번이나 죽으려고 생각했는지 몰라요. 다만, 딸과 같이 죽는 것이 너무도 가엾어서 수모를 당하며 버티고 살아왔어요. 하지만 내 어린 시절을 생각하면 억울하고 딸에게까지 나처럼 비참한 기분으로 평생을 살게 하고 싶지 않다는 마음 하나로 살아왔어요. 그 딸도 이제 학교를 졸업해서 직장에서 알게 된 사람과 결혼했어요. 상대는 일본 사람이에요. 딸은 자기 친아버지가 조선인이라는 사실을 남에게 알리고 싶지 않다며 숨기고 싶어 해요. 저는 살기 위해 지금의 삶을 선택한 것이지만, 딸이 그런 말을 할 때면 속이 뒤집히고 끓어올라요. 고 씨가 보기엔 분명 모순된 논리라고 생각할지도 모르지만…….

게다가 아들이 가끔 누나는 정말 내 누나가 맞냐고 말해서 저를 깜짝 놀라게 할 때가 있거든요. 같은 어미 배 속에서 태어났는데 진짜 누나가 아니면 뭐겠어요? 별 뜻이 없다는 것을 알면서도 너무 화가 나고 차라리 모두 숨김없이 털어놓을까 초조해질 때도 있었어요. 하지만 이제 와서 그렇게 한다고 해서 뭐가 나아지는 것도 아니고 그렇다고 이런 마음을 평생 억누르고 사는 것도 정말 가슴 아픈 일이거든요…….”

말없이 연실의 이야기에 귀를 기울이고 있던 하숙집 아주머니가 갑자기 흥 하고 화가 난 듯 콧방귀를 뀌었다. 노파에게도 우리의 이야기가 대강은 전해진 듯했다.

"흥……, 연실의 할머니가 제일 나빠. 이 아이가 엄마한테 갔을 때 난리를 치며 데려오지만 않았더라면 모두 원만하게 살았을 거야. 가족을 부양하는 것은 아버지 몫이고, 아이를 키우는 것은 어머니가 맡는 게 당연하잖아? 아주 오래전부터……."

노파는 기억이 확실함을 보여주듯 50년 가까운 아득한 옛날 사건을 끄집어내며 마치 어제 일처럼 안타까워했다. 그것도 바로 연실의 어머니와 같은 고향 출신이라는 인연으로 하숙집 노파는 당시 K시에 있었던 연실의 어머니 소식을 전하고 그녀의 가출을 도왔기 때문이다. 연실이 양 씨와 결혼한 지 얼마 되지 않아 K시로 이사한 이유 중 하나는 소식이 끊긴 어머니를 찾고 싶은 바람 때문이었다고 한다. 그러나 연실은 그 이후 끝내 어머니를 만나지도 못했고 지금으로부터 5년 전쯤 하숙집 노파 앞으로 한 통의 편지가 도착했다고 한다. 뜻밖에도 그 편지는 고향에 돌아가 있던 연실의 어머니에게서 온 것으로 적어도 딸의 안부만이라도 알고 싶다는 내용이었다. 하숙집 노파는 장롱 속에 틀어박혀 있던 연실의 변색된 결혼사진을 찾아내고 엉덩이가 무거운 아들을 재촉해 차를 몰게 하고 K시의 지인과 동포단체를 찾아다녔다. 수십 년 동안 동포들 사이에서 사라진 연실을 찾기란 쉽지 않았다. 첫째, 그녀

가 어디서 사는지는 차치하고 생사조차 확실치 않았기 때문
이다. 그러나 얼마 지나지 않아 다행히도 하숙집 노파의 전언
만큼은 그녀의 귀에 닿았던 모양이다. 그녀가 다시 이 판자촌
을 찾아올 마음을 먹게 된 것도 그것이 계기였다고 한다.

"그래서 어머니와는 연락이 닿았나요?"

"아니요. 지금도 아주머니와 그 얘기를 나누고 있던 참이었
어요. 아주머니의 전언을 인편으로 전해 듣고 나서도 남들 앞
에 나서는 것이 꺼려져 우물쭈물하는 사이에 2, 3년이 지나 버
렸죠. 그 후에야 겨우 마음을 먹고 이곳을 찾아온 거예요. 아
주머니가 너무 기뻐하셔서 죽은 딸이 돌아온 것 같다고 하셨
어요……. 그 흐 이쪽 아드님에게 부탁해 고향 말로 편지를 대
신 써 주었어요……. 하지만…… 어머니는 일본에 편지를 보
내자마자 바로 돌아가셨습니다. 원래 우리 모녀는 인연이 얕
았던 거지요. 저는 부모와도, 남편과도 엇갈리기만 하고, 태
어날 때부터 사람과의 인연이 얕은 여자 같아요. 이미 다 지
나간 일이니 지금 와서 투덜거려봐야 소용없는 일이지만…….
그래서 마음이 답답하고 우울할 때면 여기에 찾아와요. 아들
에게는 비밀로 하고……."

우리의 대화를 졸린 듯한 눈초리로 듣고 있던 하숙집의 노
파가 으흠, 으흠 하고 연신 헛기침하기 시작했다. 그러더니 태

어난 고향 땅에 잠들어 있는 연실의 어머니는 아름다웠다고 중얼거리며 갑자기 코를 훌쩍였다. 살아서 딸을 만나지 못한 것은 안됐지만, 일본에 와서 50년이나 지났는데도 여태까지 한 번도 태어난 고향 땅을 밟지 못한 나에 비하면, 그런대로 운이 좋은 사람이다. 목숨이 붙어있는 동안에 적어도 한 번쯤 고향에 돌아가고 싶어도 국가와 국가 사이의 규정이 까다로 워서 그럴 수 없는 것이 안타깝다며 큰 한숨을 내쉬었다.

"흥, 어머니한테 아이는 쓴 샘물 같은 거야. 없으면 목이 마 르지만, 있어도 괴로움의 물이지……. 얼마나 보고 싶었을 까?"

"저는 어머니라고 해도 어릴 때 딱 한 번 만난 것뿐이라서 그립다고는 생각해도 그건 마음속에만 있는 것이지 함께 살 았던 추억이 아무것도 없으니까 어머니를 생각하려 해도 연 기 같은 것일 뿐 조금도 느낌이 없어요. 어머니에 비하면, 아 직 제 할머니는 제가 어머니를 만나러 갔을 때 데려와서 손을 묶고 같이 자는 그런 사람이었지만 지금 와서 생각해보면 그 만큼 진정으로 저를 생각해 주셨다는 것을 잘 알게 되었어요. 그때는 마치 귀신같은 사람이라고 미워하기도 하고 나만 들 개보다도 더 비참하다고 원망하기도 했지만……. 진심으로 미 워할 상대가 있는 동안 인간은 아직 행복한 편이라고 하던데,

아닌가요? 할머니도, 양 씨도 제가 보기에는 비슷한 사람들이에요."

연실은 지금도 식량을 구하러 나간 채 소식이 끊긴 양 씨의 꿈을 꾼다고 말했다.

"그 사람과 함께 산 건 고작 4년도 채 되지 않아요. 그래도 꿈을 꾸면 옛날 젊은 모습 그대로 나타나거든요. 전투모를 쓰고 더럽혀진 미군 G·I 옷을 껴입고 배낭을 메고 흐, 흐, 흐 하고 억지로 웃는 듯한 미소를 지으며 불쑥 나타나면 정말 가슴이 철렁 내려앉아요. 꿈속에서는 세월이 흘러도 전혀 늙지 않고……. 제 가슴에 큰 구멍을 뚫어놓고 총탄처럼 어디론가 훌쩍 날아가 버린 사람이지만……. 죽었다면 적어도 뼈라도 주워오고 싶었는데 그것마저도 하지 못했어요. 근데 지금 와서 생각해보면 저도 양 씨와 별로 다를 바가 없어요. 돌아가려고 해도 이젠 마음 놓고 돌아갈 곳이 없는 사람이 되어 버렸으니……."

돌아가고 싶어도 돌아갈 곳이 없는 사람―. 연실의 말에 나는 가슴이 찔린 듯했다. 그건 나도 다르지 않다고 생각했다.

"연실 씨, 앞으로도 양 씨와 어머니, 할머니의 몫까지 최선을 다해 살아가야 해요. 끝까지 살아남아서 이 나라의 역사에서 저 사람들의 몫까지 반드시 보상받아야 해요. 그렇지 않으면 죽은 사람들도 분명 편히 눈을 감지 못할 테니까요. 이건 살아남은 우리만이 할 수 있는 일이니까."

"저는 배우지 못한 여자라서 어려운 말은 잘 모르겠어요. 하지만 힘든 것도, 괴로운 것도, 다 살아있다는 증표라고 생각하니 마음이 한결 편해요. 요즘은 더 이상 괴롭지 않게 되었어요……."

연실은 눈에 띄는 희끗희끗한 머리를 젊은 사람처럼 가볍게 기울이며 수줍은 듯 미소를 지었다. 그 무심한 몸짓에는 수많은 고통을 견뎌온 사람이 지닌 다정함이 배어 있었다. 그녀의 삶에는 이제 더는 역전은 있을 수 없을 것이다ㅡ. 그 생각이 순간 내 가슴을 날카롭게 찔렀지만, 동시에 묘한 안도감이 내 마음에 스며들었다.

내가 돌아가려 하자 하숙집 노파는 적어도 하룻밤이라도 좋으니 자고 가라고 거듭 권했다. 하지만 나는 당장 사흘 뒤에 인쇄소로 넘겨야 하는 원고 정리 일을 떠맡은 상황이었다. 지금까지도 나는 몇 년에 한 번 잡지 취재 일로 오사카에 올 때가 있었다. 그리고 용무를 마치면 대개는 용우의 집에서 하룻밤을 묵고 바로 도쿄로 돌아가곤 했다. 이 판자촌에는 좀처럼 발을 들일 일이 없었다. 나는 동포단체가 운영하는 소규모 잡지사에서 일하고 있었다. 오사카에 사는 동포 자제들의 교육 실태를 기록하는 기획을 세우고 그 취재를 위해 오사카에 온 것이었지만, 그동안에도 나는 인편을 통해 판자촌 하숙집 아주머니의 소식은 종종 듣고 있었다. 거의 40년 만에 찾아가기로 마음먹은 것은 적어도 노파가 건강할 때 한 번은 만나보고 싶어서였다. 연실을 만날 수 있었던 것은 정말 뜻하지 않은 우연이었다.

노파가 만류하는 것을 사양하고 내가 일어서자, 그녀는 장롱문을 열고 고색창연한 조선 장롱의 서랍 속을 뒤적이기 시작했다. 장식 쇠붙이의 검은 칠은 벗겨지고 얼룩덜룩한 나뭇결의 니스 색도 바랜 간이 장롱이었지만, 그것은 목수였던 죽은 남편이 젊은 시절 노파에게 만들어 준 것임을 나도 알고 있었다. 노파는 반세기 가까이 그 장롱을 평생 소중하게 써 온 듯했다. 문간으로 배웅 나온 노파는 내 외투 주머니에 담뱃갑 같은 것을 재빨리 넣고 어깨를 가볍게 두드리며 살며시 밖으로 밀었다. 아직 노파와 할 얘기가 남아 있다는 연실도 함께 문간으로 나왔다.

골목을 열 걸음쯤 걸어가다 등 위에 시선을 느끼고 뒤돌아보았다. 아직 처마 밑에 서 있던 노파가 몇 번이나 고개를 끄덕이며 한 손을 흔들며 빨리 가라고 재촉하고 있었다. 옆에 선

연실은 천천히 허리를 숙여 인사했다. 연한 갈색 옷을 입은 자그마한 연실의 모습이 한 점 빛처럼 내 눈에 다가왔다.

큰길을 한참 걷다가 운하에 놓인 다리 위에서 나는 멈춰 섰다. 한때 초라했던 나무다리는 보기에도 견고한 콘크리트 다리로 바뀌어 있었다. 다리 난간에 기대어 아래를 내려다보니 운하의 물은 흐름이 끊긴 듯 얕게 말라 커피색으로 고여 있었고 겨우 강바닥에 달라붙어 있었다. 차가운 바람이 강줄기를 따라 한 차례 쓸고 지나갔다. 휘몰아치는 바람이 운하의 수면을 문지른다. 바람 끝에 스쳐진 커피색의 피막이 경련하듯 오그라져 수면에 잔잔한 금이 가듯 균열을 낸다. 바람이 멎자, 수면은 숨이 끊긴 듯 꼼짝도 하지 않았다. 돌아가고 싶어도 마음 놓고 돌아갈 곳이 없는 사람—, 연실의 말이 다시 떠올랐다. 자유분방하게 부는 바람처럼 자유를 원했다.

노파가 주머니에 살짝 넣어준 것을 꺼내어 보니, 모란봉이라고 모국어로 인쇄된 필터담배였다. 담배 포장을 뜯어 꺼내 물고 불을 붙이자, 개운한 흡입감 속에 조선 인삼 향이 부드럽게 혀끝에 퍼졌다. 멀리 떨어진 고국의 담배 연기가 희미하게 눈에 스며들었다.

재일제주인의
기억을 읽고 옮기다

재일제주인의
기억을 읽고 옮기다

옮긴이 **김대양**

기억은 기억으로 되살아난다. 기록하지 않으면 기억될 수 없다. 기억을 옮기는 작업 역시 마찬가지다. 그런 의미에서 재일제주인의 기억을 기록하는 것은 그들의 삶을 읽고, 기억하고, 공유하는 일이다.

재일제주인 작가 김태생의 문학적 기록을 한국어로 옮기는 첫 번째 작업은 『뼛조각(骨片)』(2022, 보고사)이었다. 이 책은 두 번째 기억 옮김으로 '제주 4·3 그리고 재일제주인 여성'이라는 주제로 잡지에 발표된 작품들을 엮었다.

첫 번째 장은 「대항 기억과의 대면, 제주 4·3」이다. 김태생은 타향에서조차 침묵할 수밖에 없었고, 자식들에게까지 숨겨야만 했던 제주 4·3을 소년들의 목소리를 통해 다시 이야기한다. 이념의 소용돌이 속에서 희생된 이들과 반드시 마주해

야 한다는 사명감으로, 끊임없이 흐르는 물줄기처럼 제주 4·3
을 기억해 낸다. 김태생은 섬세한 작가다. 작품을 통해 전하
는 그의 목소리는 작품을 접할 때마다 마치 고요한 외침으로
다가온다. 조용하고 섬세하지만 때르는 우리를 먼 과거로 데
려가 그 시대의 현실을 생생하게 마주하게 한다. 그의 글에는
그가 느껴온 트라우마와 압박감이 고스란히 배어 있다. 그것
은 마치 침묵의 방에 들어간 기분마저 들게 한다.

　두 번째 장은 「시국과 팔자에 갇힌, 제주 여성」이다. 지옥
같았던 섬을 도망치듯 떠나 타향에서 살아야만 했던 제주 여
성들의 언어와 몸짓 그리고 침묵— 특히 타자화된 그녀들은
어떤 성격의 폭력에도 무방비하게 노출된다. 심장에 고통을
문지르는 글을 읽다가 문득 숨을 멈추게 된다. 제주 바다의 윤
슬처럼 빛나던 제주 소녀, 만난 적도 없는 그러나 이미 어디선
가 만난 것만 같은 그녀들을 떠올리게 된다. 글을 읽고 난 뒤,
다시 침묵 속으로 돌아왔을 때 우리는 서로 다른 시공간에 있
지만 같은 하늘을 마주한다.

　작가 김태생은 일본으로의 이주를 '역사에 의한 강제 연행'
이라고 말한다. 역사적 트라우마에 맞서며 삶의 연약함을 드
러내는 그의 작품을 통해 깊게 패인 주름처럼 잊을 수 없는 기
억을 안고 살아가는 재일제주인을 만나게 된다. 그의 작품은

자기 고백이자 사회적인 시선을 드러내는 기록이며 재일제주인의 삶을 고스란히 담아내고 있다. 따라서 그의 문학은 재일제주인의 정체성과 역사적 기억을 기록하고 상징하는 장으로 읽을 수 있다.

김태생은 소설과 기록의 경계에 대해 "내가 쓴 소설의 소재는 사실에 기초하고 있어도 '사실'의 추출과 표현 과정에 있어서는 당연히 추상화가 된다. '소설'인가 '기록'인가라고 물으면 바로 답하기는 힘들 것이다. 다만 내 나름의 소설 쓰는 방법과 기록을 겹쳐 나의 주제를 꺼내 보고 싶었다. 소설과 기록의 그물코의 정밀함과 조잡함은 차치하더라도 그렇게 걸러진 '사실'로부터 과연 내가 기대했던 '진실'을 다소나마 꺼내 놓았는지에 따라 결정된다."라고 말한다. 나는 이것을 '문학적 기록'으로 표현했다.

그의 작품 속 인물들은 각기 다른 공간에서 가해자처럼 보이지만 희생자이고, 틀린 것처럼 보이지만 다른 형태의 존재를 추구한다. 이들은 사회와 인간이 만든 폭력과 차별 그리고 귀향에 대한 갈망을 상징한다. 작품 속에서 그들은 고향과 타향을 오가며 자기 존재의 공허함을 마주하고 지금까지의 삶에 의문을 던진다. 그렇게 재일의 삶을 살아내는 동안에 자기 자신을 잃어버린 것은 아닌가 하는 의문마저 품는다. 그의 작품을 마주할 때마다 재일제주인의 얼굴이 떠오른다. 역사의 폭력 앞에 순응하며 자신을 지켜온 이들의 삶이 작품 속에 고스란히 담겨 있다. 그의 작품을 어떤 언어로 읽든 독자들을 과거의 현실 속으로 데려간다. 이 책이 그 걸음에 조금이나마 도움이 되기를 바란다. 재일제주인의 역사적 기억과 흔적을 기록하고 그 기록을 오롯이 읽으며 그들과 마주하는 것은 곧 우리 자신과 마주하는 일이기도 하다. 이 문학적 기록을 통해 재일제주인의 문제가 곧 우리의 문제와 맞닿아 있음을 인식하는 계기가 되기를 기대한다.

이 책이 세상에 읽힐 즈음, 나는 또 다른 재일제주인과 마주하고 있을 것이다. 그리고 누군가의 기억을 읽고 있을 것이다. 이 세상에 존재하지 않았던 사람처럼 사라지기 전에, 기억이 완전히 죽기 전에, 나는 흔적을 찾아 역사의 기억 속에서만 숨 쉬던 이들을 다시 불러내는 일에서 한 치도 도망치지 않을 것이다. 감히 그들과 마주해야 한다는 책임감으로, 기록되지 않은 이야기와 잊힌 삶의 조각들을 끝까지 따라가 그들이 겪었던 시공간 속으로 걸어 들어갈 것이다.

올해는 작가 김태생이 타계한 지 벌써 40주년이 되는 해이다. 생전에 한국어로 번역되지 못한 것은 안타깝지만, 지금이라도 한국어 독자들과 만날 수 있게 되어 다행이다. 특히 이

책에 수록한 작품들은 일본은 물론 한국에서도 단행본으로 출간되지 않았고, 한국어 번역 역시 아직 이루어지지 않은 작품들이다. 그런 의미에서 한국 독자들과의 만남을 누구보다도 기뻐했을 작가 김태생을 기리며, 이 책이 세상에 나오기까지 도움을 주신 많은 분들에게도 감사드린다.

보금자리를 떠나다

2026년 1월 21일 초판 1쇄 발행

지은이   金泰生
옮긴이   김대양
펴낸이   김영훈
편집인   김지희
디자인   김영훈
편집부   이은아, 부건영
펴낸곳   한그루
　　　　　출판등록 제651-2008-000003호
　　　　　제주특별자치도 제주시 복지로1길 21
　　　　　전화 064 723 7580 전송 064 753 7580
　　　　　전자우편 onetreebook@daum.net   누리방 onetreebook.com

ISBN 979-11-6867-252-8 (03830)

이 저서는 2023년 대한민국 교육부와 한국연구재단의 지원을 받았습니다.
(NRF-2023S1A5B5A16075995)

값 15,000원